첫사랑, 그 마음으로

시안시인 2002

모아드림

첫사랑, 그 마음으로

『첫사랑, 그 마음으로—시안시인 2002』를 내면서

　　이번 여름과 같은 여름을 우리 생애에 또다시 맞이할 수 있을까요? 월드컵 4강에 오르는 환희 속에서 맞이한 여름이었기에 말복 무렵에는 피서지에서 바람소리와 물소리를 들으며 잘 마무리하고 싶었습니다. 하지만 웬걸, 끔찍한 홍수 피해라는 깊은 시름 속에서 이 여름을 보내게 되었습니다.

　　시안시회(詩眼詩會)의 임원진은 온 국민이 대~한민국 하며 환호성을 질렀던 6월에 세 번째의 『시안시인』을 묶고자 숙의를 거듭했습니다. 시안시회의 손님이면서 주인인 여러분들을 위한 작은 잔치마당에서 함성도 지르고 멋진 골 세리머니도 하자고 다짐을 했지요. 앞서 낸 두 권의 『시안시인』 편집과는 다른 포맷으로 꾸미려고 지혜를 모았습니다.

　　마침 그때 사무실 벽에 『시안』 17호의 기획안이 붙어 있는 것이었습니다. 우리 모두 17호에 이르기까지 자신감을 갖게 된 것은 좋지만 지금 필요한 것은 초발심이 아닐까요? 첫사랑의 아슴푸레한 기억을 되살려 시에 매진해야 할 때는 바로 지금이 아닌가 하고 생각하게 되었습니다. 그 순수했던 마음에 어느덧 욕망이라는 악마가 깃들지 않았는지 모르겠습니다. 그밖에도 습작시절의 기억, 자선 대표작의 뒷이야기 등 시로써 못다 한 이야기가 있는 시를 그 이야기와 더불어 감상하는 기회를 갖자고 의견을 모았고, 청탁서를 보내드렸습니다.

　오래 간직하고 싶은 책을 나눠 갖도록 하지요. 가장 사랑하는 사람에게 선물할 수 있도록 2권씩 드리겠습니다. 시안시회의 살림이 많이 피지는 않았지만 원고료도 준비했습니다. 이번 여름을 보내면서 마음 다치고 몸 상한 이웃이 있을 텐데, 그분들에게도 따뜻한 책 한 권 건네고 싶습니다.

2002. 9

시안시회 회장 이승하 올림.

| 차례 |

■ 머리말 | 이승하

2부

천사에 날개 달린 까닭 — 등단작과 습작시절

3부

하동에서 이별하다 — 사랑시와 뒷이야기

4부

모슬포에서 — 여행시(기타)와 시작노트

5부
슬램 포이트리 — 자유 주제의 산문

1부

여가가 어떤가

— 대표시와 창작 배경

지상(地上)의 봄

강인한

별이 아름다운 건
걸어야 할 길이 있기 때문이다.

부서지고 망가지는 것들 위에
다시 집을 짓는
이 지상에서

보도블록 깨어진 틈새로
어린 쑥잎이 돋아나고
언덕배기에 토끼풀은 바람보다 푸르다.

허물어 낸 집터에
밤이 내리면
집 없이 떠도는 자의 슬픔이
이슬로 빛나는 거기

고층 건물의 음흉한 꿈을 안고
거대한 굴삭기 한 대
짐승처럼 잠들어 있어도

별이 아름다운 건
아직 피어야 할 꽃이 있기 때문이다.

집 없는 이의 슬픔을

어린것들을 데리고 셋방살이를 하다가 아이들 교육을 위해 직장을 도시로 옮겼다. 시골에서는 그래도 방 세 칸짜리 전셋집이었으나 도시에서는 기껏 단독주택의 이층을 구하기도 어려웠다. 어머니를 모시고 세 아이와 우리 내외, 여섯 식구는 남의 집 이층에 사는 게 매사에 조심스러웠다. 아이들이 소란을 피운다고 결국 여섯 달 만에 그 이층에서 쫓겨났다. 식구들을 데리고 어디로 가야 할지 막막했다. 있는 돈, 없는 돈, 빚까지 긁어모아 외진 변두리에 요행으로 내 집 한 채를 장만한 건 그 해 가을이었다. 그 때 내 나이 서른넷이었다. 아, 집 없는 슬픔이란.

낡은 건물을 헐어 버리고 그 자리에 번듯한 빌딩을 신축하는 모습이 간혹 눈에 띈다. 굴삭기가 파헤친 흙더미 위에 집 없이 떠난 자의 슬픔이 밤이면 별빛이나 이슬로 내릴 것이다. 허물고 새로 짓는 건축 현장 가까이에 시내버스 정류장이 있다. 나는 출근하기 위해서 버스를 기다린다. 촘촘히 박혀 있는 시멘트 보도블록 틈새를 비집고 어린 쑥이 돋아난 게 보인다. 저 것, 저 생명의 의지, 봄의 의지. 저 건너 언덕배기에 토끼풀들은 맘껏 푸른빛을 뿜내지만 보도블록 틈새로 돋아난 어린 쑥은 마치 집 없이 떠도는 이의 형상인 양 애처롭다. 머지않아 보도블록의 어느 틈바구니에서는 대궁을 올리고 민들레도 노랗게 꽃을 피울 것이다. 집도 없이 그냥 살면서.

하늘에서 별이 빛나듯, 지상에서는 꽃이 아름답다. 저것들이 이 봄에 하늘과 땅을 사이에 두고 나란히 걸어가며 밤새도록 주고받는 말은 그렇다, '희망' 이다.

1967년 『조선일보』 신춘문예로 등단. 시집 『황홀한 물살』.
이메일 : poemory@hanmail.net

꽃 많은 자랑

권숙월

내 주변에는 꽃이 많다.
서울 부자보다 백 배 천 배 많다.

바야흐로 꽃철
다른 꽃도 많지만 자두꽃 배꽃이 특히 많다.
동네 사람 다 봐도 남을 정도로 많다.

화려하지 않은 꽃이라고
촌사람이 피운 촌구석의 꽃이라고
얕잡아 보면 곤란하다.
서울 사람 다 나서도 피울 수 없는 꽃이다.

낯선 사람에게도 향기를 퍼부어 주는 꽃이다.

이 나이에도 가슴 설레게 해주는 꽃이다.
아주 많이.

여복이 많은 사람

나는 가끔 '여복(女福)이 많은 사람'이라는 말을 듣는다.

30여 명의 주부들이 내게 시(詩)를 배우고 있다는 것을 알고 나를 놀리려고 하는 말이지만 그게 별로 기분 나쁘게는 들리지 않아 그런 말을 들을 때마다 '내가 생각해도 그런 것 같다'며 맞받아 넘긴다.

그러나 이 복, 여복은 내가 시를 쓰지 않았으면 찾아오지 않았을 복이다.

시창작 교실을 개설하지 않았으면 어림없을 복이다.

김천문화원에서 운영하는 김천문화학교 시창작 교실은 4년 전 개설했다. 나는 여기에서 강사 노릇을 하고 있다. 그런데 문제는 이들 수강생들에게 매년 수료증을 주어도 내게 시 공부를 계속하겠다고 버티어 수료를 시킬 수 없다는 것이다. 어쩌면 내 평생 계속할지도 모른다는 것이다.

현재 4년째 버티는 팀(다움문학회)과 2년째 버티는 팀(텃밭문학회) 등 두 팀으로 나눠 매주 2시간씩 시를 가르치고 있는데 이들은 외모만 예쁜 게 아니라 시를 배우려는 정신 자세가 너무 예뻐 전국에 자랑을 하고 싶다.

이렇게 열심히 하니 실력도 눈에 띄게 늘어 큰 상을 가끔 타 오고 합동 시집도 2권 내고 문예지를 통해 3명이 등단, 시인이 되고 해서 입에 침이 마르도록 자랑을 하고 싶다.

더 자랑스러운 것은 내가 쓴 시를 너무도 좋아한다는 것이다. 확실한 독자 1명만 있어도 시 쓸 맛이 난다고 하는데 나는 적어도 30명의 독자를 확보하고 있는 셈이니 이 얼마나 큰 수확이며 자랑인가.

그렇기 때문에 나는 복이 많다는 것이다. 여복이 많다고 놀림을 받아도 이를 부인할 수 없다는 것이다.

1979년 『시문학』으로 등단. 시집 『그의 마음속으로』 등
이메일: siinsw@hanmail.net

나 무

권화송

너를 알고부터
말하자면 내가 철 좀 들어서
내게 닥치는 궂은 일이건 좋은 일이건
남이 아닌 내 탓인 줄 알게 되었다
적게는 잠자고 앉고 서고 오가는 모든 일
크게는 나를 좀먹는 몸과 마음의 큰 병이
그 무엇도 아닌 나 탓인 줄 알게 되었다
그런 확증을 가지고
나는 너에게 다가갔었다
너 앞에 마주 보고 서기만 해도
펄펄 끓던 마음, 헐떡이던 욕망, 긴 불멸의 우울증이
눈 녹듯 사그러지고
한 아름 넘는 둥글고 의젓한 내 몸매가 풍기는
크나큰 마음 속
난마와 같던 머리카락 올올이
맺힌 매듭, 얼킨 고다리 하나씩 풀려
보글거리던 생각 생각의 좁쌀 같던 내가 사라지고
얻는 것은 투박하고 훤칠한
하늘 닿는 우람한 마음이었다
네가 싱그러이 숨 쉴 때 새 잎 돋듯

참 아름다운 꽃들 피기 시작하더군
나무! 나무! 나무!……
나무아미타불!

나무! 나무! 나무아미타불!

나는 어릴 때부터 나무가 무척 부러웠다. 나무는 철 따라 모습을 달리하고 옷을 입었다 벗었다 하며 화려한 꽃을 피우는가 하면, 가을이 되면 단풍이 들어서 겨울에 떨어지지만 나무 스스로는 무심할 뿐이다. 아무런 고뇌와 고통이 없는 것이다.

나는 나무가 아무 생각없이 스스로 해낼 수 있는 것이 우주자연과 하나가 되어 초연할 수 있다는 것이 너무 좋았다. 그리하여 나도 나무처럼 아무 생각없이 즉 무아무심(無我無心)이 되려고 노력하였다. 염주알을 굴리며 무(無)! 무(無)! 하면서 화두를 잡기도 했다. 우람한 나무를 보면 인간적 번뇌를 다 떨친 초월한 성자(聖者)를 연상하게 된다. 나 자신도 나무처럼 초연하게 번뇌를 다 떨치고자 하였다.

싱그러운 나무 아래 다가서면 완전히 무심(無心)이 된다. 사소한 망상과 정념에서 완전히 해방될 것 같은 생각에 젖게 된다. 언젠가는 나도 나무처럼 무아의 경지에 이를 수 있을지? 나무의 생리로 돌아가면 나를 극복하게 될 것이다. 나무는 바로 나에게는 부처이다. 귀의불. "나무! 나무! 나무아미타불!"이라고 날마다 외치고 싶다.

1998년 『불교문예』로 등단
주소: 대구시 수성구 두산동 21-15번지
전화: 764-7874

매질

권현형

팬티만 걸친 채
한 사내가 달리고 있다
몇 바퀴째 빗속에서
젖은 모래사장을
맨발로 내닫고 있다
그의 가죽 자루에 담긴 영혼은
비를 맞을수록 무거워질 것이다
소금 가마니를 짊어진 듯
자신의 무게를 더 이상 견딜 수 없을 때
그는 무릎을 꿇고 고꾸라지리라
11월의 유리창 너머로 나는
모르는 사내의 고투(孤鬪)를 훔쳐본 적 있다
자신을 향한 사내의
가혹한 매질에
파랗게 질려 가는
초겨울 바다를 본 적 있다

유리 안에서 바깥의 한 남자를 안아 주었다

어디다 던진 돌인가. 누구 가슴을 겨누려던 운명의 돌촉인가. 알 길 없어라. 미워하는 사람도 사랑하는 사람도 없이 돌에 맞아서, 맞은 김에 서럽게 우노라. 고려 사람의 마음이 꼭 내 것인 양 천 년을 건너와 한 겹으로 포개질 때가 있다.

공중에서 날아오는 얼굴 없는 돌이든 어둠 속에서 훅 내질러지는 검은 주먹이든 정신이 번쩍 들 정도로만 몇 대 맞고 싶은, 몇 대 맞은 김에 묵은 울음의 단단한 뭉치를 그만 풀어 버리고 싶은 순간이 간혹 있다. 자신을 지독히 미워할 때 혹은 자신을 지독히 사랑할 때. 그런 양아치 같은 기분으로 언젠가 찾아간 11월의 해변.

막 겨울의 기슭으로 건너가려는 11월의 바다는 자의식으로 가득 차 있어 함부로 찰랑거리지 않았다. 그 차가운 수면 위로 비까지 내리고 있었다. 나는 오도 가도 못하고 바다의 수면에 척 달라붙어 질리도록 오래오래 밖을 내다보아야만 했다. 안을 들여다보아야만 했다.

그날 유리 너머로 한 남자가 초겨울의 비 오는 바닷가에서 벌거숭이 상태로 멈춤 없이 달리고 있었고 그리하여 유리 안에서 난 얼마든지 아픈 그를 안아줄 수 있었다. 몸이란 얼마나 추상적인가.

1995년 『시와 시학』으로 등단. 시집 『중독성 슬픔』
주소: (우)425-768 경기도 안산시 성포동 예술인아파트 6동 302호
전화: (031)485-0950 011-9025-8930. 이메일: poettree7@hanmail.net

나이테의 향기

김수목

　벌목꾼인 그의 집에는 나이테가 많았다 벌목을 하고 남은 나무토막을 집에 가져와 여기저기 세워 두었다 어디로 눈을 돌려도 나이테의 무늬와 눈길이 마주친다 나이테로 남겨진 나무들의 무늬에서는 숲 속 버섯 향기가 난다 소나무에서는 느타리버섯, 박달나무에서는 영지버섯, 참나무에서는 표고버섯의 향기가 난다

　그의 집에 들어서면 나이테들이 파문을 일으키는 게 보인다 무수한 파장으로 그의 가족들을 감싸고 있는 것이 보인다 숙제를 하는 아들 녀석의 가마 꼭지에서 나이테 무늬가 어른거리고 학원에 다녀오는 딸아이의 손가락 끝에도 나이테 무늬가 보인다

　그의 귀가가 늦어진 날이면 나이테의 향기가 집안을 진동한다 느타리, 영지, 표고버섯의 향기가 집안을 푹 감싼다 가장의 빈자리를 메우려는 나이테의 안쓰러운 무늬까지 겹쳐 집안에 가득 숲이 들어와 있다.

처음이라는 의미

무엇이든 처음이라는 낱말은 황홀하다. 첫사랑, 첫눈, 첫, 처음의 여운은 마지막까지 남는다. 아직도 처음의 설레는 마음은 여전하다. 도로공사로 파헤쳐진 절개지, 갓 베어 낸 나무 밑동의 선명한 나이테, 바닷물이 밀려 나간 물결자국만 남은 갯벌, 소나기 내린 후의 말간 하늘 같이 사람의 눈길이 닿지 않은 자연의 내밀한 속살을 엿보는 기분으로, 처음의 떨리는 손으로 나는 시를 쓴다.

거실 벽에 나무토막 몇이 기대어 서 있다. 나이테도 뚜렷한 소나무, 감나무, 속이 뻥 뚫린 오동나무, 목수들이 켜다·버린 것들.

그들에게서는 향기가 난다. 목재의 순수한 향기는 오래도록 코끝에 남아 있다. 한때 공공근로사업으로 태화산에서 숲 가꾸기에 참여했던 지인에게서 받은 구름버섯, 영지버섯도 함께 나무토막 곁에 있다.

그들만 보면 숲이 다가온다. 어느새 가슴에 꽉 찬다.

첫 시집의 표제시가 「나이테의 향기」가 되어 버린 까닭도 시의 완성도보다는 시의 분위기를 택했기 때문이다. 가장 나를 잘 표현할 수 있는 시를 고르다 보니 자선 대표시도 「나이테의 향기」가 될 수밖에 없었다.

2000년 『문학과 창작』으로 등단. 시집 『나이테의 향기』
주소: (우)134-072 서울시 강동구 명일2동 128

푸른 거목

김순금

하얀 삼베옷, 눈 시린 꽃버선
속눈썹 내려앉은 해맑은 표정으로
한 사내가 누워 있다.
숲 저편으로 한 세상이 저물고
이승의 끝에는 검붉은 어둠이 깔린다.

마흔 문턱 걸어온 세월
건장한 육신은 안으로 헐어 바람처럼 허허롭더니
천 번을 거듭난 그 영혼
간절히 손 모은 기도 속절없이 외면당한 채
견딜 수 없는 분노와 평온 속에
이제 건너지 못할 강물 저편에서
속 절인 안개로 흐른다.

차라리 눈감은 한줌의 재
허무로 그려지는 젊은 날의 초상
이렇게 살아 죽음으로 걸어가
오라비라는 정겨운 이름 그대로
어느 산천 어느 계곡 풀포기로 돋아날까?

온기 남은 혈육의 정
서릿발 사이로 돋아날 때,
그대 하늘에 두고 온 뿌리를 찾아
거꾸로 자라 내리고 있다 .
연초록 그늘을 달고
저만큼 섬짓하게 잘려 버린 푸른 거목
사십의 사십 겹 나이테 위에 뻗어나는
강인한 줄기를 바라보리라.

천국에 계신 오빠에게

한 분뿐인 오라버니의 한 줌의 재를 가슴에 묻은 세월도 어느새 10여 년이 흐르고 있다. 그 절규의 몸부림도 이젠 하늘 길을 열어 놓고 다가서려는 듯 죽음의 고통 속에서 잉태한 내 정신의 아이는 제법 나를 위로하며 번민도 고통도 늘 함께 하는 진정한 벗이 되었으니……

여기서 나는 무얼 노래하고 싶었던 걸까?

진하디 진한 혈육을 가슴에 묻고 마지막 허무의 재가 돼 버린 그 순간까지 지켜보았던 '푸른 거목'의 상징 속에는 죽음과 생을 노래하려는 지이 인식과 결국 '하얀 심베옷 눈 시린 꽃버선'을 신고 가야만 하는 죽음이란 결국 두렵고 무서운 것이지만 평안 속에 잠든 모습을 바라보았던 그 날들을 잊을 수 없었다. 이젠 건너지 못할 저승의 강물을 건너고 말았지만 한줌의 재로 이 대지 위에 뿌려질 때 영혼 구혼의 기독교적 사고를 떠나 자연의 순환 체계의 원리속에서나마 결국 한으로 남은 혈육의 죽음은 어느 산천 어느 계곡 풀포기로 다시 돋아날 것이라는 그 누구도 거부하지 못할 인생의 가장 큰 몫이 되어 앉은 생과 죽음을 노래하고 싶었던 것일까? 기독교 신자였던 오라버니의 영혼은 하늘에 뿌리를 두고 거꾸로 자라는 푸른 거목의 나이테 위에 남겨진 조카들은 연초록 무성한 그늘 속에 웅지를 털게 할 것이라는, 남아계신 노모를 위해서라도 살아야겠다는 자아의 강인함을 표출하고 싶었던 이 작품은 장례를 치른 그 날 밤 어머니와 조카가 누워 잠든 모습을 바라보며 피 토할 상흔은 가슴의 한이 되어 신들린 듯 풀려난 혼가였다.

그리고 난 그 날 밤 이후 글만이 나의 한을 풀 수 있는 매개체라 생각하며 문학의 문을 두드렸고 그토록 손 모은 하나님이 한 점 혈육을 앗아간 양심의 고통 속에서 제게 글을 쓸 수 있는 달란트를 주셨던가 보다. 5년이란 긴 세월 습작과 함께 창작을 공부하면서 다듬고 보듬고 쓰다듬어 올 곳은 아이로 세상에 내놓게 되었을 때 그토록 갈망한 시인의 명찰을 달게 해준 신인상의 영광을 주었다. 숱한 날 죽음의 고통 속에서 견디며 피토할 그리움에 뿌리내린 푸른 거목의 밑둥치에서 거두어 준 큰 기쁨의 열매가 되어 주었으니 이 작품은 가장 한이 서려 있고 오랜 날 보듬고 온 영혼의 훈기로 더욱 애착을 느끼며 불혹의 나이 40에 가 버린 천국에 계신 오빠에게 이 글을 바치고 싶다.

1999년 『경남문학』, 1999년 『시조문학』으로 등단. 시집 『풀잎 끝 파아란 하늘이』
주소: (우)641-825 창원시 사림동 113-5번지
전화: (055)283-0844 019-528-1063 이메일: goldkim1575@hanmail.net

생활의 발견
— 水原에서 반달을 뜨다

김영탁

水原驛 부근에서 몸이 휘청한 건
구두 뒤축이 닳을 대로 닳았기 때문이었다
자가운전을 멀리하는 뚜벅이에겐 구두가 자가용 아닌가
오늘은 꼭, 구두 밑창을 갈아야지
구둣방을 찾다가, 우선 역전시장이라는 재래시장이 눈에 들어왔다
금세 시장 안의 골목 풍경이 보고 싶었다
대형 할인 매장과 백화점에 밀릴 대로 밀려 버린
가망 없는 풍경은 쓸쓸하였지만, 보고 만지며 주인과 입담하는
재미는 언제나 쏠쏠한 것이었다
늘 그렇지만 충동적으로 싼 맛에 몇 가지 사다 보면,
나중엔 짐이 되기도 하고

용하게 구석 골목에 붙어 있는 구두 수선집을 발견했다
여자는 잡화를 팔고 남자는 늙은 구두 수선공이었다
구두 밑창을 보이며 어떻게 하면 좋은가를 묻자, 그는
"손님 그냥 반달이면 되죠."
"반달이라뇨?" 난, 그때 말 뒷굽의 금속성 소리가 들렸다
"요즘 사람들은 잘 몰라서 아예 굽을 떼기나, 그저 버리고 새 것만 살
줄 아는데 그게 아니죠."
그는 구두가 닳은 면적에 반달 모양을 그렸다

"아! 반달!"반달이라고 되뇌어 불러 보면,
내 추억의 반달 위로 구멍 난 양말과 양은 냄비가 날아갔다
"…………………………………………………………"
"손님 그게 지혜라는 거죠."

그는 지나간 구두들의 추억 어린 손길로 정성스레 마무리를 했고,
투박했지만 난, 아늑한 방에 눕듯이 기꺼이 발을 구두에 실었다
반달을 뜨고 난 걸음은 하늘의 구름을 밟는 듯했다
하늘엔 보름달이 되기엔 아직 어린 초승달이 웃고 있었다

미완의 흔적, 순정의 믿음

나의 시는 육화를 통하여 완성된다. 아니 완성되기보다도 미완으로 계속 발효되길 바란다. 오랫동안 이 미완의 「흔적」은 내 가슴과 같이 가슴앓이를 통하여 어느 날 한 편이 되었다.

남쪽 선운사에 다녀오고 나서 썼다. 그때, 동백이 망울지다가 피기 시작할 때였다. 그러니까, 「흔적」을 여름에 만났다면 그 해를 넘기고 초고에 들어갔다는 뜻도 된다. 아무튼, 초고 시를 보면 끝 부분에 동백꽃이 등장했는데, 언젠가 정진규 선생이 이 시를 보시고 무척 칭찬을 하시면서 두 편으로 나누는 게 좋을 거라고 했다. 듣고 보니 지당했다. 덕분에 「동백꽃」이라는 시 한 편을 가외로 건졌다.

내가 좋아하는 시는 갖고 다니다 보여주는 버릇이 있다. 물론 발표도 하기 전에 편한 술자리에서 공개적으로 보여준다. 어떻게 보면 완성된 시라기보다는 다소 미숙한 부분을 열어 보여줌으로서, 상응하는 느낌을 받고 싶어했을 것이다. 마침 거의 완성된 시를 최준 시인이 봤다. 고칠 게 없는데 딱 하나 조사 부분에서 수정을 했으면 좋겠다고 했다. 듣고 보니 그럴듯했다. 그리하여 이 「흔적」은 시의 본래 없는 전의 인파와 생겨난 이후의 연으로 이어져 완성되었다. 그리고 『시안』 신인상에 투고하여서 당선된 작품이기도 하다.

지금도 그렇고, 앞으로도 그럴 거라는 순정의 믿음으로 오지만, 이 시를 읽을 때마다 눈물이 난다. 시를 읽다 보면, 눈시울이 뜨거워지고 자아도취에 빠져 눈물이 글썽거리고 가슴이 복받치는 것이었다. 이제는 덜 그랬으면 좋겠다는 생각도 든다. 좀더 드라이할 필요도 있는데. 그래도 좋다. 언제나 시작하는 열정 같은 게 뜨겁게 뜨겁게 타오르고 있을 터이니.

1998년 『시안』으로 등단
주소: (우)132-762 서울시 도봉구 방학3동 신동아A 26-206
전화: (02)3491-9171 011-386-9178 이메일: tibet21@hanmail.net

동백꽃

김완하

그대와 나
가까울수록 더욱 멀고
멀수록 너무 가깝지요
해남군 삼산면 구림리
동백 숲에 와서
그대를 생각합니다
때로는 그리움이 큰 힘 되어
비탈길 험한 산맥 버티어도
잠시 그 강물 너무 깊어
나는 동백 붉은 꽃잎에
홀로 길을 잃었습니다
봄 오기 전 먼저 피어나
이 봄 가기 전
제 꽃잎 거두어 동백은 앞서갑니다
피고 지는 꽃잎 하나 두고
저 산 이 골짜기 저리 깊은데
외로운 사람들 발자국 찍고 와서
떨어지는 꽃잎 하나
두 손으로 감싸고
기뻐 어쩔 줄 모릅니다

땅에 져서야 더 활짝 피어나는 꽃
밤이 와서
잎도 꽃도 어둠에 묻힙니다
낮에는 물이 꽃잎에 취해 흐르더니
어둠 속에선
그 물소리 곱게 감아
몇 송이고 꽃은 벙글어집니다
돌아보매 이 어두움
천길 물 속이어도
그 길 우리 가야 합니다
꽁꽁 묶인 밤 속으로
길들이 지친 허리를 펴고
꽃들은 불을 밝혀 줍니다

땅에 져서야 더 활짝 피어나는 꽃

1988년 3월 말경에 나는 해남의 대흥사를 찾았다. 그때 나는 매우 심리적으로 힘겨운 상황이었다. 사회적으로는 지난해 일궈 낸 민주화에 대한 열망이 대통령 선거로 이어지지 못해 우리를 힘겹고 허탈하게 만들었다. 또 그해 2월 나는 서른한 살로 석사 학위를 받고 이제 내 인생의 항로에 대하여, 함께 할 누군가에 대하여 고심하고 있었다. 내 삶에 있어 매우 힘겨운, 그러면서도 별다른 대안도 없던 때이기도 했다. 그러기에 나는 일상을 탈출할 수 있다는 해방감 하나로 해남행 버스에 몸을 실었다.

봄이 완연한 나주평야를 지날 때는 멀쩡하던 하늘에서 천둥이 울다가 소나기를 뿌리기도 했다. 들판마다 깔려 있는 짙은 봄빛은 예전에 볼 수 없던 것이었다. 조금 전까지의 힘들었던 분위기와 달리 내 마음은 다소의 평정을 찾고 있었다. 문득, 치켜드는 고개 위로 아뜩 차오르는 월출산의 우뚝 선 모습은 매우 경이적이었다.

대흥사 입구에서 버스를 내려 작은 다리를 건너다가 나는 그 자리에 한동안 멈추어 서 버리고 말았다. 바로 거기, 아름드리 동백들이 시뻘건 꽃송이를 등불처럼 매달고 있었다. 붉고 강렬한 꽃송이와 진초록의 반짝대는 이파리들! 그 순간 내 가슴을 묶고 있던 근심들이 스르르 녹아내리며 내 안으로 큰 감격이 솟구치고 있었다. 꽃들은 거기 그렇게 백년도 넘게 시련을 이겨내며 봄이 오기 전 꽃을 피우고 그 봄이 가기 전에 꽃을 거두며, 일상에 지친 사람들에게 강렬한 생의 활력을 불어넣어 다시 이 세상을 향하여 힘차게 걸어 나갈 수 있도록 일깨워 주며 그곳에 그렇게 깨어 있었다. 땅에 져서야 더 활짝 피어나던 그 꽃.

1987년 『문학사상』으로 등단. 시집 『길은 마을에 닿는다』 등
주소: (우)306-791 대전시 대덕구 오정동 한남대학교 문예창작과
전화: (042)629-7523 019-470-7726. 이메일: kimwanha@hanmail.net

빈 간장 항아리

김 윤

비운 지 삼 년이 지난 간장 항아리에 아직도 소금발이 서려 있다 절여진 시간이 켜켜로 내려앉고 우려내고 씻어 내도 항아리 내벽에 붙어 있는 마른 바다의 숨소리 뜨거운 채 하얗게 꽃 피우고 있다 한때는 짙푸른 여름 콩꽃이었을 그 하늘 비어 있다 곰삭은 욕망이 빈 항아리 가득 배를 채우고 빙열 같은 실핏줄을 태우고 있다 알을 다 내보낸 내 아기집 속에도 바람 아직 소금처럼 달고 더운 숨결 가득 부둥켜안고 있나 간장이 익어 가듯 달여진 세월이 물푸레나무처럼 흔들리고 있나 햇살 가득한 뒤꼍 빈 항아리는 목이 탄다

내 안 가득 피어나는 소금꽃

독의 의미

나는 텅 비어 버렸다.
어느 날 보니
그랬다. 내 안 가득하던 무엇이
다 증발해 버리고 없었다.

아직도 독을 몇 개 갖고 있다.
그 옛날 어머니의 장독대에 비할 수는 없지만, 그 쓰임도 예전 같지는 않지만.

몇 해 전까지 간장을 담아 두었던 빈 독이 있었다. 잊어버렸다가 다른 무엇을 담아 볼까
하고 열어보니 항아리 안쪽 면 가득 하얀 소금발이 서려 있었다. 덜 씻어졌었나…….
오랫동안 물에 우려서 엎어 두었다. 그러나 다시 싱싱하게 돋아 오르는 소금발, 하얀.

비어 있는 것이 아니었다. 그것은 제가 지녔던 세월을 고스란히 되새김하면서 오히려 태
양과 물과 발효의 그 전 어느 세월까지를 갖고 있었다. 푸른 밭이랑, 콩잎의 서늘한 뒷면에
알 슬던 벌레의 아슴한 감촉, 어느 저녁 소금밭에 불던 바람 한 올, 그것들을 다 품고 있었
다.

검지 끝에 묻어 나오는 그 염기가 내게 뜨거웠다. 다른 시간을 묵묵히 받아들일 공간이 그
가운데 포개져 있었다.

1998년 『현대시학』으로 등단
주소: (우)137-070 서울시 서초구 서초동 삼풍아파트 23동 905호
전화: (02)537-7885 011-256-7882. 이메일: kimyoondari@hanmail.net

해후

김종태

속 빈 열매가 열리는 나의 꿈, 꿈속의 꿈, 늦가을도 다 지난 그 꿈속의 꿈에서 너는 수만 가지 모습으로 일어서고 있다 세월의 모서리를 돌고 돌아 나는 추풍령을 넘고 최루 가스를 마시고 제기동 허름한 밥집에서 식권을 끊고 북악산 기슭으로 흘러와 캄캄한 지하실 보일러의 온도를 올린다 한기를 견딜 수 없는 날이면 간혹 차를 몰아 서울의 밤거리를 휘젓곤 한다 열매를 다 떨구어 버린 채 나무, 가지가지 그리운 모습으로 인사동 네거리 혹은 황학동 뒷골목에서 달무리를 타고 내려와 빛바랜 이파리를 날개인 양 파닥거리는 나무, 상처뿐인 나이테, 우리의 초야가 스쳐 온 시간을 헤아릴 수 없다 무심한 세월, 이제야 아픈 내 꿈에 나타나 둥글게 잠을 흔들어도 나는 기상하지 못한다 뭉개지는 발가락, 너마저 부서지려나, 매연을 따라 증발하는 저녁 이슬을 먹으면 오갈 든 네 손등 위에 나무껍질 같은 허기가 돈다 도토리 벼락이라도 맞았으면, 한 사나흘 기절했으면, 바늘처럼 가늘어진 네 신경이 굳은 살 가득한 내 어깨를 찌른다 꿈 깨라고 어서 일어서라고, 겨울비라도 오면 주저앉을세라, 우리 몸 부비며 피워 올린 꽃불이 켜켜이 콘크리트 바닥에 피어나고 있다

자연과 도시를 아우르는 몽상

　　대학 시절 김소월이나 정지용, 한용운 같은 서정 시인을 주로 읽었는데 대학원에 진학하면서 보들레르나 랭보 같은 프랑스 상징주의 시인들이나 야콥 반 호티스 같은 독일 표현주의 시인들의 작품을 접할 수 있는 기회를 가졌다. 이러한 외국 시인들을 접하는 과정 속에서 품게 되었던 화두는 거대 도시와 자연이 내 삶 속에서 어떻게 충돌하며 거기에 대하여 나는 어떻게 대응할 수 있느냐의 문제였다. 내가 몇 해 전 어느 잡지에 발표한 시작 노트에서 "언젠가부터 도시의 이미지들이 시를 쓰게 하고 있다는 사실을 깨달았다. 내 시의 자연은 자연 그대로만 존재하지 않는다. 그것은 도시적 물상과의 충돌을 통한 명암으로서 이미지화된다. 추의 미를 보여준 보들레르의 도시와, 인간 삶의 원리가 내재된 프로스트의 자연이 공존하는 것이다"라고 말했던 것도 여기에 연결된다.

　　도시적 삶은 획일적인 생활 패턴을 보여준다. 아래위로 층층이 살아가는 아파트의 사람들은 서로 비슷한 위치에 있는 문으로 들어가서 비슷한 위치에 있는 침대에 눕고, 위층의 화장실 변기 물 내리는 소리를 들으면서 쓸쓸히 저녁을 먹기도 한다. 우리들은 이제 꽃과 나무와 헤어져야 할지 모른다. 그리고 그 결별의 슬픔을 노래해야 할지도 모른다. 보일러의 온도 조절기를 높여도 마음의 추위를 달래지 못하는 한 사람이 차를 몰고 도시의 아스팔트와 콘크리트 더미 속을 방황한다. 인사동이나 황학동 같은 그나마 고풍스런 모습이 남아 있는 곳에서 죽어 가고 있는 나무를, 옛날 애인을 만나듯 만난다는 이야기, 그 만남조차 몽환적 서사에 불과하다는 산문시 「해후」는 내 삶의 현실과 내 시의 지론을 그대로 담고 있다.

1998년 『현대시학』으로 등단
주소: (우)133-771 서울시 성동구 응봉동 97번지 대림2차 아파트 101-307호
전화: (02)6212-6010 011-398-1394. 이메일: bludpoet@hanmail.net

치고, 달고, 맺고, 풀고
— 진도의 씻김굿과 우리 가락

김 향

흰 장삼에 흰 고깔을 쓰고 무당이 노래를 부른다. 물러가는 저 썰물처럼 무가를 부른다. 느리게. 구성지게. 긴 장삼 자락이 진양 장단에 맞추어 너울거린다. 어깨 위로 늘어뜨린 붉은 띠가 떨칠 수 없는 이승의 목숨처럼 펄럭인다. 무당은 고줄을 흔들고 당기며 죽은 이의 고(苦)를 풀어 나간다.

"원한에 맺힌 고, 이 고 풀어 잘 가시오
 신중에 맺힌 고, 이 고 풀어 잘 가시오"

죽은 그의 고는 저리도 질기고 단단한가. 노래는 계속되고 나도 풀리지 않는 나의 고를 손으로 쓸어내린다.

드디어 한이 풀린 주검은 불타기 위하여 향물에 적신 비로 씻겨진다. 띠자리에 둘둘 말려 일곱 매듭에 묶여 불 속에 던져진다. 사랑과 증오, 욕망과 결핍, 서로 길항했던 갈애의 육신이 탁탁, 불 속에서 부딪친다. 튕긴다. 무너져 내린다.

이제 없는 그는 이승을 하직하고 머나먼 저승의 길로 나선다. 무명베에 행기 그릇과 용선을 싣고 바다를 건넌다. 진도 앞바다를 휘돌아 온 한 줄기 바람이 용선을 밀어 먼 길을 재촉한다. 가물가물 사라지는 저 한 마리 새처럼 그는 아득한 허방으로 어찔어찔 떠나간다. 가거라. 잘 가거라. 가서 다시는 화탕지옥 이 세상에 오지 말거라.

"서해로 뻗은 가지 금호보살 열리시고
동해로 뻗은 가지 옥토보살 열리시고
남으로 뻗은 가지 화보살이 열리시고
북에로 뻗은 가지 수호보살 열렸네
나무야 나무야 나무나무 나무야"

진도 씻김굿의 멋

　　서울에서 태어나 이제껏 서울에서만 살아온 나는 평생 보지 못한 굿을 보러 진도에 갔었
다. 지방마다 그 특유의 굿이 있지만. 진도의 씻김굿은 죽음에 대한 인식이 각별하다. 그들은
슬픔과 한의 정서를 넘어 죽음을 자연의 한 현상으로 담담하게 받아들인다. '뜰생기' '마당
생기' '야락' 이라고도 불리는 씻김굿은 말 그대로 죽은 사람의 넋을 씻어 저승으로 천도한다
는 뜻이다. 굿의 절차는 먼저 죽은 사람과 그의 조상, 그리고 친구의 영혼을 불러들이는 초가
망석을 한다. 그 다음 마마신을 불러들여 대접한 뒤 모인 손님들을 대접하는 손님굿을 치른
다. 이것이 끝나면 부처의 수호신인 제석신에게 집안의 부귀영화를 비는 제석굿을 한다. 이
때 무당은 진양 장단에 맞추어 무가를 부르고 악사들은 시나위로 시작하여 느린 떵떵이 장단
과 대왕놀이 장단, 굿거리 장단을 연주한다. 이와 같은 굿들이 다 끝나고 나서 씻김굿은 고풀
이로 시작된다. 먼저 고를 상징하는 매듭을 여러 개 지어 한 끝을 기둥에 묶어 놓고 무당은
고의 한 끝을 잡고 매듭을 풀어 나간다. 고풀이가 끝나면 죽은 사람의 옷을 띠자리로 말아서
일곱 매듭으로 묶어 볏짚 위에 놓고 태운다. 그리고는 마지막으로 길닦이를 한다. 질베를 방
문에서 대문 쪽으로 늘여 놓고 그 위에 행기 그릇과 용선을 올려놓은 뒤, 무당은 이것들을 이
리저리 옮기면서 나무아미타불을 부른다. 이것을 긴 염불이라 하고 이어서 중염불, 아미타

불, 천근풀이를 하면서 하직을 노래한다. 이 절차가 다 끝나면 사용했던 옷과 종이 꽃등을 모두 태우면서 사자 먹이와 다신 먹이의 노래로 씻김굿은 끝이 난다.

진도 사람들은 소리꾼 아닌 사람이 없는 듯하다. 나는 진도에서 어느 화가의 집에 머물었는데 그 사람도 소리를 어찌나 잘 하는지 밤새 흥이 절로 났다. 나도 진도 아리랑을 불러 보았지만 그의 꼬는목과 떨림목을 따라할 수 없었다. 진도의 유명한 다시래기(상여놀이의 하나로 초상난 집에 문상객들이 모여 춤과 음악과 재담, 때로는 희극적인 극으로 밤을 새운다)는 내용이 다채롭고 음악성이 뛰어나 중요 무형문화재로 지정되어 있다. 진도의 노래는 그것이 상여소리, 혹은 만가라 하더라도 어둡지 않다. 느리고 유장한 가락은 '슬프되 상하지 않는—哀而不悲'의 품격을 지니고 있다. 진도 아리랑, 강강술래, 육자배기에서는 남도 특유의 퇴성(退聲:고음에서 저음으로 가락이 진행할 때 고음을 슬쩍 미끄러 떨어뜨리면서 저음에 이르게 하는 방법)을 사용하여 순간적으로 음악의 흐름을 흩뜨려 신선함을 느끼게 한다.

서양 음악은 화성적이지만 우리 음악은 단선율이다. 서양의 선율은 직선이지만 우리의 가락은 곡선이다. 따라서 음 하나하나는 고정적이지 않고 출렁거린다. 살아 꿈틀거린다. 저음에서 고음으로 올라갈 때도 지그시 밀어주면서 도달하고, 고음에서 저음으로 내려올 때도 긴장했던 고음을 풀어 주면서 슬그머니 내려놓는다. 그러므로 음과 음 사이는 낯설지 않고 서로 교통한다. 이처럼 선율의 곡선을 유지시켜 주는 연주법이 농현(弄絃)이다. 또한 리듬의 경우를 보면 장구나 북 하나만으로도 치고, 달고, 맺고, 푸는 자유분방한 음악 세계를 펼친다. 긴장과 이완의 변화를 감각과 순발력으로 십분 발휘하는 것이다. 특히 판소리에서 소리꾼의 상대역이 되는 고수는 지휘자와도 같다. 반주는 물론, 소리꾼을 격려하고 추임새로 청중의 흥을 돋워 주는 역할까지 담당하기 때문이다. '일고수 이명창(一鼓手二名唱)'이란 말도 있지 않은가.

지금 내 방에는 진도에서 실어 온 상여소리가 가득하다. 싱그런 오월, 붉은 철쭉 사이사이로 비릿한 개펄 냄새 풍겨 온다. 들고 나는 무수한 목숨들이 바다에서 뜨고 진다. 상여에 실린 주검 하나가 낯설지 않다. 언젠가 덜컥 찾아올 내 죽음의 그때, 나도 저 흰 상여에 실려 긴 염불 들으며 머나먼 길 떠나고 싶다.

1989년 『심상』으로 등단. 시집 『하루씩 늦어지는 달력』
주소: (우)135-010 서울시 강남구 논현동 105 동현아파트 1동 706호
전화: (02)546-5472 017-237-2960 이메일: dido1003@hanmail.net

플라타너스

류인서

시내로 편입된 외곽 도로변의 버즘나무는
수구파로 몰려 처형당한 지 이미 오래
묵은 사진틀 속의 얼굴인 그가
이 번화가에 다시 나타나면서 데리고 온
연고 없는 친화력이 늘 성가시고 궁금했네
여느 수종에 비해 유독 늦되는,
겨우내 마른 열매만 엉거주춤 쥐고 있다가
봄의 끝자락에서야 잎을 틔우는 딱한 모습에서부터
절지 부위마다 흉하게 말라붙은 검붉은 진물이나
부스럼 딱지처럼 부풀어 오른 새살 보며 느끼는
설명 못할 둔통의 배경에 이르기까지

어설픈 갈비뼈 서너 가지 꺾어진 지난겨울
흑백의 엑스선 사진을 눈여겨보면서 알았네
자생의 진액으로 두껍고 단단하게 접합된
나의 늑골이 바로
버즘나무의 흉터를 닮아 있음을, 허나
제 상처 쓸어안는 고통, 그 일그러진
표정의 정직함 말고는 나의 무엇이 그와 가까운가
허물로 벗어 내릴 거친 각피층 아래

그의 깨끗하고 고운 척추 뼈를 진작 엿보았으되
나 아직껏 귀 열리지 않아
하늘 종루에 동그랗게 매달린 무수한 종소리에서
神性의 황홀한 음성 한 마디 골라 듣지 못하겠네

그래, 누구에게나
저의 이름으로 키우는
뽑아낼 수 없는 한 그루의 나무는 있을 것이네

나무와 더불어

오래 나무를 앓은 적이 있다.

하나의 상징체계로서의 나무, 體化에 가까운 구체적 이미지로서의 나무. 나무에 대한 내 집착은 달리 그악스런 데가 있어 추상·구상의 형태로 존재하는 이 세상 모든 나무들은 내게 매혹 그 이상의 마력이었다.

進化의 나무(tree of evolution)에서부터 종교적 입장에서의 世界樹, 심지어는 통사론적 범주의 樹型圖에 이르기까지 나무라 명명되어진 모든 것들에 대한 내 흥미와 천착은 거의 층위를 가리지 않는, 병적이라 할 만한 정도의 것이었다.

길을 가도 책을 펼쳐도 나무만 골라 읽혀졌다. 그중에서도 내가 가장 이끌렸던 것은 아마

공시성과 통시성, 수직·수평의 상징성을 함께 지닌 세계수 개념으로서의, 또는 그 근사치로서의 나무들이었으리라. 솟대나 내림대, 당산나무, 신화 속의 신단수나 유그드라실, 말로만 들은 카라코룸의 은빛 나무, 뱅골 보리수 등속이 그들이었다. 그에 대한 두려움과 이끌림의 양가감정, 그런 몸 안과 밖의 미세한 파동들의 겹침과 포개짐을 조금씩 감지하면서부터 비로소 내가 지닌 나무를 향한 묘한 친화력의 실체가 들여다보이기 시작했다. 오월 은사시나뭇잎의 섬세한 떨림이, 가을 美柳의 처연한 아름다움이 온전히 눈에 들어왔다. 경보화석박물관 옥상에서 처음 만난 중생대의 규화목은 쿵쿵쿵, 억 년 시간의 퇴적층을 두드리는 깊고 뜨거운 바람 소리로, 그 충격으로 왔다

그런 시간의 언저리에 플라타너스가 서 있었다. 늑골 4,5,6,7번이 골절되는 작지 않은 사고가 내게 있었다. 수도 없는 엑스선 촬영, 어느 결에 몸속에 나무 한 그루 자라나 있었다. 아니, 군말할 것도 없이 내 몸이 한 그루 플라타너스임을 확인했다.

이전의 플라타너스는 배고프던 시절 우리 오빠들의 빡빡머리에 생긴 피부병을 닮았다 해서 붙여졌다는 '버즘나무', 그대로 내게 있어서도 단지 몰골 흉한 가로수에 지나지 않았다.

겨우 몸을 추슬렀을 때 달성공원엘 갔고 나의 그것에 비해 참 지독히도 아름다운 척추를 가진 플라타너스를 새로 만났다. '버즘'이라는 어휘가 지닌 뉘앙스를 '버즘' 이상의 '상처'로 환치시켰다.

여전히 나는 나무를, 물 한 방울 흘리지 않고 온 땅과 하늘을 흠뻑 적시는 매혹적인 神性을 흠모한다. 한 그루 神竿樹로서의 내 몸을 사랑한다.

2000년 『시와 사람』, 2001년 『시와 시학』으로 등단
주소: (우)706-786 대구시 수성구 지산1동 761번지 녹원맨션 109동 706호
전화: (053)768-5852 011-539-0219   이메일: ryuksy@chollian.net

겨울 강변에 서면

목진숙

누가 얼어붙은 강물의 울음을 보았는가

반짝이는 시간의 모래알을 보았는가

서걱이는 갈잎에 잘려 나가는 바람의 옷자락

머물수록 깊어지는 푸른 슬픔을 본다

설움도 바래면 투명한 깃발이 되고

기다림도 지치면 가슴의 메아리가 되듯이

질긴 인연 태우고 또 태우면

승화된 恨의 빛살로 거듭날 수 있을까

허허로운 들판,

켜켜이 쌓인 역사의 그늘에서 빠져나온 돌덩이같이

돌아볼수록 가벼워지는 삶의 흔적, 영혼의 무게

回歸할 수 없는 生의 旅程에 남겨진 발자국

시든 풀꽃, 마른 향기로 말끔히 지우고 싶다

세월의 노래 하얗게 말라 버린 강변에 서면

흐르는 것은 강이 아니라 사람임을 깨닫는다

마음속에 숨겨 둔 실꾸리가 풀리듯이

이 시는 나의 두 번째 시집 『겨울 강변에 서면』에 수록된 66편의 시 가운데 대표적인 시라고 할 수 있다. 이 시가 씌어진 배경은 좀 특이하다.

지난해 겨울 어느 날 밤이었다. 꿈속에서 들판을 거닐다가 언 강을 만났다. 낙동강 같았다. 강물은 얼어붙어 있었고 긴 제방에는 마른 꽃잎의 풀꽃들로 뒤덮여 있었다. 어디에선가 차가운 칼바람이 불어왔다. 비수 같은 갈대 잎이 허공을 칼질하면서 엉엉 소리 내어 울고 있었다. 바람이 강변 모랫벌을 휩쓸고 지나가면서 모래알을 얼음 위에 흩뿌리자 흡사 빗방울이 댓잎에 부딪칠 때처럼 청량한 소리가 들려 왔다. 연못처럼 커다랗게 뚫린, 언 강의 숨구멍 사이로 언뜻 푸른 물이 보였다. 마치 흐르지 못하는 강의 푸른 슬픔을 보는 듯한 느낌이 들었다. 순간, 강이 무수한 돌덩이들을 이고 수천 년의 역사를 지탱해 온 거대한 성채 같았다. 세월이 흐를수록 저 무거운 돌들도 한 알 모래알로 변할 것이다. 누구에게도 머물러 주지 않는 것이 시간이다. 아무리 찬연한 문화를 이룬 왕국도 길고 긴 시간 앞에서는 결국 흔적 없이 사라지는 것인데 하물며 길어야 백년이란 유한한 생명을 지닌 존재인 사람들이야 더 말해 무엇하겠는가 하는 생각이 불현듯이 피어올랐다.

이때 가슴속에서 피멍울 같은 뜨거움이 울컥 치솟으면서 '세월의 노래 하얗게 말라 버린 강변에 서면/ 흐르는 것은 강이 아니라 사람임을 깨닫는다' 라는 구절이 떠올랐다. 눈을 뜨자 사방은 캄캄한 적막으로 뒤덮인 밤이었다. 꿈이었음을 알게 되었다. 벽시계를 보니 새벽 3시였다. 얼른 필기구를 집어 들었다. 그러자 마음속에 숨겨 둔 실꾸리가 풀리듯이 술술 시구가 흘러 나왔다.

이 시는 이렇게 하여 창작된 것이다.

1997년 『시문학』으로 등단. 시집 『한낮, 초원에서의 명상』
주소: (우)631-422 경남 마산시 중앙동 2가 1-489 우방아파트 105동 903호
전화: (055)248-8282(자택) (055)282-2496(경남신문 논설위원실) 017-871-6700
이메일: mokdong@knnews.co.kr

이불(二不)

박남희

나는 밤마다 침대 위에서
아내와 함께 이불을 덮고 잔다
나는 때때로 이불이 귀찮아서
걷어찰 때도 있지만
날씨가 추울 때 아내는
이불을 혼자 끌어다 덮는다
그럴 때 나는 허공을 휘젓다가
붙잡히는 것 아무거나
가령 노자의 도(道)와 같이
휘저어도 잡히지 않는 어떤 것을
대충 덮고 잔다
그리고 감기에 걸린다

우리네 삶은 아이러니

아내와 내가 함께 쓰는 방은 겨울이면 외풍이 있어서 제법 춥다. 그래서 그런지 새벽이면 한기를 자주 느낀다. 몸이 추워서 한밤중에 깨어나 보면 아내는 이불을 말아서 혼자 덮고 자고 있다. 이불이 없이 덜덜 떨던 나는 아내의 몸에서 이불자락을 간신히 끄집어내어서 또다시 다정히 덮고 잠을 청한다. 겨울밤이면 그러기를 수도 없이 반복하다가 나는 결국 감기에 걸린다.

나는 '이불'이라는 말과 발음이 같은 '二不'과, 부부는 일심동체라는 말 사이에서 느껴지는 아이러니를 창작 모티브로 삼아서 이 시를 썼다. 물론 '二不'을 제대로 된 한자어로 말하려면 '不二'가 맞지만, 여기서는 그냥 우리말식으로 해서 '二不'을 '둘이 아니다'는 뜻으로 간주하고, 부부가 이불을 덮고 자는 것은 하나가 되기 위한 요식행위가 아닐까 생각해보았다. 하지만 일심동체라는 우리 부부는 하나가 되기 위한 이불조차 함께 덮고 자지 못한다. 그러므로 나와 아내는 일심동체가 아니다. 아내는 무의식중에도 이불을 혼자 덮고 잔다. 결국 나와 아내는 하나가 될 수 없는 존재들인 모양이다.

그런데 이렇게 어긋나는 것들은 나와 아내 사이의 이불 분쟁에 국한되지 않는다. 어찌 보면 우리네 삶 자체가 아이러니이다. 세상을 살아가면서 이불같이 덮고 잘 무언가를 붙잡아보려고 무진 애를 쓰지만, 결국 '노자의 도'와 같이 보이지 않는 것들을 붙잡으려다가 결국 아무 것도 붙잡지 못하고 감기에 걸리는 것이 인생이다. 더군다나 나 같은 시인들이야말로 이러한 삶의 끝없는 어긋남 속에서 살아가다가 감기에 걸리는 환자들이다. 나는 환자이기 때문에 시를 쓴다.

1997년 『서울신문』 신춘문예로 등단. 시집 『폐차장 근처』
주소: (우)412-811 경기도 고양시 덕양구 주교동 584-5
전화: (031)918-8851 017-364-8851 이메일: nhpk528@hanmail.net

어머니의 눈

박무웅

여름내 먹장구름이더니 하늘이 높아졌다 바람 속에서도 눈보라 속에서도 사랑 가득 넘치던 어머니의 눈 바로 그 하늘빛이다 스무 살에 남편 따라 남의 땅 히로시마에 갔다가 이름도 듣지 못했던 원폭 투하의 어둠을 겪고 해방이 되어 고향땅에 돌아왔지만 기다리는 것은 땅 한 뙈기도 없는 굶주림뿐이었다 금산에서 이리로 밭매기, 논매기, 바느질 셋째인 내가 일곱 살 때 아버지는 서른 셋 나이로 세상을 뜨고 어머니의 하늘은 어둠뿐이었다 그 하늘 어머니의 눈은 먹이를 좇는 사자의 눈, 독수리의 눈이기도 했고 눈 덮인 산자락을 헤치며 민가까지 내려온 지친 사슴의 눈이기도 했다 어디서도 만나는 하늘마다 나는 어머니의 눈빛을 본다 하늘도 젖는다

어머니의 눈을 떠올리며

지금 나는 인도네시아 자카르타에 서 있다. 내가 오십 후반에 어렵게도 이곳에 진출한 것은 기업정신에서라고 말할 수 있겠지만 또 다른 의미가 있다. 또 다른 의미! 내 마음속에 앙금처럼 고여 있는 그 눈물의 의미!

어부가 바다에 그물을 치듯 거미가 하늘에 그물을 치듯 나는 여유가 지천으로 널려 있는 이곳에 꿈을 친 것이다. 어머니는 해방 전 스무 살 초에 가족과 함께 일본 히로시마에 진출했다고 한다. 비록 작은 것이었겠지만 양말 공장을 하였고 잘되었다고 한다. 그러니까 어머니

는 스무 살 초에 우리나라보다 20년 앞선 일본에 진출한 셈이고 나는 오십 후반에 20년 뒤 떨어진 인도네시아에 진출함 셈이다.

내가 두 살 때 해방이 되었다. 긴 세월 동안 일본의 억압에서 새장에 갇힌 날지 못했던 새들은 하늘 높이 하늘 높이 흐린 하늘을 가르며 날아올랐을 것이다. 월드컵에서 확인한 우리의 민족정신처럼! 어머니도 눈물을 흘리며 손을 흔들며 고국을 외쳤을 것이고 고향 하늘만을 바라보았을 것이다.

'고향 가면 무엇을 하려고' 남아 있던 사람들의 걱정도 멀리하고 잠도 잊은 채 목이 아프도록 몸살이 나도록 몸을 흔들며 부산 항구에 도착했을 것이다. 그러나 기다리는 것은 아! 굶주림. 땅 한 뙈기도 없는. 해방 직후의 모습을 어른들은 아실 것이다. 에어컨 속에서 일하던 히로시마 시절은 꿈 같은 시절이었을 것이다. 게다가 노동에 시달린 탓이었으리라. 못 먹고 고된 삶 탓이었으리라.

말할 수도 없고 말하지 않고는 견딜 수 없음이었으리라. 서른 살 어머니의 가슴에 4남매의 무거운 짐을 묻어 놓고 아버지는 서른셋 나이로 세상을 뜨셨다. 어머니의 하늘은 금방이라도 내려앉을 것 같은 어둠뿐이었다. 그리하여 어린 날 어머니와 4남매는 동네 공회당에서 살아야 했고 길가 피고 지는 잡초들과 친구하며 꿈을 키웠다.

잘사는 친척 많으면 무엇 하나! 잘사는 친구 많으면 무엇 하나! 쌀 한 됫박 주면 보리 한 사발 주면 해결되는 것이냐! 그저 기분 좋은 것이지. 어느 날 TV에서 눈 덮인 산자락을 먹이를 찾아 민가까지 내려오는 날지 못하는 새처럼 이미 죽은 목숨이라고 두려움도 없는 지친 사슴의 눈빛을 보았다. 어느 날 노래방에서 먹이를 좇는 사자의 눈빛을 보았다. 때론 지친 사슴의 눈, 때론 사자의 눈, 독수리의 눈이기도 했던 어머니의 눈. 금방금방 변하시던 어머니의 눈빛이 선명하게 떠오른다. 어머니가 고향을 택한 것과 내가 삼십 중반에 우연히 전자 부품에 손을 대서 큰 날개 펴지 못하고 중소기업에 머물게 된 것은 무슨 연관이 있을까 순간의 선택 때문이라고 말할 수 있을까

1995년 『심상』으로 등단
주소: (우)445-861 경기도 화성군 마도면 쌍송리 5-19 신성전자부품(주)
전화: (031)355-9901~7 011-9907-9161

을숙도에서

박유라

갈대 잎에
번개가 지나갔다. 조명 아래 바이올린!
누군가, 외로움에 몸을 떠는 것이다.
떨고 있는 빛을 골라 絃 위에 올려놓고
배의 뒷전으로 꽃 같은 음들을 날린다.
물결 위에서는 멍울멍울 꽃잎 지는 소리.

새떼가 지나갔다.
바람이 심어 둔 씨앗에 잎이 돋는지
잠시 소용돌이가 일고
누군가, 외롭다고 강가에 나와 絃을 긋는다.
바람에 슬리는 갈대들
무너지는 물결
숨결 숨결
晋이 쏟아진다.

연주자의 고독

강변에서 열린 바이올린 독주회에 가본 적이 있다. 유난히 현악기의 음색이 그리운 가을 어느 날, 콘서트홀을 겸한 카페를 찾아갔다.

저녁 여덟 시, 주위가 온통 강물 같은 어둠이 스며든 홀의 한가운데 둥근 무대조명 속에서 연주자가 바흐의 무반주 소나타 첫 음을 활로 긋는 순간, 내 몸에는 소름이 돋았다.

하나의 음악이 연주되는 것은 얼마나 많은 영혼의 떨림이 있어야 하는지, 그 떨림이 얼마나 빨리 주위에 옮아지는지 알게 된 순간이었다.

주위에 조그맣게 빛을 둘러놓고 연주자는 저 음을 집어내려고 얼마나 애를 쓰는 것일까. 음악은 또, 그 빛줄기 속에서 자신을 드러내려고 얼마나 안간힘을 쓰는 것일까. 그것은 그 좁다란 조명 아래에서 비롯된 음악이 밖의 어두운 강물까지 울려야 하는, 얼마나 외로운 작업인가. 어떤 곡이 조명 아래에서 연주되어지는 그 일은 차라리 그냥 악보 속에 파묻혀 있을 때보다 한없이 더 외로운 일이라는 걸 알게 되었다. 그것이 어디 음악에서뿐이랴.

그날 나는 바이올린 연주를 들으러 갔다가 한없이 떨고 있는 영혼을 느끼고 돌아왔다.

1987년 『시문학』으로 등단. 시집 『야간 병동』 등
주소: (우)135-505 서울시 강남구 도곡2동 465 우성4차 아파트 9동 701호
전화: (02)575-0841 011-9016-8211 이메일: yoora2000@korea.com

버린 신발

박종국

무심코 버린 신발
문수를 늘릴 때마다 벗어 던진,
다 기억할 수 없는,
그것들이 나를 예까지 몰고 온 게 아닐까

굳이 찾으려 애쓰지 않아도
그들이 남기고 떠난 체취는
신발의 문수를 늘려 놓았고
다 자란 문수의 맥박은 숨이 가빴다

문수를 더 늘리려고
잘 맞는 신발을 고르려고
버려야 했던 것들 얼마나 많은가
버리지 않고는 신발 한 켤레도 고르기 힘든
내 삶 속 그들의 체온은
나를 견디고 숨쉬게 했다

버릴수록 따뜻한 배경으로 남아
너와집 한 채 지었다 부셨다 한다

잠재의식으로의 여행

무의식으로부터 솟구치는 의지가 나에겐 있습니다. 그것으로 탄탄한 현존을 만들고 현존을 미래에 맡깁니다. 언제나 주어진 시간에 충실합니다. 현재 진행형 속에서 과거와 미래를 만납니다. 이런 만남은 나를 진지하게 만들고 대상과의 사이를 좁힙니다. 삶을 이어가는 매 순간 순간들에서 의미가 생깁니다.

이렇게 생겨난 의미가 나를 존재 가능케 합니다. 이것이 나의 현실입니다. 그러나 이와 같은 현식 속에는 풀지 못할 숙제 같은 잠재성이 있습니다. 드러나 보이지 않지만 실제하는 것입니다. 내 어딘가에 숨어 있습니다. 밝혀낼 수는 없지만 현실 속에 있어 의지를 만드는 기반입니다.

이런 잠재의식 찾아 떠나는 것이 나에게 시를 쓰게 합니다.

1997년 『현대시학』으로 등단
주소: (우)137-947 서울시 서초구 잠원동 대림아파트 3-1002
전화: 011-255-7084 이메일: allgangey@hanmail.net

낡은 침대

박해람

모든 힘이 빠진 한 사내가 후줄근하게 돌아와
꽤 오래되고 낡은 충전기 안으로 들어간다.
그의 몸에 딱 맞는 배터리
푹신하고 깊은 잠이 넘쳐 나는 낡은 침대 안으로
안경을 벗고 조용히
그의 관절들이 혁대를 풀고 잠든다.
얇은 모기장과, 빛의 속도로 몇 억 광년쯤 날아온 듯한 낮은 스탠드
불빛.
그러고 보니 저 낡은 침대와 연결된 코드는
대기권 밖인지도 모른다.

몇 번의 뒤척임으로 사내는 온몸에
잠을 골고루 바른다.
신선하고 맑은 힘이 온몸으로 퍼진다.
지지직거리는 몇 마디의 잠꼬대가 몸 밖으로 버려지고
꿈과 꿈들 사이에 부드럽고 말랑한 연골이 채워진다.
피로와 힘겨움 같은 것들을 밤새 먹어 치우는 거대한 짐승.
결국, 저 사내도 언젠가는 저 침대의 먹이가 될 것이다.

간혹, 삐걱이며 새어나오는 전류

버려진 꿈들의 폐기장
산더미처럼 쌓인 저 권태와 피곤함이 배어 있는 덩어리.
점점 충전 속도가 떨어져
다시 이불 속으로 파고드는 저 사내
어쩔 수 없이 낡은 침대의 배후가 되어 가는 저 사내.

잠속의 매력

내가 문단에 얼굴을 내민 지 올해로 꼭 4년이 되었다. 인간은 늘 진행형이어서 지금 이 순간에 무엇을 정의한다는 게 참 어려운 일이지만 평생을 두고 시를 써야 하는 나에게는 이 4년이라는 시간이 너무 짧고 초라한 시간이라는 생각만 든다. 그런데 자선 대표작의 창작 배경이라니? 아마도 이 글을 청탁한 분들의 착오라는 생각이 강하게 드는데…….

그래서 생각한 게 대표작은 좀 뭣하고 최근의 시중에서 그나마 편한 시를 하나 나름대로 정했는데……. 글을 창작하는 방식에 차이겠지만 나의 경우는 한 편을 쓰는 데 보통 하루 이상이 걸리는데 어찌된 일인지 이 시는 한 시간도 안 걸린 경우다. 어찌 생각하면 거저 얻어진 시 같아서 기분이 매우 좋았던 기억이 난다.

어느 합평회 자리에서 나는 핸드폰에 관한 글을 하나 읽은 적이 있는데, 그때 같이 자리에 있던 시인 배용제 형이 침대 예기를 했던 것 같다. 나는 그 이후 견딜 수 없을 정도의 피곤함에 늘 시달리는 상황이 되었다. 그래서 누울 수 있는 공간만 확보되면 잠을 자게 되었고 잠을 자면서 나도 모르게 내가 좀더 신선해진다는 생각과 점점 잠의 덩어리에 내가 붙어 있다는 이원적인 생각을 하게 되었던 것 같다.

그 어떤 사색보다도 잠을 통해 무엇인가를 주입 받는다는 생각을 하게 되는 일, 잠 속의 그 풍부한 매력에 빠지는 일, 그것은 마치 오랫동안 동경해 오던 여행지로 떠나는 여행 같은 설렘을 느끼곤 했다. 언제나 최상품의 꿈을 꾸려고 노력하지만 자고 나면 가물해지는 그런 것이 꿈의 실상이라는 것을 알면서도 늘 이곳의 세상이 아닌 다른 곳이 궁금할 때는 나는 내가 꾼 꿈들의 세상을 상상해 보는 것이다. 이 세상에서의 그 수많은 나의 코드들을 그곳의 전압에 맞게 옮겨 꽂는 일을. 그러나 아직은 이곳의 전압이 절대적으로 우위여서 빼고 싶어도 빠지지 않는 이 코드에서 흘러나오는 일상을 충전 받으며 사는 것이다.

아마도 나의 대표작은 내일이면 바뀔 것이다. 그러니 혹, 내 시를 읽으시는 분들은 이것이 나의 대표작이라 생각지 마시라.

1998년 『문학사상』으로 등단
주소: (우)449-020 경기도 용인시 김량 장동 90-6
전화: (031)338-1804 018-318-0335

꽃잎이여

서지월

한 세상 살아가는 법
그대는 아는가.
물빛, 참회가 이룩한
몇 소절의 바람
옷가지 두고 떠나는 법을
아는가.

눈물도 황혼도
홑이불처럼 걷어 내고
갓난아기의 손톱 같은
아침이 오면
우린 또 만나야 하고
기억해야 한다.

꽃이 피는 것과 소유하는 일이
서로 반반씩 즐거움으로 비치고 있는
그 뒤의 일을
우린 통 모르고 지내노니,

흉장의 일기장 속

꼭꼭 숨은 줄로만 아는
풀빛, 그리울 때
산 그림자 슬며시 내려와 깔리는 법을
아는가.

눈썹 위에 눌린 천정을 보며
아들 낳고·딸 낳고
나머지는 옥돌같이 호젓이 앉았다가
눈감는 법을
그대는 아는가.

시인으로 살아온 나날

　인생 역정이라는 말이 새삼 생각난다. 문학적 삶에도 청년기가 있고 신인 시절이 있듯 내 인생도 중년이 되고 보니 여러 가지로 참 감회가 새롭다. 시인이 되고자 온 정열을 다 쏟았던 때가 꿈만 같이 흘러왔고, 그간 시간 나면 찾아가곤 했던 해 어스름의 산책길 풀밭에는 엉겅퀴꽃이 몇 번이나 피었다가 졌는지, 아니면 그 엉겅퀴꽃 필 때마다 나비는 몇 번이나 날아들어 사랑을 나누고 떠났는지, 그리고 그 엉겅퀴꽃은 지금도 피고 있는지 해마다 날아들던 나비 역시 지금은 중년의 나이에 접어들었는지……

　그러면, 그들의 곁에서 그들을 흠모하기라도 하듯 지켜보며 흘러가고 흘러온 개울물은 또 자(尺)로 재지는 못하지만 얼마나 뻗쳐 갔는지 알 길이 없고 보면 말인데, 막연한 것 같으면서 막연하게 지나가 버린 세월이 아니라는 생각도 드는 것이다.

　문학을 한답시고 시를 쓴답시고 20년 가까운 문단 활동을 해오면서 나는 가장 내 가까이에 정신적 지주가 되었던 미당 서정주 선생님, 박재삼 선생님, 이성선 선배 시인, 원희석 같은 동료 시인도 잃었다. 나에겐 참으로 애석하기 그지없는 일이 돼 버렸는데, 누가 뭐래도 별 볼일 없는 내게 가장 가까이 자리했던 분들이었음을 자부해 보는 것이다.

　「꽃잎이여」라는 시는 늦깎이 대학 시절에 씌어진 것으로 당시 고려대학교 영문과에 재직 중이셨던 김종길 선생님으로부터 찬사를 받았으며, 또한 늦깎이 등단 바로 전 '전국교원예술상' 문학 부문 대상(大賞)에 당선되어 문화부 장관상을 받았는데 박재삼 선생님께서 심사를 하셔서 아낌없는 찬사를 받았던 기억이 새롭다. 그게 KBS-TV 저녁 9시 '뉴스센터'와 MBC-TV 저녁 9시 '뉴스데스크'에서 동시에 내 얼굴이 방영되어 나는 이때부터 부모 형제와 친척들로부터 "밥 빌어 처먹을 짓 사서 한다"는 비난을 마감한 계기가 되었으며 문단에 첫 발을 딛는 계기도 되었음은 물론이다. 당시 나이 서른이었는데 "60 먹은 어른이 인생을 달관하고 쓴 시인인 줄 알았는데, 실은 알고 보니 새파란 청년이네!"라고 임영조 선생님께서 하신 말씀이라는 걸 지금은 미국에 이민 가 있는 후배 시인 강남옥으로부터 오래 전에 듣기도 했다.

1986년 『심상』과 『한국문학』으로 등단. 시집 『가난한 꽃』 등
주소: (우)711-862 대구시 달성군 가창면 대일리 78 두문산방.
전화: (053)767-7421

生은

설태수

몸에서 한 줄기로 빠져나가는 것을
실감하거나 보고 있는 동안은
대개 숙연한 기분이 든다.
볼일 볼 동안만 그런 건 아니다.
일 직전에는 집중하게 되고
직후에도 그 여운은 잠시 머뭇거린다.

뭇 생명체가 지나간 흔적도
제각기 한 줄로 이어진다.
무수한 발을 지닌 지네도
껑충껑충 뛰는 노루도
그 지나간 흔적은 외줄이다.
生은 소(牛)가 외줄(一) 위를 가는 형국이다.

외줄이란
그 흐르는 모양이 아무리 기묘하고 우스꽝스러워도
위태로우며 적적한 것이다.
그 흔적은 끌로 새겨 나간 것 같아서
잘 지워지지 않는다.
비행기 지나간 푸른 하늘의 흰 길처럼

진흙길의 발자국처럼
배 지나간 물길처럼.

길이, 그렇다고
순탄하게 전개되는 것은 아니다.
대나무의 마디
소나무의 옹이
강물의 소용돌이
때론 변비, 요도결석.
멈춰질 것 같은 그런 장면들이 있다.
그렇게 머뭇거릴 때는
고통스럽기도 하지만
秋史의 획처럼 에너지가
농축되는 순간이기도 하다.

생은 외줄이라는 것을
외줄기가 아래로 아래로 내리 뻗기도 하고
그 덕에 부르르 몸을 털며 상승할 수도 있다는 것을
볼일 보다가 거듭 실감하는 데
옆 화장실에서 이동전화 소리가 울린다.

마음 놓고 똥 누던 시절이 그리워

　공중목욕탕에서 목욕하는 사람들을 보니 열심히 몸을 닦고 있었다. 진지하게 때를 씻어내는 그 모습들이 거룩해 보이기도 했다. 몸을 닦을 때 마음 또한 깨끗해질 것이기에 보기 좋은 모습이라는 느낌이 들었다. 바쁘게 돌아가는 일상 속에서 그나마 숙연한 기분이 드는 때가 하루 중 또 언제일까를 헤아려 보니 볼일 볼 때라는 생각이 떠올랐다. 그래서 이 졸시를 쓰게 되었다. 볼일 볼 때 왜 입을 다물게 되고 숙연한 기분에 사로잡히는가를 좀더 생각해보니, 우리가 살아간다는 것이 외줄을 타고 가는 힁국피 흡시디는 것이다. 산디는 것은 비셜을 하는 것이고 그 배설의 형상이 외줄이므로, 삶이란 곧 외줄을 타고 가는 것과 다르지 않은 셈이 된다. 우리가 평지를 걸을 때에도 발을 내딛는 그 순간은 발이 닿는 그 지점만 활용하게 된다는 점에서, 발 닿는 곳 이외는 모든 곳이 절벽이라 해도 크게 틀린 말이 아니다. 한 순간에는 한 곳 이상을 갈 수 없다는 숙명적 한계. 이 사실에 대한 잠재의식이 알게 모르게 우리 마음 깊은 곳에 자리잡고 있으므로 우리는 외줄로 뻗어 가는 배설물을 보거나 실감할 때, 자신도 모르게 숙연한 기분이 드는 게 아닌가 한다. 그러나 이제는 이러한 원초적 기분을 느낄 수 있는 기회도 상실되고 있다. 화장실에서도 이동전화가 고요를 깨뜨리니 말이다. 마음 턱 놓고 똥 누던 시절이 점점 그리워질 것이다. 오, 불쌍한 나의 형제 나의 동포여!

1990년 『현대시학』으로 등단. 시집 『열매에 기대어』
주소: (우)390-711 충북 제천시 신월동 산 21-1 세명대학교 영문과
전화: (043)649-1218. 이메일: stsoo@semyung.ac.kr

아플까 보다고?

오창렬

가을볕 눈부신 날
딸아이 데리고 단풍 숲으로 간다
물들고 떨어지는 것 한 가지로 고와
천지가 눈부시다

작약하는 내 뒤로
겁 많은 다섯 살 망설이고 섰다

(저 낙엽 밤새도록 한데서 굴렀겠는데, 새벽엔 한바탕 무서리도 지났
겠는데, 저렇게 사람들이 밟고 가는데, 가슴이 짓찢기는데⋯⋯,)

낙엽 밟는 발자국 소리도 좋다
손짓을 하면
아플까 보다고
잎 지는 길 건너오지 못한다

가을볕도 가을볕이지만
들었던 한 쪽 놓지 못하는 다섯 살의 발 앞에서
단풍은 다시 달아오른다
몰리는 낙엽도 울컥 설렌다

아파하는 마음

『시안시인 2002』의 원고 청탁서는 나를 당황케 한다. 대표시라니! 짧은 문단 경력에다 재주도 모자란 터에 게으르기까지 했던 저간의 삶이 숨을 막아 왔다. 안절부절못하던 나는 또 황당한 느낌에 잡힌다. 내가 어떤 시를 내세운다면, 그것이 아주 나의 대표시이고 말 것인가? 내가 시를 써야 할 창창한 세월과 내가 탄생시킬 영롱한 영혼들은 어디로 가란 말인가? 도대체 말이 되는가?

마음을 잡지 못하다가, 이제껏 쓰지 못한 '대표시'를 당장 쓰고 말리라 이를 악물어 보기도 하다가, 묵은 작품 하나를 내민다. 시 안의 딸아이는 다섯 살 가을이고, 시 밖에서 딸은 지금 여덟 살 여름이므로 삼 년이 조금 못 된 작품이다.

그 가을 딸아이를 데리고 단풍 숲에 갔다. 그때, 떨어져 떨고 있는 단풍을 차마 밟지 못하고 머뭇거리는 딸아이의 모습에서 나는 짜릿한 시 한 편을 보았다. 슬프기까지 해 보이는 딸아이의 모습이 어쩌나 예쁘던지, 단풍은 그날따라 어찌 그리 붉던지…. 그 시를 옮겨 적은 내 붓만이 둔탁할 뿐이다.

그 날 딸아이의 마음이 만든 풍경 속에서 나는 배웠다. 떨고 있는 것 앞에서 아파할 줄 아는 마음이 참된 시라는 것을. 나는 언젠가 씌어질 나의 대표시가 이 아파하는 마음에서 씌어지기를 바란다. 그리고 『시안시인 2002』 덕분에 되살리는 지금의 이 마음을 간직하는 한 나의 대표시는 우리의 대표시가 되어 따뜻하게 퍼질 것이라 믿어도 보는 것이다.

1999년 『시안』으로 등단
주소: (우)560-834 전주시 완산구 중화산동 2가 17 거성근영아파트 101동 1712호
전화: (063)901-4070. 이메일: atheo21@hanmail.net

하관

오탁번

이승은 한 줌 재로 변하여
이름 모를 풀꽃들의 뿌리로 돌아가고
향불 사르는 연기도 멀리 멀리
못 떠가고
관을 덮은 명정의 흰 글자 사이로
숨는다
무심한 산새들도 수직으로 날아올라
무너미재는 물소리가 요란한데
어머니 어머니
하관의 밧줄이 흙에 닿는 순간에도
어머니의 모음을 부르는 나는
놋요강이다 밤중에 어머니가 대어주던
지린내 나는 요강이다 툇마루 끝에 묻힌
오줌통이다 오줌통에 비치던
잿빛 처마 끝이다
이엉에서 떨어지던 눈도 못 뜬
벌레다
밭두렁에서 물똥을 누면
어머니가 뒤 닦아주던 콩잎이다 눈물이다
저승은 한 줌 재로 변하여
이름 모를 뿌리들의 풀꽃으로 돌아가고

신통(神通)의 상징

나는 이 작품을 쓸 때 어머니와 나 사이를 이어 주었던 탯줄과도 같은 끊어지지 않는 상징을 애타게 갈구하고 있었는지도 모른다. 그러니까 내가 갈구하는 끈은 바로 저승과 이승의 해후를 의미하고 또 신통(神通)의 상징을 뜻하기도 한다.

신통이라는 것이 초현실적, 초인간적 괴력을 뜻하는 것이 아니라 이 시에 나타나는 대로 어머니를 부를 때의 '나'의 진정한 모습, 즉 '지린내나는 요강', '오줌통', '잿빛 처마 끝', '이엉', '눈도 못 뜬 벌레'이며 어머니가 뒤 닦아주는 '콩잎'이며 '눈물'에 불과한 아주 작고 여린 무력(無力)의 요소들이다. 자궁 속에서 유영하며 탯줄을 통하여 영양을 공급받는 태아였던 '나'가 이 시에서는 '눈도 못 뜬 벌레'로 표현되었는데 왜 그 벌레가 이엉에서 떨어져서 툇마루 끝에 묻힌 오줌통에 빠지는 것일까.

나는 평소에도 삶의 본능보다는 죽음의 본능에 의하여 조종되고 있는지도 모른다. 내가 지금 살아가고 있는 방식은 죽어가고 있는 아름다운 방식을 찾아가는 과정에 불과하고 그 끝에 가면 나는 어머니를 만나 어머니의 태반 속으로 다시 회귀하게 되리라. 하느님이 되신 나의 어머니.

1967년 『중앙일보』로 등단
(우)136-701 서울시 성북구 안암동 고려대학교 국어교육과
전화: 3486-1305, 011-473-1305

여기가 어딘가

유안진

그리움, 외로움, 괴로움, 두려움, 부끄러움을 짐 지고,
슬픔, 아픔, 배고픔을 물 마시며,
쓰리고 아린 두 눈 부벼 부벼,
발굽이 갈라 터지도록 걷고 걸어서 여기까지 왔습니다 낙타는,
여기가 어딘가
우주로 통하는 하나뿐인 통로
바늘귀 앞에까지ㅡ.

시인의 길은 바늘귀 앞일 것이다

　신파의 새로운 약속의 책인 성서 신약(新約)에서, 성자 예수는 부자가 하느님 나라에 들어가는 것은 낙타가 바늘귀로 들어가는 것과 같다고 했다. 그만큼 어렵다는 뜻이리라. 그러나 사람으로서는 불가능할 수밖에 없지만 하느님으로서는 가능하다고 하지 않았던가.

　부자에도 여러 종류가 있으리라. 나는 그리움, 외로움, 괴로움과 두려움과 부끄러움에서는 둘째 가라면 서럽고 억울할 부자이다. 여기까지 살아오느라고 내 딴은 얼마나 서럽고 두려웠던가. 슬픔과 아픔과 배고픔으로 타는 목마름을 적시며 목 축이며 쓰리고 아린 여정을 혼자서 여럿이서 여럿이면서도 혼자서 걸어 걸어왔다. 누구든 나와 같지 않았으랴마는ㅡ.

　가도 가도 바늘구멍이요 살아도 살아도 바늘귀를 통과해야 하는 것이 인생인지도 모른다. 하나의 세계에서 또 다른 세계로, 하나의 문제에서 또 다른 문제로…… 끝도 없는 바늘귀를 내 힘이 아닌 사람으로서는 불가능하였으나 초자연적인 무엇, 아니 절대자의 도움으로 용케

도 번번이 잘도 통파해 왔다.

이제는 작은 세계가 아닌 절대자의 세계, 우주 가족으로 사는 삶이어야 한다고 생각한다. 가엾고 측은한 힘없는 동물의 형제로서, 인간에게 생명을 제공해 온 무수한 초목들의 형제로서, 시인의 길은 바늘귀 앞일 것이다. 아니 내 딴은 산다고 살아와 보니, 아직도 여전히 더 좁은, 더 힘든, 더 불가능한 바늘귀 앞이라는 생각이다. 아니 비로소 바늘귀 앞에까지 왔는지도 모르지.

초고를 써서 창작 클래스에 보였다. 묵사발을 만들어 달라는 청과 함께. 그 결과 여러 서로 어긋나는 의견과 비판들을 얻었으나, 제목만 바꾸었다. 처음의 제목 〈바늘귀 앞에서〉를 〈여기가 어딘가〉로. '무겁게 짐 지고'에서 '무겁게'도 뺐다. 어떤 비평가는 다 버리고 다음만 살리라고도 했다.

"여기까지 왔습니다 낙타는
우주로 통하는 하나뿐인 통로
바늘귀 앞에까지."

그러나 본래의 7행 전문은 읽지 않은 분들께 이 3행만 보였더니, 고개를 저었다. '선문답이나 선승의 어록은 될 수 있어도 시로서는 좀……'이라고. 고민을 하다가 언어 예술로서 시가 되자면- 뒤에 보여준 7행 전문이 아무래도 낫다는 의견을 따랐다.

첫줄의 '움'자 돌림자의 순서와 둘째 줄의 '픔'자 돌림자, 그리고 '아리다 쓰리다'의 동류 모임이 낙타와 필수 불가분의 관계라고들 했다. 가장 작은 '바늘귀'와 가장 큰 '우주'의 대비가 좋다고들 했다.

언제부턴가 가장 최근작이 대표작이어야 한다는 '내 원칙'을 지키려고 이 작품을 뽑았을 뿐이다. 이런 원칙에 따랐다는 뜻에서, 최근작이 대표작이 되도록 써야 한다는 원칙을 고수하려고.

1965년 『현대문학』으로 등단
시집 『봄비 한 주머니』외. 정지용 문학상. 월탄 문학상. 펜 문학상 등 수상
주소: (우)137-063 서울 서초구 방배동 983-22 청광빌라 5차 가-301호
전화: (02)582-3409(자택) (02)88-6824(연구실) 016-266-3409
이메일: AnjYoo@hanmail.net.

굴욕의 땅에서 1
— 珍에게

이경림

밥숟가락 넘기는 일이 이렇게 아득한데 영영
못다 할 날들이 벌 떼처럼 몰려오는구나
햇빛은 차고 달빛은 섬짓한데
그 사이 어느 틈새로 너는 날아갔을까?

너를 묻을 때 삽 끝에는 자꾸 길이 끌려든다
네 길도 잘 접어 관 귀퉁이에 묻어 준다
나무들이 굴욕처럼 우뚝우뚝 서 있는 숲에는
아픈 새의 울음이 구른다
미처 자리 잡지 못한 흙들이 바람에 날린다
네가 가져간 날들이 오지 않는다

그렇다
너는 아무도 없는 어둠의 한가운데 두 팔을 벌리고
휘적휘적 찾아올 키 큰 궁륭과 입 맞추리라 첫 키스처럼
아득하고 모호한 날들이 너를 에워싸리라
그 때 나는 어둠의 뒤편에 서서
멀리서 태양이 비껴 뜨고 수직으로 떨어져 내리는 장관을 보리라
아, 한꺼번에 때묻지 않은 새들이 날아오르리라
깃털 위에는 검고 검은 날들

정오의 시계는 일제히 두 손을 모으리라
태양이 정수리에서 수직으로 떨어지기 전에
사람들은 서둘러 지하철을 타리라
한 칸씩 어두운 계단을 밟고 내려가 그 속에 불이 환한
죽은 날들과 죽을 날들이 함께 두서없이 실려
소리 없이 뒷걸음치리라

대답해 다오
끝없이 설레고 설레면서
나무는 나무의 반짝임으로
집은 집의 어두움으로
길은 길의 정처 없음으로
어느 아득한 들판에 쓰러져야 하는지

무엇이 모여 어둠이 되는지

　등단 직전 나는 친구 같기도 하고 오라버니 같기도 한 세 살 아래의 동생을 잃었다. 후일 등단작 열 편 중 한 편이 되었던 위의 작품은 동생을 묻고 돌아오는 장의차 안에서 단숨에 씌어진 작품이다. 서른아홉의 생때같은 젊은이를, 눈이 초롱초롱한 다섯 살 일곱 살 남매의 사랑스런 아빠를, 아니 무엇보다 38년간 나의 사랑하는 동생이었던 그를 묻고 돌아오는 길은 문자 그대로 칠흑이었다. 비틀거리며 어두운 말티재를 넘는 장의차 안에서 나는, 처음으로 어둠의 실체를 보았다. 무엇이 모여 어둠이 되는지, 어둠의 속에는 무엇이 사는지 어렴풋이 보이기 시작했다. 그렇다. 나의 유일한 문우이기도 했던 동생의 죽음은 그 때까지 모호한 관념의 세계에서 헤매던 나를 현실로 끌어내린 것이다 "생은 이런 거야! 이 슬픔의 미세한 입자들을 봐!" 하고.

　잔인한 이야기지만 나는 그의 죽음을 통과제의(通過祭儀)로 하고서야 내가 발 딛고 선 현실과 현실을 둘러싸고 있는 온갖 아우라들을 볼 수 있었다. 그 후, 나는 안암동 연작을 통해 내가 통과해 온 가난과 소외된 이웃들에 대해 비로소 거짓 없이 쓸 수 있었다

　'글이란 괴물은 잔인하기 짝이 없는 짐승이라 고통도 슬픔도 절망도 희망도 진짜일 때 슬며시, 꽃 한 송이를 던져 주어 인간을 위로한다는데, 그 꽃의 빛깔이 형언할 수 없이 아름답고 향기가 만 리에 떠돌더라. 그걸 일컬어 사람들은 詩라고 부르더라.'

1989년 『문학과 비평』으로 등단. 시집 『시절 하나 온다, 잡아먹자』 등
주소: (우)403-777 인천시 부평구 산곡3동 현대3차 아파트 310동 502호
전화: 011-9749-5743. 이메일: poemsea@dreamwiz.com

회전문

이명숙

일주일에 한번은 회전문을 통과한다
그 배타적인 철저함에 매번 놀란다
아주 부드럽게 끌어들이는 이중성에 속아
일단 한 발을 들여놓으면
그때부턴 내 의지와 상관없이 돌아간다
언제나 아슬아슬함을 느낀다
문 속에 갇힌 공기도 제 힘으로
어쩔 수 없는 상태다
안과 밖 어느 곳에도 속할 수 없는
나를 발견한다
회전문은 나의 갈등과는 아무런 상관없이
정확하게
한 치 오차 없이 날 밀어낸다
엉거주춤 들어선 내 삶 속에
나 자신은 항상
아웃사이더, 인 것처럼

지금도 나는 아웃사이더

나를 찾아 가는 일이었다. 시란 내게 나를 인지하는 하나의 길이였지.

성균관 전학을 맡으시고 제례위원이신 아버님 밑에서 맏딸로 태어나 자라면서 나의 오랜 화두는 여자란 자기 삶 속에 얼마나 온전하게 자기를 가지고 있는가였다. 무조건적인 순종과 인내를 요구하는 관습이 싫었고 슬펐다. 어머님의 생이 그랬으니까 당신 삶에서 당신 몫은 너무나 빈약했다.

결혼 후 어느 날 문득 어머니와 너무나 흡사한 내 삶을 발견했고 죽을 것같이 절망스러웠다. 그 즈음 공부를 시작했다 길을 찾기 위해서…….

그 강의실 입구 문이 회전문이었지. 아마 문을 들어 설 때마다 잡힐 듯 잡힐 듯하던 이미지. 꼭 내가 살고 있는 삶 같다는 생각이 이 시의 탄생 배경이다 .

지금도 나는 아웃사이더.

1997년 『월간문학』으로 등단
주소: (우)706-010 대구시 수성구 범어동 궁전맨션 2동 1005호
전화: (053)752-5145 016-649-5145

컵라면

이영춘

오글오글한
머리들이 모여 있다
혹은 웃는 듯도 하고
혹은 우는 듯도 한
그 얼굴들은
마치 내 동생이
직공 생활을 하면서
야간학교를 마치던
마산 어느 공단의 여공들 얼굴 같아서
감히 나는
컵라면을 먹을 때마다
목 줄기가 라면처럼 배배 꼬여진다

마치 내 동생의
피와 살이
내 건강한 폐부로
흘러 들어가는 것
같아서.

가난한 자의 노래

　인생이 참담하던 어느 날, 생활을 마감하고 싶던 그 어느 날, 그러면서도 끼니를 거르지 못하고 남들이 다 먹는 점심시간에 나도 살기 위해, 내일의 시간을 위해 컵라면 하나를 사다가 물을 붓고 다시 한참 뒤에 컵라면 뚜껑을 열었다.

　순간, 확 느껴지는 비애! 꼬불꼬불한 그 머리들은 진정 어느 직공들의 얼굴들로 비쳐 왔다. 신문에서 간간이 듣고 보던 모습들, 그들의 피와 땀 그리고 박봉의 생활들이 그 속에서 울고 있는 모습, 그대로였다.

　'아름다운 청년 전태일'이 아니더라도 70~80년대 산업현장은 충분히 우리를 슬픔의 도가니로 몰아넣지 않았던가? 그 현장을 직접 목격하지 않았더라도 항상 서민으로 살아가는 나에게는 보는 이상으로 그들의 삶을 알 수 있을 것만 같았다.

　유독 형제 자매가 많았던 우리 집은 봉평의 깡촌에서 9남매를 다 외지 유학을 시킬 형편이 안 되었기 때문에 실제로 내 여동생 하나는 소위 말하는 '낮에는 일하고 밤에는 공부하는' 그런 기업체 학교를 다녔다. 그 뼈아픈 사실이 현실적 대상물로 내 눈앞에 확 나타났을 때, 먹는다는 그 사실보다는 거기서 끓어오르고 있는, 혹은 무어라고 말하는 듯한, 그러면서도 침묵으로 일관하는 그들의 울분 같은 전율을 느끼지 않을 수 없었다. '혹은 웃는 듯도 하다'는 표현은 환치법을 썼을 뿐이며 실제로 웃는다면 그것은 자학이거나, 누군가를 향한 조소의 표현이다.

　지금도 우리 사회는 어렵게 살아가는 사람들이 많다.

　어찌 피와 땀의 열매가 '컵라면' 뿐이겠는가? 우리들이 매일매일 먹고 마시고 배설하고 그리고 향유하는 모든 것 뒤에는 반드시 노동자들의 눈물과 살과 피와 땀이 함께 한다는 사실을 감지한다면 좀더 인류애적인, 혹은 인간적인 그 목소리를 들을 수 있지 않을까 하는 생각, 늘 간절하다.

1976년 『월간문학』으로 등단. 시집 『슬픈 도시락』 등
주소: (우)200-758 강원도 춘천시 후평3동 현대 아파트 202-808
전화: (033)254-7356 (033)764-2566 017-377-7356
이메일: lee41211@hanmail.net

상추쌈

이채운

오늘은 상추쌈이 먹고 싶다

이글거리는 대낮의 갈증과 찌뿌등한 심기
갖고 싶고 움키고 싶은 것들까지 척척 포개 얹어
온 세상 푸르른 잎맥의 살로 포옥 싸서
한 입 그득한 達觀의 맛을 만나고 싶다

짙은 향기가 시든 입술 열어 주고
환한 목구멍으로 노래가 흘러나오게 한다면
흙살 비집고 나온 눈과 귀, 두런거리는 물소리와
공기의 춤이 어울린 정신의 꼭대기로 올라간다면

어린 시절 나는 울퉁불퉁한 지구를
푸르게 덮어 버릴 마술의 천 같은 것을 꿈꾸었다

맵고, 떫고, 시고, 짠 온갖 생활의 감각들
뒤섞여 독이 되는 찌꺼기조차 오래 삭힌 된장처럼
부드럽고 상큼하게 千手大悲의 큰 손바닥 내밀듯
크게 거두어 감싼다면,
얼마나 감칠맛 나는 세상 될까

그 높은 정신의 꼭대기

체질적으로 더위에 약한 나는 여름이 오면 새삼 당황해 하며 달력을 힐끔거린다. 그러다 이 계절을 내게 유익하게 활용할 수 없을까, 하는 생각이 들면서, 수행자가 고행(苦行)으로 도를 닦듯이 무더위와 정식으로 대면하려는 의지가 불현듯 생겨난다.

움츠리고 옹송그리는 작은 몸짓들을 거두고 닫힌 내면을 열어젖히면, 그때 우주와 계절의 신이 흠뻑 내게 안겨 든다. 자연과 나는 더 이상 대결적 구도가 아니다. 상추쌈도 그런 내적 열림으로 가는 하나의 일상적 매개체로 내게 주어졌다.

먹을거리만큼 인간에게 친근하게 다가오고 즐겁게 받아들여지는 것이 또 있을까. 하지만, 요즘같이 식도락이 미화되고 국적을 넘나드는 다양한 요리와 육식이 횡행하는 식생활 문화 속에서, 우리의 혀는 점점 수많은 욕구에 무방비 상태로 내던져진다.

이른바 사회 · 문화가 발전할수록 인간의 기호와 욕구 체계는 나날이 팽창하고 삶의 필요 조건들은 무한히 늘어난다. 그러므로 하루하루가 알찬 충만감보다 욕구불만과 심리적 불균형 으로 고착되기에 우리 삶의 양태가 결국 맵고, 떫고, 시고, 짠 것이 되어 버리는 것이 아닌가.

이제, 나는 대자연과 우주의 생기와 본성을 끌어들여 나의 내부로 흘러들게 하고 싶다. 인 간의 복잡한 명분과 까다로운 조건들을 다 놓아 버리고, 상추쌈 한 입에 풀벌레가 찌르르 울 고 잠들어 있던 공기의 입자들이 폴폴 날개 치는 그런 자연인의 가슴으로 한없이 단순해지면 어떨까.

아침 바다처럼, 지친 눈빛 쓸어 주는 광대무변(廣大無邊)의 하늘처럼 크게 보듬을 줄 아 는, 크게 열린 사람이 되고 싶다. 그 안으로 리듬과 노래가 피어나고 영혼의 세포가 가닥가닥 춤을 추는 무아경(無我境), 그 높은 정신의 꼭대기로 올라가고 싶다.

2000년 『영남일보』 신춘문예로 등단
주소: (우)706-817 대구시 수성구 범어3동 36 진주맨션 205호
전화: (053)756-6445

깨꽃 속에

정이랑

황소 울음소리 노을을 몰고 가는 저녁 길
굴뚝마다 바람의 사닥다리 오르며 재잘대는
연기 산꼭대기 첫 별을 끌어올린다
끝이 보이지 않는 바다 뿌리 뻗은 한 잎 섬처럼 나는
깨꽃 속에 박혀 있었다 부르튼 어머니
손등 같은 이파리들 이랑마다 출렁출렁
어둠은 숲 속 소나무 가지에 숨어들고 달빛도
종소리처럼 흔들리는 꽃송아리에 머리를 눕힐 때
누가 매달아 놓고 돌아간 것일까
뚝뚝 달빛 끊으며 퍼붓는 산짐승의 울음 끝에도
꽃은 피어서 환한데
호미같이 등 굽은 어머니는 보이지 않는다
손뼉 치며 바라보던 마을 언덕 위에는
서로의 어깨 기대어 부푸는 쑥부쟁이만 나를 붙잡고
한낮 슬레이트 지붕에서 미끄러지는 햇볕을 보다가
감춘 속눈썹까지 타 버린 해바라기처럼
서서 울었다
사라진 시간의 껍질 속으로 저며 드는 물소리
듣고나 있는 것일까
알고 있다는 듯 쓰르라미가 운다
샐비어 꽃잎처럼 화려하지 않는 깨꽃 속에서

변하지 않는 것의 노래

대구에서 2시간 가량 시외버스를 타고 이 마을 저 마을을 엮어 가노라면 '다인면'이 나타난다. 그곳에서 또다시 구불구불 지팡이 같은 좁은 길을 30분은 족히 걸어가야 하는 산골. 서른 가구가 옹기종기 붙어 있는 마을이 보인다. 나는 그곳에서 5형제 중 둘째딸로 태어났다. 어머니 아버지는 과수원을 조그맣게 운영하고 있었고, 우리 형제는 그 과수원에서 살다시피 하였다. 형제 많은 집안에 태어나서였을까? 항상 무엇으로도 채워 주지 못하는 '텅 빔'이 가슴속에 엉겅퀴꽃처럼 엉겨 붙어 있었다. '나는 누구일까?', '무엇을 하기 위해 이 세상에 태어난 것일까?', '이런 시골에서 내가 할 수 있는 것은 과연 무엇일까?' 등등……. 초등학교를 거쳐 중학교에 들어가면서 나의 머리 속에는 그런 것들로 가득 차기 시작했다. 대학교라고는 꿈도 꿀 수 없었고, 돈 드는 일이라면 무조건 할 수 없었다. 할 수 있는 것이라고는 도둑고양이처럼 학교 도서관을 수차례 드나들었다. 책과 함께 할 수 있다는 것이 무엇보다 즐거움으로 내게 다가왔다.

그 생각이 지금의 나를 만들어 놓은 것이다. 하늘과 땅의 모든 것을 바라보게 하였고 느끼게 하였고 노트 위에 표현하게 만들었던 것이다. 구름, 달, 별, 바람, 태양, 나무, 새, 꽃, 풀, 흙, 벌레 등등 자연과 디불어 그곳에서 이십 년을 살았다. 봄이면 복사꽃 속에서 얼굴을 붉혔고 여름이면 시냇물 소리에 귀를 열어 놓았다. 가을이 되면 주렁주렁 거꾸로도 잘 매달려 있는 열매들을 어김없이 만날 수 있었고 겨울이면 윗동네 아랫동네 집집마다 흘러나오는 불빛의 정겨움. 그곳을 떠나온 지 십 년이 넘었다.

나는 여전히 마음은 자연과 손잡고 살고 있다. 새까만 밤하늘에 눈을 부릅뜨고 있던 별들을 처음 보았을 때처럼 변하지 않는 것을 노래하고 싶다. 옛 시인들이 노래한 소재로 시를 쓰는 것은 신선함이 없다는 말을 무척이나 많이 들었다. 새로움이 없다는 지적. 그래도 나는 좋다. '바람 따라 구름 따라'라는 유행가의 가사처럼 마음 가는 대로 시를 노래하고 싶다. 위의 시 '깨꽃 속에'는 내가 살았던 고향의 마을을 그림처럼 바라볼 수 있는 시다. 눈을 감고 있으면 어느새 마음은 고향에 가 있는 듯하다. 황소가 엉금엉금 저녁노을과 함께 집으로 돌아가고 산짐승의 울음소리와 별들이 속닥거리는 소리를 들을 수 있다.

세상을 살면서 변하는 것을 노래해야 할까 변하지 않는 것을 노래해야 할까. 살고 있는 세상은 늘 변한다. 그래서 내 시는 변하지 않는 것을 노래하고 싶다. 우리의 생활 속에서 잊혀져 간 것들을 끄집어 올려 노래하고 싶다. 무덤으로 가기 전까지는…….

1997년 『문학사상』으로 등단
주소: (우)700-320 대구광역시 중구 대신동 115-378 서문시장 정보센터
전화: (053)256-2258 016-819-5280 이메일: irang123@yahoo.co.kr

감자녹말

정주연

자정이 두세 점이나 지났다.
무거워진 밤을 접어놓고
이제 그만 침상으로 들기 전

문득
어린 날 고향 우물가
한 낮 내내 진동하며 동네방네 발효하는 냄새로
육신의 탈을 게워 내며 지워 내며
항아리 가득한 물 속에 숨 막힌 가슴
가라앉히며 쌓여 가던
어린 감자녹말을 생각한다.
누구의 인생이었을까?
그 미끄럽고 보드랍게 눈뜨는
감자 분말을 영혼의 손가락이 비벼 본다.

새벽은 믿을 수 없어
나도 잠들기 전 아무도 몰래
내 작은 녹말 항아리 새 물을 갈아 넣어야겠다.

시는 생명의 불꽃을 쏟아 부을 수 있는 통로

남들이 하교하는데 혼자 등교하는 것 같은, 다른 이들은 여행을 끝내고 집으로 안착하는데, 다 저문 해를 배경으로 어설픈 출발 길에 오른 막막함.

나의 시작(詩作) 소감이다.

그러나 '남들은 보다 나는'에 더 무게가 기우는 나의 시계를 부끄러워만 할 수는 없기에, 가까스로 용기를 내어 본다.

시인 이상의 막다른 골목으로 달려오는 열세 번째 아해의 공포, 그런 절박한 시(詩)에 대한 천착이 더 깊이 숨은 이유임을 고백해야겠지만, 왜 묻지도 않은 장황스런 시작 소감을 쏟아 놓았는지?

깊디깊은 어느 밤을 지나며 발효기의 진통을 끝낸 차갑고 서늘한 어떤 영혼의 변신이 문득 감지되었다. 너무너무 고요한 시간이었기 때문에, 내 작은 그릇도 가라앉아 명징했었다고 할까?

변신의 진통을 유독 감출 줄 모르던 어린 시절 우물가 감자녹말 만들기가 연상되었고, 졸시의 창작 배경이다.

이제 조금 거리를 두고 떨어져 서서 지금과 지나간 것들을 바라볼 수 있는 여유가 기쁘고, 늦었지만 남은 생명의 불꽃을 쏟아 부을 수 있는 통로를 갖게 된 것을 감사하면서 차분히 정진하고 싶다.

2001년 『평화신문』으로 등단
주소: (우)200-882 강원도 춘천시 동내면 학곡리 106-4 3/4반
전화: (033)262-1764 011-9901-1720 이메일: jy-june@hanmail.net

새 둥지가 있는 겨울 풍경

조계숙

저무는 자연의 시간이
가지에 걸린 세 계절을
서서히 털어 내고 나면
나무는 하늘을 향해
갈래진 길을 내기 시작하고
커다란 마침표 같은 새둥지를
하나 둘 드러낸다

새가 새를 낳고
삶이 삶을 낳고 또 낳은
새가 새를 기르고
삶이 삶을 기르고 또 기른
그 무게를 고스란히 안고
거대한 자연의 책 속에
온 몸으로 눌러 찍은 점
시작과 끝이 하나로 맞물린 점

하늘을 품고 열려 있는
그 우묵한 역사의 공간
할미새와 어미새들의

길고 긴 삶의 행로가 담긴
새 둥지가 있는 겨울 풍경

할미새와 어미새의 이야기 속으로

현재라는 시공간은 빅뱅 이후 인간들이 지나온 삶을 쌓아올린 축대 위에서 움직인다. 아침에 눈을 뜨면 슬슬 가동되는 현재라는 추진기, 그 추진의 원동력은 나날이 거대해지는 과거 또는 역사에서 온다.

자연의 세 계절 동안 새 둥지는 존재를 드러내지 않는다. 새 둥지는 나뭇잎들의 실루엣 속에서 가끔씩 목소리를 낼 뿐이다. 그러다 시간이 저물고 겨울이 풍경 속으로 들어오면, 한 타래의 길들로 남은 나무 위에서 본 모습을 보여주기 시작한다.

우리가 걷는 길은 그 길을 처음 다져 나간 개척자의 몸속을 휘돌던 혈류의 뜨거운 기운을 안고 있다. 그리고 우리가 그 길을 걷는 것은 이전에 무수히 지나간 사람들이 했던 이야기와 겪었던 이야기 속에 발을 담그는 것과 같다.

사람들은 겨울을 상실의 계절이라고 하지만, 새 둥지가 있는 겨울 풍경을 보노라면 나는 마음이 넉넉해지면서 상상의 마침표 속으로 이끌려 간다. 그 속에 차곡차곡히 쌓인 할미새와 어미새의 이야기를 들으러, 겪으러 간다.

빈 몸으로 떠나는 언어 여행길에서 수수께끼를 만나면, 언어들이 뛰놀도록 하되 애써 풀려 하지 않아야 스스로를 결박하지 않게 되리라. 시 안에도 길이 있고, 시 밖에도 길이 있다. 아직 직조되지 않은 길을 찾아 떠나자.

1999년 『라쁠륨』으로 등단
주소: (우)139-790 서울특별시 노원구 중계1동 건영3차 아파트 303-503
전화: (02)6232-5483 011-285-5483 이메일: cho-x-file@hanmail.net

밀어유–땡겨유

표성수

세상이 문같이
시키는 대로
열리고 닫히면
얼마나 좋을까?

충청도 어느 자그마한
시골 도시
촌사람 되어
어슬렁거리다가
어느 농협 슈퍼 문에
서 있는데
"밀어유"라 써 있었어
참말 웃겼어 그래서 밀었지
그냥 문이 열리더라고

볼 일을 보고 나오려니까
이번에는 "땡겨유"라고 써 있어
땡겼지 아 그러니깐
문이 그냥 열리더라고

"밀어유" 그래 밀었어
"댕겨유" 그래 땡겼어

"그러니까 어떻게 됐슈"
"잘 열리는데"

"거 봐유, 잘 열리지유
모든 게 땡기고 밀면
다 열리-유"

세상만사가 그렇게 잘 풀렸으면

충북 음성군 어느 시골 자그만 도시를 어슬렁거리다가 슈퍼에 들어가려는데 문에, '밀어 유', '땡겨유'란 재미있는 순 충청도 사투리가 얼마나 정겹게 느껴지는지. 그렇게 밀어도, 당 겨도 그냥 쉽게 열린다면 모든 세상만사가 그렇게 잘 풀린다면 좋을 것 같다.

1999년 『문학21』로 등단
주소: (우)139-800 서울시 노원구 공릉2동 223번지

유행성 독감

한혜영

지독한 유행성 감기가 한 바퀴 돌았어
남편은 한바탕 열을 올리며 일을 치르고
난 그와 등을 지고 밤마다 잠이 들었지
죽음이란 결국 이렇게 돌고 도는 유행성 병이라지?
등 돌리고 누운 내 목덜미도 불쑥 잡아 흔들

언젠가 죽음은 도둑처럼 담을 넘어올 거야
난 생각만 해도 벌써 비굴해져
가정 파괴범처럼 나를 범해도 목숨만은 살려 달라고
더러운 몸뚱이를 벌거벗어 보이며 사정사정하겠지
내 어머니가 그랬던 것처럼

오늘밤도 문단속을 잘해야겠어
아, 나는 왜 이렇게 어리석을까?
밤중보다 대낮 강도가 더 무섭다는 걸 모르는 사람처럼
도처에 깔린 주검을 아무렇지 않게 우리는 넘어 다니고 있어
섹스를 치르듯 은밀하게
죽음은 칸막이 뒤에서만 벌어지는 게 아니야
아이들이 잡아다 넣은 유리병 속의 여치처럼
우리는 서로가 서로에게 죽음을 보여주고 있어

그걸 모르는, 아 어리석어라 우리
사이비 종교에 빠진 사이비 신자처럼
세상은, 삶은 영원하다고 믿는 우리

살아서 보여주는 주검

남편이 앓고 있는 독감을 통해서 문득 찾아왔던 죽음. 그로 인하여 나는 그 밤에 그가 앓고 있는 독감보다 더 심한 생각으로 죽음을 앓았던 것 같다. 지금도 생각하면 비굴해지기 짝이 없는 죽음이지만, 우리 어머니도 죽음 앞에서는 예외가 아니셨던 것 같다. 모든 일에 사리가 분명하고 매사에 이성적이던 어머니. 생과 사가 인간들의 운명이라며 평소에 초연한 듯하셨던 어머니께서도 정작 불치의 판정을 받자 강한 생의 집착을 보이셨으니까. 하지만 죽음이란 육체적인 소멸만을 의미하지 않는다는 생각이 곧 찾아들었다. 건강한 육체를 가진 사람에게서도 얼마든지 볼 수 있는 것이 죽음이라는 생각. 황폐해질 대로 황폐해진 현대인에게서 보는 정신적인 죽음이란 도처에 널려 있다는 생각이 들었던 것이다. 부와 명예를 위해서라면 수단과 방법을 가리지 않는 사람들. 이밖에도 주검의 형태는 다양한 모습으로 나타나지만, 모두는 이것을 단지 삶의 수단이라고 여기고 있는 것뿐이라고. 마치 영원히 죽지 않을 것처럼, 그러므로 대단하게 신봉하는 종교가 바로 삶이 아니겠나 싶었던 것이다. 사이비 종교에 푹 빠져 버린 사이비 신자처럼, 물론 나 역시도 매일 같이 주검을 보여주면서도 영생을 꿈꾸는 사이비 신자에 불과할 테지만.

1994년 『현대시학』과 1996년 『중앙일보』 신춘문예로 등단. 시집 『태평양을 다리는 세탁소』
주소: Han Hae Young(한혜영)5487 Sand Lake Dr. Melbourne, FL 32934 U. S. A
전화: (1)-321-253-9325
홈페이지: http://my.dreamwiz.com/si1956 이메일: ashleyh@hanmail.net

영혼의 눈

허형만

이태리 맹인 가수의 노래를 듣는다. 눈먼 가수는 소리로 느티나무 속
잎 틔우는 봄비를 보고 미세하게 가라앉는 꽃그늘도 본다. 바람 가는 길
을 느리게 따라가거나 푸른 별들이 쉬어 가는 샘가에서 생의 긴 그림자
를 내려놓기도 한다. 그의 소리는 우주의 흙냄새와 물 냄새를 뿜어낸다.
은방울꽃 하얀 종을 울린다. 붉은점모시나비 기린초 꿀을 빨게 한다. 금
강 소나무 껍질을 더욱 붉게 한다. 아찔하다. 영혼의 눈으로 밝음을 이
기는 힘! 저 반짝이는 눈망울 앞에 소리 앞에 나는 도저히 눈을 뜰 수가
없다.

우주적 교감과 생명의 소중함

나의 시에는 음악성이 강조된다. 특히 전통적인 한국의 가락, 이미지 그리고 한국인으로서의 내재된 한(恨)이 가락으로 녹아들기를 바란다. 그래서 우리네 민요나 창 가락을 좋아하고 흥얼거리고 어깻짓도 해보고 그러다가 시 한 줄 따라서 흘러나오면 얼른 곡을 붙이기도 하면서 내 안에 고여 있는 설움을 나의 길에 풀어놓는다.

그러나 한사코 우리네 노래만 좋아하는 것은 아니다. 나의 시 「영혼의 눈」은 이태리의 맹인 가수 안드레아 보첼리의 노래를 듣고 그 절절함에 젖어 나도 맹인 가수가 될 수밖에 없었다. 감동적인 영화 「어둠 속의 댄서」에서 주인공 비요크가 부르는 노래가 눈떠 있는 자에 대한 새로운 각성이었다면 안드레아 보첼리의 노래는 각성의 심연에서 울려오는 영혼의 울림이었다.

그렇다. 정작 눈뜨고 살아가는 사람은 우주의 깊은 속내를 보지 못한다. '영혼의 눈'이 없기 때문이다. '영혼의 눈'을 가진 자만이 우주와 교감하고 생명의 소중함을 체험한다.

우주의 생명들은 살아 있는 것이나 죽어 가고·있는 것이나 이미 죽었다고 생각되어지는 것까지 더불어 존재한다. 왜냐하면 하느님께서 이 땅에 내보내 주신 것 중에 어느 하나도 쓸모없이 생명을 불어넣어 준 것은 없기 때문이다.

나는 「영혼의 눈」을 통해 새로운 생명시를 내 나름대로 표현하고자 했다. 그러나 그러한 목적을 갖고 쓴 것이 아니라 평소대로 안드레아 보첼리의 노래를 내 식으로 흥얼거리다가 이 시를 얻었다. '영혼의 눈'이 맑지 못한 내 스스로를 탄식하면서.

1973년 『월간문학』으로 등단. 시집 『비 잠시 그친 뒤』 등
주소: (우)503-819 광주시 남구 송하동 삼익아파트 103동 1206호
전화: (062)671-1989 016-620-5989

내 림

황희순

쉬파리 한 마리 들어와 요란하게 날아다니데 문을 닫고 5분여 쫓아다니다 생포했지 다리까지 자르려다 날개만 떼고 놓아주었어 베란다 난간을 비틀비틀 기어가데 벼 바심하던 날이었지 어머니는 풍뎅이를 잡아 무릎께를 똑똑 자르고 모가지를 홱 비틀어 내 앞에 놓아주더군 자동으로 뱅뱅 돌아가는 장난감이었어 멈추면 모가지를 한 번 더 비틀었지 그것이 날아가려고 발버둥치는 몸짓인 줄 진짜 몰랐어 어머니가 시앗을 본 직후였던 것 같애 그 후 한동안 나는 풍뎅이를 잡으러 앞산 상수리나무 숲을 혼자 헤맸고 잡기만 하면 어머니가 했듯 무릎부터 자르고 모가지를 비틀어 땅바닥에 놓곤 했어 더 신나게 돌라고 손바닥으로 땅을 치며 앞마당 쓸어라 뒷마당까지 쓸어라 노래를 부르곤 했지 나 지금, 살아 있는 것은 무엇이든 모가지를 비틀고 싶어

죽어서 가는 길

이상한 소문이 퍼지기 시작했다. 마을이 물에 잠긴다는 것이었다. 면 직원들은 집집마다 돌아다니면서 이사 갈 준비를 하라고 성화였다. 강물은 정말 거짓말처럼 조금씩 불어나기 시작했다. 삽시간에 마을은 쑥대밭이 되었다. 인심마저 흉흉해지고, 늙은이가 도시로 나가 자식들에 얹혀사느니 죽는 게 낫다면서 꼭대기 집 할머니는 대들보에 목을 맸다. 또 동네 궂은 일을 도맡아 하던 승서 아저씨는 술주정을 하다 농약을 들이켜고 말았다.

모두 떠났다, 거짓말처럼/늘 시끌거리던 정씨네 뒤꼍이/섬뜩하도록 조용하다/오늘은 우리 집도 비워야 한다/험상궂은 면 직원은/이유도 없이 쇠스랑으로/정씨네가 두고 간 장독을 내리쳤다/남아 있던 간장이 질펀히/뒤란을 덮는다

— 졸시 「실향기」에서

마을 사람들은 쥐꼬리만한 보상금을 받아 쥐고 손때 묻은 농기구들은 헛간에 버려둔 채 하나 둘 떠나기 시작했다. 고물 장수들은 왜 그렇게 득시글대던지, 모두가 낯설고 무서웠다. 이사하던 날 아버지는 대를 이어 살던 집에 불을 지르셨다. 1980년 내 고향 '충청북도 보은군 회남면 법수리'는 그렇게 대청댐에 수몰되어 기억 속으로 사라져 갔다.

그 후 들려오는 고향 사람들 소식은 기쁨보다 슬픔이 더 많았다. 누구는 병명도 없이 시름 시름 앓다 죽고, 누구는 자살을 하고, 또 누구는 고물 장사를 하고, 또 재수 좋은 누구는 보상금으로 땅을 사 부자가 되고……. 온갖 소문들이 꼬리에 꼬리를 물고 잊을 만하면 들려오곤 했다.

사람들은 죽어서야 고향으로 돌아간다. 산길이 험해 배를 타고 질러간다. 나의 할머니도 아버지도 그랬다. 까마득 높았던 뒷산이 마을 사람들의 공동묘지가 되었다.

내 시의 모든 뿌리는 여기서부터 시작된다.

1999년 『현대시학』으로 등단. 시집 『나를 가둔 그리움』 등
주소: (우)306-808 대전 대덕구 비래동 124-1 삼호맨션 2동 801호
전화: (042)632-6280, 016-421-6280 이메일: hs6280@hanmail.net

| 2부 |

천사에 왼개 달린 까닭

— 등단작과 습작시절

김명선태 김안려 김태희

백우… 박경희 박법필 박영근 박정식

오태환 유형수 유동재

장만호 장무령 정서리

이별리 이승복 이영광

눈물에 대하여

김선태

사람 사는 일 아름다울 때 나 눈물난다
슬프고 원통하고 때론 기뻐서
미처 몸둘 바 없을 때 나 눈물 보았지만
그보다 사람이라는 존재가 아름다울 때,
가끔씩 사람 사는 일 기막히게 아름다울 때,
나 그냥 눈물난다
삶의 온갖 맷국물 두루 섞여 녹아 있는 눈물이
저 늙은 어미의 주름진 골짝을 맴돌아 떨어질 때
밖에서 서성이던 사랑은
주저없이 큰 삽을 들고 들어와
마음속 가장 깊은 저수의 물꼬를 무너뜨리고
더러움과 깨끗함의 경계를 지워 버린다
사는 일의 가장 낮은 데서 솟구쳐 오르는 눈물은
풀썩이는 먼지의 내 몸을 흐렁흐렁 적신다
그때 모든 것이 일시에 손을 잡는 것이 보이고
가장 아름다운 세상 하나 눈앞에 펼쳐진다
말없는 혁명처럼, 마음의 남북통일처럼
아름다움은 세상의 넘을 수 없는 장벽을
훌쩍 넘어 버리는 힘이다 그것은
사람이 사람에게 빈손으로 넉넉히 건너가는 일

건너가 그의 방에 그냥 벌렁 누워 버리는 일
누워 함께 뒹굴며 오래 사랑해 버리는 일이다
아, 사람 사는 일 아름다운 날의 강산이여
그 강산에 아침 햇살 눈부시게 뛰노는 일이여

아침해처럼 다시 떠오르고 싶었다

내가 처음 시에 관심을 두게 된 것은 중학생 때지만, 본격적으로 습작에 접어든 것은 대학생 때였다. 나는 소위 민주화의 열기로 들끓던 80년대 초반에 대학을 다녔다. 당시에 대학을 다니며 문학 습작기를 거친 사람들은 직접적으로든 간접적으로든 시대나 이념의 덫에서 결코 자유로울 수 없었던 것 같다. 나도 마찬가지였다. 어떻게 쓰느냐의 문제보다 무엇을 쓰느냐가 더 큰 문제였다. 지금 생각해보면, 그때의 경험은 한 시인 지망생에게 어쩌면 자유와 구속 혹은 행복과 불행의 다른 이름이었는지도 모르겠다. 그래서인지 내 습작기의 시들은 음울하고도 고통스런 신음 소리가 가득하다.

80년대 말에 이르러 나는 삶과 문학에 대한 회의로 한동안 시를 쓰지 못했다. 스스로 변모를 꾀하지 못한 채 절망의 누더기를 변명처럼 뒤집어쓰고 세상을 헤매었다. 무엇이 삶의 진실이고 진정한 아름다움인가를 되물었다. 짐승처럼 울음을 징징 끌고 다니는 나보다 낮은 자세로 묵묵히 엎드려 일하는 사람들이 아름다웠다. 자의든 타의든 상처 입은 자에게 자연은 말없는 스승이었다. 가장 나약하다고 알았던 눈물은 그 어떤 것보다도 강력한 힘을 지니고 있다는 것을, 절망도 지극할 때 희망의 또 다른 이름이 될 수 있다는 것을 알았다.

나의 등단작의 하나인 「눈물에 대하여」는 그런 속에서 씌어졌다. 이 시를 기점으로 지난 시절의 어두운 표정을 지우고 깨끗한 아침해처럼 다시 떠오르고 싶었다. 아, 그러나 한번 드리워진 상처의 그늘이 그리 쉽게 지워질 수 있는 것인가. 그리고 눈물에 대한 나의 시선은 과연 정곡에 가 닿은 것인가. 알 수 없으므로 더 깊이 헤매리라.

1993년 『광주일보』 신춘문예와 『현대문학』으로 등단. 시집 『간이역』 등
주소 : (우)503-716 광주시 광산구 산정동 165 광주여대 문예영상학부 교수실
전화 : (062)950-3678(연구실) (062)372-0061(집) 017-661-0096
홈페이지 : http://my.dreamwiz.com/ksentae 이메일 : ksentae@hanmail.net

마른 빵의 노래

김안려

모차르트 바이올린 협주곡 3번 2악장
아다지오 위에서 가볍게 흔들리며
춤추는 손가락의 떨림을 본다
가늘게 금 그으며 흐르는 소리
놀라 튀어 오르는 은피라미 떼
그는 물 위에 집 짓는 훌륭한 건축가였음이 분명하다
바람이 와 머무는 자리에서 빛나는
잘츠부르크 협주곡이여
모차르트는 물 위에 튼튼한 집 짓고
무너지지 않는 집은 오랜 시간 흘러가는데
나는 맛없는 마른 빵만 씹으며
다가오는 시간 마주보려 하는가
버터와 잼 끼워 넣은 부드럽고 말랑말랑한
빵으로 다시 태어날 때까지
손 내밀어 흔들 줄 아는 나뭇가지처럼
휘어졌다 다시 일어서는
무게 위에 앉아 있고 싶다

우리가 함께 가는 길에

그해 여름은 몹시 더웠고 모기가 얼마나 극성이었는지 우리는 저녁마다 온몸에 모기 침을 맞으며 발갛게 부풀어 오른 살을 문질러 대면서도 만남의 기쁨과 함께 나누는 행복감을 맘껏 누렸었다.

시심의 밭고랑을 파내고 일구며 새로운 꽃을 심어 보기도 하며 서로의 마음속에 담아 두었던 많은 이야기들을 쏟아 내고 있을 때 철썩이는 파도 소리도 달려와 재재거리며 제 속 이야기를 털어놓는 것이었다.

심상 해변시인학교가 열리는 서해 안면도를 찾아 나선 것이 1998년 7월 더위가 한창 기승을 부리는 여름이었다. 초행길이라 길을 물어 가며 대구시인학교 문우들과 나섰던 것인데 변덕스러운 여름날의 하늘과 손잡은 소낙비가 갑자기 쏟아지며 앞을 분간하기도 힘든 길이었다. 그러나 안면도 청노루의 집에 도착 후부터 날이 말짱하게 개었고 전국에서 모여든 많은 시인들과 독자들의 마음까지도 개운해지는 것 같았다.

꿈 많던 여고 시절부터 밤새워 책을 읽으며 문학에의 열정을 품고 살았으나 이상하게도 가고자 하는 길로 들어서지 못하고 자꾸 옆길로, 샛길로만 다니게 되어 학교에서 아이들과 같이 하는 날들을 보내다가 다 늦게 서른을 훌쩍 넘긴 나이에 대구시인학교의 문을 두드리게 되었고 시인 서지월 선생님을 만나 제대로 된 문학의 길을 걷게 되었다.

함께 모인 문우들과의 정감 어린 교류를 통해서도 인생의 새로움과 문학의 길에서 많은 것을 배울 수 있었다. 문우들과 함께 했던 심상 해변시인학교에서의 3박 4일 동안 처음 뵙게 된 여러 시인들과의 대화 속에서 시라는 나무가 피워 내는 푸른 잎사귀들을 만져 보며 잎사귀들이 모인 숲의 서늘함에 잠기는 시간도 가질 수 있었다.

3박 4일의 마지막 날, 20주년 기념 백일장에서 장원의 영예와 함께 시인의 길로 들어서게 되는 〈우리〉라는 제목의 자작시도 낭송할 기회가 주어졌다. 그 해의 뜻깊은 일을 계기로 나는 그 다음해 다시 시인의 길로 입문할 수 있는 문을 크게 두드렸고 다행히 그 문은 나에게로 활짝 열리는 행운을 가져왔다.

신인상 당선시 중 한 편인 「마른 빵의 노래」는 우리가 함께 가는 길에 부르는 나의 노래가 되어 주었던 것이다.

1999년 『심상』으로 등단
주소: (우)717-812 경북 고령군 성산면 어곡리 9번지 국제재활원
전화: (054)954-4176 011-9598-1957 이메일: vandal-a@hanmail.net

주문진

김태희

동해 먼 바다로 배 타고 나간
남편이 그리워
여자들은 자주 다툰다
옆집 여편네와 싸우고
일 나가는 조미 공장 여자와도
실없이 욕지거릴 한다
그래도 심심하면
바람이 난다
따뜻한 체온의 남자를 따라
바람이 되어 떠난다

아이들은 물려 입은 옷에
할머니의 잔소리를 묻히며
살아서 버린 제 어미의
바다를 키운다
한 계절이 가고 추위가 다가오면
떠났던 여자는 다시
조미 공장에서 생선 냄새를 피운다
남편은 동해 먼 바다로 오고가고
여자는 심심해서 또 바람이 난다

여기는 심심하면 바람이 부는 땅
바람이 불면 떠나는 고향
갈매기는 기다림으로 날아
바다 위에 앉는다
남아서 수없이 떠나는 파도를
배웅하고 돌아선 바람을 기다린다

기다리는 것이 여기
주문진의 바람과 파도뿐은 아닌데
오늘은 하늘이 맑아
숨쉬는 곡선을 하는 수평선
그 안으로 보낼 것은 모두 보내고
홀로 남아나는 갈매기
바다는 파도를 배웅하며
그 아래로 깊이깊이 잠수한다

색깔에도 성기가 있을까, 나는 블루와 사랑을 해

난 항상 내 눈을 사로잡는 푸른색을 보면 가슴이 쿵쾅쿵쾅 뛴다. 내가 샤갈에 빠진 것도 모두 푸른색 때문이다. 호암 갤러리에서 샤갈 전을 할 때 전시장 한가운데 선 나는 펑펑 울고 말았다. 말로는 표현할 수 없는 뜨겁고 차가운 푸른색들의 조화가 너무도 아름다웠기 때문이다. 밤새 잠을 못 이룬 나는 다음날 다시 샤갈의 그림을 보러 갔던 기억이 난다.

나는 푸른색 옷을 입은 사람을 보면 꼭 다시 쳐다보게 된다. 푸른색에 대한 나의 집착은 어디서 오는 것일까?

어린 시절 내성적이던 나는 온종일 비린내 나는 주문진의 막막한 바다를 바라보며 시간을 보냈다. 빛이 바뀔 때마다, 계절이 바뀔 때마다 변하는 수천 가지의 푸른색을 바라보며 푸른 바다에 영혼을 빼앗기지 않을 수 없었다. 한참씩 바다를 보고 집에 돌아와서는 쪽창 아래 조그만 책상에 앉아 감상에 젖은 유치한 글들을 쓰고 또 썼다. 그때가 아마 초등학교 6학년 아니면 중학교 1학년 때였던 것 같다. 그런데 지금도 뚜렷이 기억에 남는 건 그때 '나는 지금 시를 쓰고 있다.'고 굳게 믿고 있었다는 것이다.

입시가 코앞에 닥친 고3 때까지 일기를 하루에 여섯 차례 이상 썼다. 머릿속을 짓누르는 막막함과 허기짐에 대해 쓰고 또 썼다. 가장 싫어하는 수학 문제를 몇 쪽 이상 풀면 비로소 나에게 상으로 일기 한 편을 쓸 수 있는 시간을 허락하곤 했다. 그런데 이상하게도 일기를 써놓고 보면 항상 시의 모습을 닮아 있었다.

대학에 들어가서는 거의 시를 쓰지 않았다. 서양화 동아리에서 매일 푸른 나무 밑동만 그리며 시간을 보냈다. 수업도 곧잘 빼먹었다. 나무의 밑동이 땅속에 결합되어 있는 모습에 마음을 빼앗긴 나는 죽어라고 나무의 밑동만 그렸다.

내가 가장 소망하는 관계의 이상적인 모습이 바로 그런 모습이기 때문이다. 한 치의 빈틈도 없이 타이트하게 서로에게 속해 있는 그 모습을 '완벽한 관계'라고 생각했던 모양이다.

돌이켜보면 내게 변변한 습작 시절은 없었던 것 같다. 푸른 바다에 도취되었던 순간이 있었을 뿐, 그 바다가 손짓하던 푸른 손을 만지고 싶었을 뿐. 이제 나는 시를 통해 내가 사랑하는 푸른빛에 좀더 다가가고 싶다. 그의 몸을 열렬히 만져 보고 싶다.

1991년 『현대시학』으로 등단. 시집 『나는 블루와 사랑을 해』
주소: (우)132-765 서울 도봉구 방학4동 신동아아파트 2단지 110동 101호
전화: (02)3492-9137 016-272-9137 이메일: taeheebell@hanmail.net

사과나무

박경희

용접을 하고 온 날은 뜬눈으로 밖에 나갈 수 없다
빨갛게 부어오른 눈
사과즙 몇 방울을 넣는다
굵게 튀어 오른 핏줄로 내려가
발가락 사이로 뿌리를 내리는,
한 그루 사과나무가 저렇듯 온몸을 뒹굴리며 자라나는 것을,
나는 한밤중 앓는 소리를 찾아 문지방을 나선 발바닥 아래서 보았다
 따갑게 찔러대는 푸른 불꽃이 아우의 몸을 휘감고 뚝뚝 홑겹의 껍질
이 벗겨지는,
 네 몸 속에 불꽃같은 사과 꽃송이 피우고 있었구나, 가슴이 두근거렸
다

풀이 되었다

　습작 시절……. 잡으려고 하면 멀어지는 아득함 속에 있었다. 그 아득함 속에서 한 그루의 나무가 되고 한 마리의 새가 되고 풀이 되었다. 그리고 바람 밑에 언제나 웅크리고 있는 그늘이었다. 한 발자국씩 디디면 되돌아오는 건 쉼 없이 구석으로 몰아가는 나를 볼 수 있었다. 어쩌겠는가, 내 삶은 내가 몰고 가는 것을.

　등단작 「푸른 잎의 콩가지를 달다」에 대해 나는 아무 말도 할 수 없다. 읽어보고 느끼는 것, 그리고 그 떨림에 대해 내가 가지고 있는 흔들림을 같이 쓰다듬어 보는 수밖에.

　가슴을 흔들어 주는 삶을 살고 싶다. 그 길이 논길이든, 밭둑이든 아무런 상관이 없다. 내 가슴을 쥐고 흔들어 주는 것.

2001년 『시안』으로 등단
주소: (우)447-707 경기도 오산시 갈곶동 화남아파트 102-1201호
전화: (031)377-8670 019-477-4151 이메일: poemlove-33@hanmail.net

막대 자와 엄지 사이

박분필

베틀을 부른다.

틀에 매달려 탁 탁탁 어깻죽지를
수도 없이 얻어맞으며 올 고르게
세워진 生베 한 필이 무너진다.

무딘 칼끝으로 대강 눈금을 긁은
대나무 막대 자를 꺼내 든다.
걸어온 길들이 손때 절은
잣대 위에 알몸으로 드러눕는다.

보, 노, 파 색감을 들인 잘 말린 속 왕골로 신 총을 비비고
짚신 축을 세우고 여섯 살 두근거리는 발바닥에 대어 봐 가며
날을 엮어 가던 -아베 한 자-,
도랑에서 들쥐처럼 첨벙이다가 들어온 흙투성이에게
참기름 된장 듬뿍 바른 주먹밥
건네주시던 -어메 눈빛 두 자-,
그 참하고 이쁘던 막내 동상댁까지 다 보내고 -석 자-,
그리고 넉 자 길이 그녀의 한 生이 주름 잡혀 온다.
막대 자와 엄지 사이에

어머니의 눈빛

아흔 두 해째를 살고 계신 어머니는 올 초여름에도 모시옷을 꺼내 손질하셨다. 어디가 가고 싶으신 걸까?

한 듯 만 듯 약간의 분칠도 하신 듯하다. 돋보기도 끼지 않고 작은 바늘귀에 실을 잘도 꿰신다. 빳빳하게 풀 먹인 모시옷을 올을 세워 다림질을 하시고 적삼에 하얀 동정을 구김 하나 없이 반듯하게 달아 놓고는 "모시치마는 주름이 꺼지면 흉하다"고 하면서 방글방글 주름을 세워 치마 말을 달았다. 그 모습이 너무나 아름다웠다. 저토록 행복해 하시는 어머니의 모습을 보았던 적이 얼마 만인가!

-엄마, 그렇게 재밌어요?

-모시옷이야. 끼미면 끼밀수록 재미나제.

어머니는 대를 이을 아들 하나 못 낳은 죄인 아닌 죄인이다. 오직 베 짜고 바느질하는 것이 낙이었고, 또 온 식구들은 물론 머슴까지도 깔깔하게 옷을 해 입히는 것이 보람이었던 것 같다. 어머니의 눈이 행복에 젖어 있을 때는 어린 시절을 추억하고 있는 중이다.

-머슴 숭늉 심부름은 내가 다 했거든, 일곱 살쯤의 추석날 큰 머슴이 내가 물심부름하느라고 애썼다고 물감까지 곱게 먹여서 내 신발을 만들어 주는데, 마지막에 신끈을 조우다가 그만 그 신끈이 툭 터지는 바람에 얼마나 울었던지.

-한참 밖에서 놀다가 보리쌀 삶을 때쯤에 배가 고파 집에 들어오면 참기름하고 된장 한 덩어리 쓱쓱 무쳐서 어매가 주던 그 주먹밥이 얼마나 꿀맛이던지.

어머니에게는 자식보다도 남편보다도 더 좋은 우리 외숙모가 있었다. 둘은 모녀 같기도 하고 자매 같기도 했다. 모든 것이 너무나 잘 통하는 사이였다. 외삼촌은 일찍 돌아가셨지만 아들은 크게 성공한 외숙모는 "형님요, 내캉 같이 삽시더" 평소에 늘상 하시던 그 말대로 경주 어느 산 밑에다 조그만 암자를 지었다. 준비는 끝냈는데 외숙모는 돌연 암으로 돌아가셨다.

고향인 경주를 떠나 타향인 막내딸 내 집 대전에서 사시는 어머니의 눈빛은 항상 허전허전하시다.

1994년 『문예한국』으로 등단. 시집 『창포 잎에 바람이 흔들려도』
전화: (042)488-0190 011-422-2985 이메일: pbpil@hanmail.net

백미러를 닦으며

박예근

먼지가 묻었다, 백미러에
닦아줄 때는 나를 적당히 쳐다본다
수용이다

이제 백미러는 깨끗하다,
자리를 뜨면 거긴 내가 없다
백미러는 모든 물상을 금방 지워 버린다
거절을 배웠기 때문이다

숱한 만남도
잦은 만큼 쉽게 사라지고
그 무엇조차 담아 두지 않는 게
담담함을 깨우친 탓일까

결별에 익숙하고
항상 본질보다 더 작게 수용하고……
그래도 자주 찾는 백미러
거부한 마음, 그 백미러를 닦아 보는 일.

내 안의 백미러

시시각각 맞이하는 색다른 일상. 늘 자기 자신만을 바라보거나 전방을 살펴주는 기능도 없지만 달리는 차의 뒷 상황을 확인하기 위해 운전석에 앉으면 습관처럼 백미러 방향을 바로 잡거나 수건으로 닦는다. 마치 잠자리에 들기 전에 마음을 추스리고 하루를 되돌아보듯이……

진행을 순조롭게 하는 기능을 백미러는 갖고 있다는 걸 사람들은 잘 알고 있다.

미래가 아닌 과거를, 앞만이 아닌 뒤를 돌아보며 미래의 삶을 더 알차게 영위하고자 한다. 내가 멀리서 있으면 남도 멀리 가 있다는 사실을 새삼 깨우쳤다.

백미러는 기억이며 그 속에 들어 있는 소중한 가치이며 그 가치들을 몹시 빠르게 뱉어내는 작업들을 나의 삶은 너무 쉽게 해 버렸다.

스친 물상들이 실제보다도 작게 백미러에 들어왔다가 홀연히 사라진다.

아무리 중요하고 엄청난 사안들도 기억을 더듬지 않으면 무의식 상태에서, 혹은 전의식 상태로 머물 수밖에 없다.

그건 곧 의식이 없는 삶이다.

운선석에 앉으면서, 잠자리에 늘면서 뒤놀아보는 습성도 길러야 했다.

안전한 주행을 위하여, 그래서 습득된 거절도 이젠 적당한 수용의 기틀 위에 세워보고자 마음을 다그쳐 봤다.

그래서 나는 자주 백미러를 닦아 보련다.

주소: (우)702-200 대구시 북구 읍내동 럭키아파트 102-702
전화: (053)311-9931 011-508-4843
이메일: chilkeun@hanmail.net

나무토막

박정식

서 있는 동안
참나무는 나무였다
죽어서 토막으로 잘려진 나무
제 몸에 구멍을 뚫어 길을 만들었다
때로는 허공에 매달려 있다가
바위와 바위 사이
고인 기억을 흐르게 하였다
때로는 협곡 사이 몸을 묻고
산과 산의 말문을 열어 주었다
목마른 풀씨들은
의심 없이 다리를 건너가고
휘청거리는 햇살이
아슬아슬하게 계단을 짚었다
그 길 위에는 새벽이 맨발로 다가와
핏빛으로 구워진 낱알들을 깨우고
다음날 이슬은 비 되어
묵은 산자락을 쓸고 있었다
참나무는 죽어서야 비로소
숲이 되었다

나무에서 길을 얻다

부산 해운대구 반여1동 삼어리(三魚里), 나는 이곳에서 꼭 10년째 살고 있다. 말이 해운대이지 바다가 보이지 않고 물고기도 살지 않는 곳이다. 부산 수정동에서 태어나 어릴 적 부산에서 보낸 시절을 빼고도 시골에서 다시 부산으로 전입하여 사는 동안 자취방을 포함 18번의 이사를 다녔으니 이곳에서 참 오래도록 살고 있는 편이다. 그것은 무슨 이유 때문일까.

신규 아파트 분양 추첨에서 번번이 떨어지다 보니 이곳 변두리에 알음알음으로 이름 없는 아파트를 분양 받은 것이 상투를 잡은 꼴이 되고 말았다. 내가 사는 곳은 부산 근교보다 더 변방이다. 처음 입주할 무렵에는 마을버스도 다니지 않고 정리되지 않은 하천이 흘렀다. 여름철에 창문을 열어 놓으면 집 앞을 지나가는 도시 고속도로에서 나는 소음으로 잠을 이룰 수가 없었다.

그때 이름 모를 병도 심해 몸이 너무 쇠약해져 있었다. 아무리 먹어도 자고 나면 살이 빠지는 형국이었다. 나를 더욱 힘들게 한 것은 나의 불안한 정서였다. 대인기피증 내지 우울증이 정도 이상으로 심하였다. 고통이 심하여 다시 직장 생활을 접어야 했다. 그래도 직장에서는 내 처지를 측은하게 생각하여 3개월간의 병가를 허락하였다. 직장에서 용인되는 병가의 최대한의 기간이었다. 이 기간 동안 병세가 호전되지 않는다면 나는 또 한 번의 실직의 길을 걸어야 했다.

나는 며칠 후의 일은 생각하지 않기로 했다. 그것은 아무런 도움도 되지 않기 때문이다. 나는 낮 동안 일광 해변을 거닐며 소품의 수석과 집안의 내력을 주고받거나 뒷산 옥봉산 기슭을 오르내리며 나무들과 어울렸다. 문제는 밤이었다. 밤이 깊어 아이들의 방문이 닫히고, TV가 멈춰지고, 모두가 잠들면 사각의 방엔 오직 벽시계 소리와 어둠과 나만 남아 있을 뿐이었다. 한 달 가까이 거의 뜬눈으로 보낸 적도 있었다. 깨어 있는 동안에는 끊임없이 죽음에 대한 공포가 엄습해 왔다. 이따금 소리 없이 흘린 눈물이 베갯잇을 적셨다. 이 때의 고독은 죽음보다 두려웠다.

실의의 나날을 보내던 어느 날 나와 같이 투병 중이던 오랜 친구로부터 글을 쓸 것을 권유받았다. 고교 시절 줄곧 문예반을 한 나였지만 문학을 하는 사람은 아주 특별한 사람만이 하는 것으로 인식해 온 터라 시큰둥한 반응을 보였다. 이후 병세는 계속 내리막길을 걸었고 몸무게는 정상에서 20키로 가량 줄어들었다. 나는 순간 생명으로부터 이탈되는 위기감을 강하게 느꼈다. 그때 비로소 생명을 부지하는 동안 무엇이든 남겨야 한다는 메시지를 받았다. 나에게 던진 수많은 질문들을 스스로 풀어 나가는 것에 의미를 부여하고자 한 것이다. 한편으로는 자라나는 내 아이에게 삶의 일부를 살점처럼 물려주기로 했다. 허공을 날아가는 수많은 말들보다 몇 줄의 글로 나를 남겨 주고 싶었다. 나는 그때부터 사물을 보고 느낀 대로 무엇이든 스케치하고 몇 줄씩 나의 생각을 메모로 남겼다. 나는 매일 새벽 나에 대한 의무감으로 뒷산을 올랐다. 그리고 참나무에 등을 문지르고 소나무 둥치에 손바닥을 두드렸다. 흙을 밟으며 걷고 또 걸었다. 그들로부터 잠시 에너지를 빌리고자 한 것이다.

몇 년이 지났을까. 나는 고통의 건너편에 또 다른 고통의 세계가 있음을 알게 되었다. 저 높고 푸른 창공으로부터 말이다. 그것은 너무 아름답고 끝없는 사랑이기도 하였다. 어느 날 저녁 내가 만난 그들은 마침내 한 편의 시로 조합되어 나를 찾아왔다. 시의 몸을 빌어 처음으로 그들과 만난 것이다. 나의 등단작 중의 한 편이기도 한 이 시가 종교적이거나, 폐쇄적이거나, 상식적 귀결이거나, 포커스가 흐리다거나 하는 지적 따위는 나에게 중요치 않다. 지금도 이 시에 토씨 하나 건드릴 생각이 없다. 이 시는 난간에 선 나를 오늘날까지 보전해 주고 있는 소중한 거울이기 때문이다.

2001년 『시안』으로 등단
주소: (우)612-810 부산광역시 해운대구 반여1동 692-6 신동타워맨션 1동 1606호
전화: (051) 524-8271 017-590-8271 이메일: poetjspark@hanmail.net

기침

백우선

대추나무 이끼 낀 집
탕아로 돌아와
어머님 무릎에
조카놈과 누웠다

천장에는 아직도
파리가 붙어 지내고
내가 찍은 칼자국
기둥에 살아 있다

스물하고 다섯
문득 기침을 하면
까까머리 조카놈
따라서 하고

아득한 그분
큰 기침
기침의 끝이
방안에 가득 찬다

겨울 이맘때쯤
더 성하시던 그분
할아버지 기침 소리
조카놈 목에서 터져 나온다

진지한 삶의 의미 탐구

　지금이라 하여 글 앞에서 자꾸 머뭇거려지지 않는 것은 아니지만, 등단작을 돌아보는 감회는 조금은 낯설기도 하고 뜨악하기도 하다. 당시 관례이던 2회 추천제에 따라 1980년 8월 박용래 선생님의 첫 추천과 1981년 12월 김구용 선생님의 추천 완료를 거쳐 나는 등단하였다. 추천작은 「기침」, 「사과 꼭지에 맴도는 韻」, 「꽃」, 「장」(뒤의 「장날」), 「古稀의 마을」, 「가을」의 6편이었다. 추천은 대학 은사님이신 조재훈 선생님께서 내가 학생 때나 군대에 가기 전에 드린 원고를 보여 드리거나 추천인 작고의 사정을 말씀드린 덕분이었다. 추천작들에는 세대간의 혈연적 유대를 포함해 가족적이거나 개인적인 것, 근원적인 존재 의의 탐구, 농부의 애환 등을 담은 것들뿐이고, 젊음의 패기 분출과 시대에 대한 고통 토로나 전망 제시, 당대적이며 역사적인 의식의 소산 등이 포함되지 못한 것이 못내 아쉽다.

　본격적인 습작은 1974년 대학 2학년 때부터였다. 조재훈 선생님의 유언·무언의 지도를 받으면서 학보사 기자 활동을 통해 정확하고 간결한 글쓰기를 익히고, 어쩌면 좀 공소한 시대적인 아픔보다는 생활 체험을 바탕으로 한 삶의 의미 탐구나 이상 지향에 몰두하는 편이었다. 현실 비판적인 글은 서정성이 결여된 생경한 항변이나 풍자 정도였고, 전통 서정시로 쓴 글도 의미의 정서적 승화에는 늘 못 미쳤다. 그러다가 헌 책방에서 우연히 구한, 박목월 시인의 『보랏빛 소묘』를 읽고는 서정성이 무엇인가를 몸으로 느낄 수 있었다. 그때부터는 그래도 서정시가 무엇인가라는 의식이 좀더 분명해진 상태에서 습작에 매달리게 되었고, 부족한 대로나마 추천을 통과하여 때로는 두려움을 잊기도 하면서 시 쓰기를 계속 해오고 있다.

1981년 『현대시학』으로 등단. 시집 『봄비는 옆으로 내린다』 등
주소: (우)135-998 서울 강남구 대치4동 939-1
전화: (02)566-8529(집) (02)3452-8744(직장)
홈페이지: www.poet.or.kr/bws　이메일: bws@poet.or.kr

개심사 거울못

손정순

단풍으로 겉옷 걸친 백제 코끼리 한 마리 쓸쓸히 웅크린 발치 아래
개심사 경지(鏡池), 여우비 오듯 낙엽들 수수거린다 마음 주름으로 걸
러내면 잎 다 떨군 굴참 몇 그루도 알몸으로, 거울에 제 모습 비추고 섰
다 조각 연잎들 하늘 향해 퍼런 손바닥 펼치자 흰 구름 그 위에 내려앉
고 푸르게 걸친 정방형의 연못 속으로 우듬지 끝끝까지 아롱대며 감나
무 한 그루 하늘의 환한 저 연등들 쳐다본다 나 그 등불 받쳐들고 절반
으로 허리 자른 아주 옛날의 나무다리 건너 상왕산(象王山) 임금코끼리
등허리에 올라타 하늘문 두드리고 싶다 순간 부르릉, 정적을 깨며 오토
바이 탄 우체부 몇 십리 숨차게 달려온 듯 툴툴툴 멎으며 세상 소식 들
고 막 절문으로 들어선다

그늘 속 집짓기

'어떤 경우에건 자살이 정당화될 수는 없다. 그것은 싸움을 포기하는 것이니까. 살아서 별
별 추한 꼴을 다 봐야 한다. 그것이 삶이니까.'

사람의 길을 버리고 내 마음의 풍경을 따라 집을 나선 지 올해로 십 삼 년째 접어든다. 개
인적인 유년의 기억 때문일 수도 있지만, 김현 선생님의 짧은 이 한마디는 내게 어떤 유명한

소설이나 철학 속에서도 만나지 못한 파문을 던졌다.

등단을 하기 전에는 그림을 다시 그리겠다고 바라보이는 풍경과 보이지 않는 풍경 사이에서 경건한 자연을 많이 모독하기도 했으며, 그것도 버리고 스스로 초월한 척해 보려고 오랫동안 절간을 헤매다녔다. 그러나 버려진 풍경 속에 언제나 혼자였던 나는 결국 들풀처럼 질긴 생명력도, 삶의 강인함도 되찾지 못한 채 다시 삶의 자리로 되돌아오곤 했다.

나의 등단 작품「개심사 거울못」또한 방황의 날들 속에서 만난 풍경이었다. 삶의 끝끝에 선 듯 아득한 현기증을 느끼던 그 시절, 나는 마음을 씻는 작은 절집에서 연못 바닥에 새겨진 경지(鏡地)라는 글씨를 만날 수 있었다. 그 때 그 순간 시가 내게로 다가왔다.

그 끝없는 외로움과 방황 속에서 내게 유일한 희망을 주었던 시! 시만이 진정 외로움을 이길 수 있고, 시를 쓰는 그 순간만큼은 정말 신처럼 행복해질 수 있다는 사실을 나는 절대적으로 믿는다.

오늘 이 순간도 신이 창조한 대자연의 경관보다는 마음의 풍경, 내 자신 한껏 신이 되어 창조할 시인의 풍경, 그 빛과 어둠의 이미지를 좇아 나는 느릿느릿 세상의 길로 떠난다. 이 세계에 죽음이 없다면 삶 또한 무슨 의미가 있겠는가, 생과 사, 동전의 앞뒷면과 같은 이 길 떠남이, 또한 다시 돌아올 수밖에 없는 현실의 삶과 그 속의 별별 추한 꼴이 내 시의 원천이요, 삶의 원천이라 생각한다.

나의 시는 이 아름답고 쓸쓸한 길 위에서 그때처럼 어느 날 내게로 문득 들려올 음성, 그 말(詩)에 대한 섬세한 울림이 이 세상 구석구석까지 빛과 어둠의 화살로 꽂힐 수 있길 언제나 꿈꾼다. 타임머신을 타고 마치 먼 옛날(과거)로 돌아간 듯한 착각도 하며, 빛과 어둠이 넘나드는 그 영혼의 그늘 속에서 나만의 집짓기를….

2001년『문학사상』으로 등단.
주소: (우)120-192 서울 북아현2동 1009번지 두산아파트 104동 909호
전화: (02)365-2922(집) (02)365-8112(직장)
이메일: morebook@korea.com

崔益鉉

오태환

1
엎드려서 울고 있다
낮게 내려앉은 對馬島의 하늘
성긴 눈발, 춥게
뿌리고 있다
바라보고, 또 바라보아도
서릿발 같은 바람소리만
어지럽게 쌓이는
나라의 山河
불끈 쥔 두 주먹이 붉은
얼굴을 감춰서
雪嶽 같은 울음이 가려지겠느냐
파도 같은 분노가
그만 가려지겠느냐
어둡게 쓰러지며 울고 있다
희디흰 도포 자락
맑게 날리며
성긴 눈발, 뿌리고 있다
눈감고 부르는
사랑이 무심한 시대에
하염없이 하염없이

2
바다가 보이는 곳
한 채의 儒林이 춥게
눈발에 젖어 있다
희고 작은 물새 하나가
끌고 가는 乙巳
以後의 정적
너무 크고 맑구나
서럽게
서럽게 황토마다 社稷의
흰 뼈를 묻고
일어서는 낫 곡괭이의
함성이 들린다
불길타는 淳昌의 하늘
말발굽 소리의
눈발, 희미하게 날린다
문득 돌아다보아
무심한 異域의 들판
거칠게 대숲 쓰러지는
얼굴이 더 이상

書冊도 筆墨도 아닌데
자주 찬바람이 일고 있다
몇 닢, 눈발을 따라

3
얼마를 더 용서하고
이 이상 얼마나
많은 눈물을 뿌려야 하랴
자꾸만 하늘빛은
낮은 곳으로 모여들고
雷聲 같은 마음
다하지 못한 난세의 꿈은
그냥 한이 되고
물살이 되고 만 것을
왜 저리 눈발은 화사한지
咫尺마다 희게 몰려서 날으는지
깨끗한 두 눈알이 남아서
적막에 이르는
바닷길은 너무나 멀다
조금씩 세상의 저녁은

어두워지고
푸르고 큰 바다는 저렇게 잔잔한데
무정함도 간절함도
없이 저렇게 조용한데

언어의 찬란한 광합성

내가 '시인'이라는 꼬리표를 달고 문단 말석에 엉덩이를 디민 지 18년째 접어든다. 그 무렵, 내가 어줍잖고 객기 어린 문청으로 건너가야 했던 시기는 불온하고 반역사적인 정치적 난기류가 한반도 전역을 가파르게 감싸고 있었다. 꼭 이런 환경 탓인지는 잘 몰라도 당시 나는 사학과 쪽에 부전공 신청을 했으며, 가장 나의 흥미를 끌었던 것은 한국 근대사 방향이었다. 유영익 선생님의 강의는 인상적이었다. 그리고 그것은 내 습작의 꽤 옥탄가 높은 연료가 되었다.

「崔益鉉」은 1983년 10월초에 쓴 것 같다. 내가 왼손으로 쓴 5~6편 가운데 하나다. 내 기억이 정확하다면, 다른 데뷔작인 「癸亥日記」는 왼손으로 쓴 두 번째 글이고 이 작품은 세 번째 글이다. 그 해 9월 중순 무렵 나는 오른손 중지의 힘줄이 파열되는 상처를 입었다. 여항(閭巷)에 '오토바이 뒷바퀴에 치어서'라는 뜬금없는 괴소문이 나댕겼지만 어림없다. 나는 내막(內幕)을 관속까지 단속해 끌고 갈 것이다. 마취가 거의 풀린 상태에서 두 시간 가까이 겪어야 했던(너무 아파 졸도할 뻔했던) 수술의 흔적이 지금도 내 손가락에 창백하고 음산한 별자리처럼 남아 있다. 아무려나 이후 나는 오른팔을 천근 같은 석고 더미로 둘러싼 채 난데없는 고려대학교 중앙도서관 3층 열람실에서 붓방아 찧기에 돌입했다. 9월 하순부터 11월 말까지 30여 편의 시 비슷한 것들을 갈겨댔다. 그것들 가운데 그럴싸해 보이는 것들을 골라 중앙 6개 일간지에 부쳤다. 긴 시를 제외하고 첫 시집에 실린 글들은 이 무렵의 것들을 포함해 모두 대학생 때 썼다.

나는 당선 소식을 당시 하버드대 객원교수로 계셨던 오탁번 선생님께 먼저 전했다. 내가 글 비슷한 것을 끼적거리기 시작한 고등학생 때를 아울러 선생님은 내 습작을 유일하게 보신 분이었으며 내게 유일하게 가르침을 주신 분이었다. 말씀은 참 아끼셨지만 나는 선생님을 통해 처음으로 언어의 현란한 광합성의 비밀을 눈치 채게 되었다.

1984년 『조선일보』, 『한국일보』 신춘문예로 등단. 시집 『수화』 등
주소: (우)130-090 서울시 동대문구 휘경동 43-7 휘경여고
전화: (02)2245-2307 019-256-0066 이메일: otaehwan@unitel.co.kr

쥐똥나무

유혜숙

차좁쌀 두어 됫박
튀밥 되는 소리 들으셨나요?
귀가 먹먹한 굉음만큼 아팠겠지요
봄볕에 싹트는 모든 것들이.

조그만 가지들
철망 속에서 튀밥 모양의
올리브색 싹을 틔우네요.

저 어린 싹들 자라서
잘리고 잘리다가
가시처럼 뾰족해진 제 상처를 가리겠지요
아무 일도 아니라는 듯.

무심하게 지나는
바람에 온몸 내맡기고
나폴나폴 춤추며
철망 밖을 꿈꾸겠지요.

상처를 가려서 모두를 용서하고

지난해 겨울입니다. 동서울 시외버스 터미널 옆을 지나게 되었습니다. 터미널과 인도를 구분하던 쥐똥나무 울타리를 보고 너무나 놀랐습니다. 충격으로 온몸이 섬뜩해졌습니다. 여름에 보았을 때는 푸른 잎들의 각지고 단정한 모습에 참 아름답다고 생각했던 터라 놀라움이 더 컸나 봅니다. 잎이 진 쥐똥나무는 잘리고 또 잘려서 짧디짧아진 잔가지들이 가시처럼 되어 녹색의 철망 속에 갇혀 있었습니다. 철망에서 한 뼘은 가라앉아 있었습니다. 그걸 보면서 드러나는 아름다움 뒤에 숨겨진 아픔을 볼 줄 모르는 제가 부끄러워졌습니다. 그리고 제도화 속에 구겨 넣어져 개성을 무시당하고 자라야만 했던 우리의 다 커 버린 자식들에 대해 미안했습니다.

겨울이 지나고 봄볕 따뜻한 날 또다시 그곳을 지나게 되었을 때 저는 또 한번 놀라고 말았습니다. 철망 속에서 한 움큼씩 한 움큼씩 올리브색 어린 싹들의 오글거림을 보았거든요. 이제 저 싹들 자라서 철망을 감추고 잘린 상처를 가려서 모두를 용서하고 아무도 눈치 채지 못하게 바람에 하늘거릴 쥐똥나무의 자유로움이 부러워졌습니다.

주소: (우) 200-936 강원도 춘천시 석사동 813 현대아파트 308-1406
전화: (033)2263-8668 018-224-8667   이메일: hyesook8668@hanmail.net

원효

윤동재

국립 경주박물관 정문 앞 대로상에서
썩어 흐늘흐늘한 가마니를 깔고 앉아
원효는 사주팔자를 봐주고 있다 하더라
연중무휴로 사주팔자로 봐주고 난 뒤
사주팔자를 보러 온 이들에게 원효는
서라벌 시민증을 하나씩 나눠준다고 하더라
서라벌 시민증을 얻은 이들은 이후론 시민증 뒷면
시민의 맹세에 따라 살아간다고 하더라
시방 신통대사로 통하고 있는 그는
아침에 구름을 살짝 밟고 내려왔다가
진종일 사주팔자를 봐주고는
해거름에 까마귀 목덜미에 앉아 까악까악
서라벌 하늘을 한 바퀴 휙 돌다
저녁노을을 밟고 도로 올라간다고 하더라.

지금 나는 원효의 가르침대로 살고 있는가

국문과 2학년 가을 학기 때 김춘수 선생님이 경북대에서 내가 다니던 영남대로 옮겨 오셨다. 평소 시 습작을 해보고 싶었던 나는 설레기 시작했다. 영남대에는 당시 시를 쓰시는 분이 안 계셨기 때문에 더욱 그랬는지도 모르겠다. 나는 김춘수 선생님으로부터 '현대시론' 강의를 들으면서 틈틈이 대학노트에 볼펜으로 옮겨 쓴 습작을 보여드리곤 했다. 김춘수 선생님은 내 습작 노트를 가져 가셨다가 그 다음 강의 때 돌려주시곤 했다. 나중에는 만촌동 선생님 댁으로 습작 노트를 들고 가서 보여드린 적도 있다. 그때마다 선생님은 열심히 써 보라는 격려 말씀을 주셨다. 나는 선생님의 격려 말씀을 들으면서 열심히 습작을 하면 나도 시인이 될 수 있겠구나 하는 막연한 기대를 가졌다.

그런데 3학년이 되어서는 내가 학교에 제대로 다닐 수 있는 형편이 못 되어 선생님 강의를 더 많이 듣지는 못했다. 참으로 아쉬웠지만 어쩔 수가 없었다. 등단작은 4학년 1학기 때인 1980년 봄 『현대문학』에 투고했다. 그리고 11월호에 발표되었다. 나는 『현대문학』을 대구 북부 정류장 가판대에서 펼쳐 보다가 깜짝 놀랐다. '원효'라는 내 작품이 목차에 나와 있었기 때문이다. 너무도 기뻤다. 내가 쓴 글이 활자로 처음 인쇄 되어 나왔다는 사실에 나는 흥분했다.

김춘수 선생님도 당시 『현대문학』 신인 추천을 맡고 계셨기 때문에 추천위원은 김춘수 선생님이 아닐까 하고 살펴보았다. 그런데 뜻밖에도 신동집 선생님이 추천을 해주셨다. 그 당시까지 신동집 선생님은 단 한 번도 뵌 적이 없었다. 마침 4학년 2학기에 조동일 선생님의 강의를 듣고 있었는데 조동일 선생님께 등단작을 보여드렸더니 발상이 재미있다고 칭찬해 주셨다. 또, 신동집 선생님께 직접 연락해 주셔서 신동집 선생님을 찾아뵙고 인사드릴 수 있게 해 주셨다.

나와 원효의 만남은 국문학을 공부하면서 시작되었고 그 바람에 나는 경주를 뻔질나게 드나들었다. 원효의 숨결을 느끼고 싶었고, 원효의 가르침대로 살고 싶었기 때문이다. 지금 나는 원효의 가르침대로 살고 있는가. 원효가 어디서 나를 자꾸자꾸 나무라고 있는 것 같다.

1982년 『현대문학』으로 등단. 시집 『날마다 좋은 날』 등
주소: (우)134-782 서울시 강동구 명일동 삼익아파트 701동 307호
전화: 011-9965-2781 이메일: dj54612@hanmail.net

동행

이별리

아무런 덜컹거림이 없다
아이스박스 안에 무엇이 들어앉아 있을까
놀란 눈으로 일제히 고개 내민 닭들
흙 없는 사각의 깊은 잠 이끌고 도로를 달린다
매일 바뀌는 운전수의 낯선 등 보는 것처럼
저 가로수들도 창안의 이름들 외우지 않는다
서로의 몸과 마음 호송해가는 안과 밖
잠시 신호등의 호흡이 정지되고 닭장의 목숨들은
짧은 절벽의 허공을 콕콕 쫀다
햇볕을 부화한 바람이
몸 간지럽혀 오면 언 땅 푹푹 긁던 날들
길 위 가득 흩어진다 이 매끄럽고 쭉 빠진 길을
흔적 없이 오기 위해 우렁찬 목소리로 홰치며 살아왔던가
잘 여문 산봉우리 같은 볏에도 단풍이 물들었다
충혈된 눈과 제 몸의 무게를 감춘 날개,
이미 반쯤 구름을 덮은 눈꺼풀에는 자꾸 졸음이 몰려온다
팔달교를 지나려면 흐르지 않는 물을 건너가야 한다
푸른 버드나무가 겨울에도 물들지 않듯이
저희들끼리 치열한 생을 다투고 있다
아 저 닭들은 내가 탄 버스의 사람들과 끝까지 동행할 것인가
깨끗하게 포장되어 부활하는 유배지의 섬까지
동행은 이리도 슬픈 것인가

나의 동행길에서 만나는 것들

하루의 길에서 만나는 풍경은 익숙하지만 또한 낯설기도 하다. 퇴근길 노을지고 하늘이 온통 보랏빛으로 물들 때 무심코 고개를 옆으로 돌린다. 버스 안에는 이미 반쯤 죽어버린 듯한 지친 사람들이 몇 고개를 파묻고 졸고 있다.

문득 앞서거니 뒤서거니 하면서 닭들의 시선들이 일제히 이쪽 창으로 확 들어온다. 순간 시선이 부딪히면서 그 붉고 작은 눈동자엔 두렵고 피곤한 기색이 역력하다. 수백 개의 눈동자들이 슬픔으로 얼룩진 알전등 같다.

붉은 버슬이 노을과 함께 더욱 붉어지는 시간이다. 팔달교 다리를 건너면 항상 새로운 세계가 펼쳐진다. 우리는 그 넓은 강을 어쩌면 '피안의 강'으로 불러야 할지도 모르겠다. 나에게는 꼭 이쪽과 저쪽 세상을 이어주는 다리임과 동시에 이쪽과 저쪽 세상을 확연하게 구분 짓는 경계선으로 비추어졌기에 닭들이 탄 트럭이나 내가 탄 버스의 사람들이 그 순간 한 방향으로 가고 있다는 느낌을 지울 수가 없었다.

닭들은 먼 시골길에서 도시로 가는 마지막 길에 올라 있고 버스에 탄 우리는 하루를 마감하고 집으로 돌아가는 길에 서 있다. 시골길에서 소도시를 지나 다시 강을 건너 종착지에서 날개를 내려놓는 닭들의 운명을 우리인들 피해갈 수 있으랴. 나의 동행 길에 만나는 사람들과 사물이 찰나처럼 소중한 이유다.

2000년 『대구일보』 신춘문예로 등단
주소: 대구시 서구 비산5동 1219-26번지.
전화: 016-688-1118 이메일: kolmar@shinbiro.com

천사에 날개 달린 까닭

이승복

太歲 己未年 參月
할아버지의 할아버지의 또 할아버지이신
우리 할아버지께서는
이 날을 위해 무엇을 하셨습니까?
이 날을 있게 하신 것이 무엇입니까?
제게 주신 것이 무엇입니까?

없거나 화가 나서가 아니라
몰라서 그렇습니다.

해가 다시 뜨면
처음부터 다시 생각키로 할지언정
설사 처음부터 다시 할지언정
있는 것은 있는 대로 있어야 할 것인데
그것은 무엇입니까?

어디로 가야 합니까?
習慣을 習慣이라 하잖고
밤마다 밤마다 기다리다가 기다리다가
아침마다 새가 울고 새가 울기를 매일 하는 것은
그대로인 채 들려옵니다.

幸福은 뒷전이며
期待는 없고
왜냐고 물을 때 그냥 웃기만 한다면
무엇입니까?

할아버지의 할아버지이신
우리 할아버지

내게도 자손, 자손, 자손, 자손은
어찌 이 날을 다시 맞아
香氣를 찾아내어
있을 것을 있는 그대로 있게 하겠습니까?

發光이 아닌 것이라면
무슨 빛을 받아 반짝여야 합니까?
어디로 가서 꽃을 찾을까요?

멀리 새가 납니다.
그 새를 바라보며 펄떡이는 새는 어쩝니까?
빤히 쳐다만 볼 일이 아니라면

가서 좋아라
찾거든 전해 다오 할 일은 더욱 아닙니다.

내 발 묶인 곳에서 바람이 일고
퍼덕이는 날개는 王家의 찬란한
처마 밑에서
넘지 못할 山만 바라보며 파닥입니다.

그리로 가야 할 날개가 필요합니다.

여전히 물고기를 꿈꾸고 있다는 것만으로도

　나는 아직도 습작기에서 머뭇대고 있는 게 분명합니다. 어쩌면 시를 쓰는 사람이기보다는 시를 쓰겠다는 사람으로 이번 생을 정리해야 할지도 모르겠습니다. 하지만 설령 그리 된다고 하더라도 결코 아쉬워하거나 후회하지는 않으렵니다. 시 쓰는 일에 한 발 다가갈 수 있었던 것만으로도 내겐 매우 큰 기쁨임에 분명하니까요.

　남들처럼 나도 중학교 때 백일장 장원을 핑계로 시 쓰기를 계속해 왔습니다. 그리고 대학에 들어와서도 별다른 데 흥미를 느끼지 못한 채 시를 쓰겠다는 친구들과 어울리기를 거듭했습니다. 하지만 나는 홍익대학교에서 공부했고 덕분에 좋은 선생님들을 뵐 수 있었습니다. 그분들을 좋은 분이라고 말할 수 있는 것은 그 분들 모두가 한결같이 치열한 시정신을 가지고 계셨기 때문입니다. 심산 문덕수 선생님, 마광수 선생님, 윤삼하 선생님, 윤종혁 선생님, 그리고 소설을 쓰시는 서종택 선생님 등 한결같이 작품에 대해서만큼은 유난히도 진지했던 분들이었습니다. 그래서 나는 무슨 시를 어떻게 쓰느냐보다 시 쓰는 일에 대해 얼마나 치열할 수 있느냐를 공부해야 했습니다.

　그러던 어느 날 시 쓰는 일이 내 인생에 가장 큰 부분이 된 지 한 십 년쯤 되었을 때, 1982년 봄으로 기억됩니다만 비로소 심산 선생께서 말씀하시더군요. "너도 이제 시 안 쓰고 살지는 않겠구나." 그 말씀 끝에 월간 『시문학』에 초회 추천을 해 주시더군요. 그것도 어지간히도 오랫동안 고쳐 온 여러 편 중에서 그렇지 않은 딱 두 편을 난짝 골라서 말입니다. 그때서야 어렴풋이 짐작이 가더군요. 시가 말로만 되는 게 아니란 사실 말입니다. 그로부터 다시 4년이 지나자, "좋은 시에 대한 집착이 제법 생겼구나." 하시면서 천료를 달아 주셨습니다.

1982년 『시문학』으로 등단. 시집 『철지난 코트』 등
주소: (우)121-791 서울 마포구 상수동 72-1 홍익대학교 사범대학 국어교육과
전화: (02)320-1874 011-9038-1874 이메일: lesebo@hanmail.net

단풍나무 한 그루의 세상

이영광

자고 난 뒤 돌아앉아 옷 입던 사람의 뒷모습처럼
연애도 결국은,
지워지지 않는 前科로 남는다
가망 없는 뉘우침을 선사하기 위해
사랑은 내게 왔다가, 이렇게
가지 않는 거다
증명서가 나오기를 기다리며
교정의 단풍나무 아래 앉아 있는 농안
이곳이 바로 감옥이구나, 느끼게 만드는 거다
사람을 스쳤던 자리마다
눈 감고 되돌아가 한 번씩 갇히는 시간
언제나 11월이 가장 춥다
모든 外道를 지우고
단 한 사람을 기다리는 일만으로 버거운 사람에게
이 추위는 혼자서 마쳐야 하는 刑期?
출감 확인서 같은 졸업 증명서를 기다리며
외따로 선 나무 아래 외따로 앉아 있는
추운 날
붉고 뜨거운 손이 얼굴을 어루만진다
혼자 불타다가 사그라지고 다시 타오르는

단풍나무 한 그루의 세상
무엇으로도 위로할 수 없는 순간이 있고
떨어져서도 여전히 화끈거리는 단풍잎과
멍하니, 갇힌 사람이 있고
인간의 習性을 비웃으며 서서히 아웃되는 새떼들이 있다

사막의 꽃과 가시

　사랑하는 일은 벌 받는 일이란 생각이 든다. 그 역시 사막의 진흙 구조물처럼 모래 바람에 서서히 깎여 지워지는 것이므로, 사랑과 형벌은 불안과 공포의 바다 위에 뜬 채로 어딘가로 이동하는 제 마음의 파동을 보여준다.

　옥탑방은 모래 언덕 위에 얹힌 넋 나간 신전의 첨탑과도 같다. 우리가 사랑할 때마다 그 공중의 집은 조금씩 흔들렸다. 벌(罰)이 끝나면 우리는 캔맥주를 마시며 멀고 붉은 서(西)쪽을 바라보곤 했다. 그녀는 어느 5월 18일 이른 새벽, 모래의 침대에서 무너진 마음을 일으켜 옷 입고 우리의 옥상위(屋上屋)에서 떠나갔다.

　그 이후로 나는 오래 혼자 중얼거리며 앉아 있거나 걸어 다니곤 했다. 견딜 수 없는 시간들이 때로 이처럼 시가 되었다. 그녀가 사막의 꽃과 가시를 만지는 동안, 내 사랑의 시간은 지금 크림슨의 단풍나무 우듬지를 지나 눈과 얼음의 결계(結界) 너머로 이동하고 있다. 그녀와 나 사이에는 소용돌이치는 태평양이 있다.

1998년『문예중앙』으로 등단
주소: (우)472-862 경기도 남양주시 진접읍 내각리 226 한신아파트 104동 903호
이메일: leeglor@hanmail.net

水踰里에서

장만호

함부로 살았다, 탕진할 그 무엇도 없었다
그대에게 말할까 말까, 사랑하는……
어머니 나를 불쌍히 여기사 석 달 열흘
한 줌의 마늘과 쑥을 드시고도,
강림하지 않는 아버지를 우리가 기다릴 때
그대를 만나고 미아리나 수유리 저녁을 만날 때
간혹 희망은, 뽑지 않은 사랑니처럼
아팠다, 생애의 묽은 죽을 반추하거나
희망과 혁명을 바꿔 부르기도 했지만,
집 근처 국립묘지의 무덤과 무덤들
푸르고 단단한 입술들이 일러주던 또 다른 피안은
시대의 낙엽들 되돌아갈 길을 묻고 있었다
그렇게도 읽을 수 없는 날들이 지나갔다
세상은 징검다리였다
삶은 금간 항아리 같았다
성급한 이해가 한 생애를 그르쳤으므로
점자를 읽듯 세상을 더듬거렸으나
잇몸인 물과
행간에서 깊어지는 한숨 같은 우물들
읽을 수도 채울 수도 없는 세상을

탕진할 것 하나 없는 시절을
한 켤레 벙어리장갑처럼, 함부로
나는 살았다

어제 이사를 했다

'습작 시절'이라는 말을 떠올릴 때마다 나는 수유리와 그 방을 생각하게 된다. 4·19 국립묘지와 아카데미 하우스를, 가오리와 장미원을, 백운대와 인수봉을 생각하고 새벽에 빠져나가던 옥탑방의 불빛들과 동네 시장들의 파장 무렵의 백열등 불빛을 생각한다. 그 넓은 풍경 속으로 떨어지던 빗줄기들을 기억한다. 북한산을 끼고 돌던 구름들을 기억한다. 그때는 시를 쓸 만큼만 조용하고 차분했다. 시를 쓰기 위해 삶을 시처럼 만들 필요는 없겠으나 간혹 삶이 저절로 시가 되거나 적어도 시가 삶과 닮아 가는 경우가 있는 법이다.

그때가 그랬던 것 같다. 그때는 등단에 대한 열망이 별로 없었다. 뭔가를 쓰기보다는 받아 적고 있다는 생각이 들었다. 내 자신이 나도 모르게 내 마음을 받아 적고 국립묘지의 무덤들이 하는 말들을 받아 적고 꽃들의 움직임을 받아 적는다고 생각했다. 어떻게 하면 대상이나 사물의 깊이에 다가가 그것들을 이해하고 느낄 수 있을까가 중요했다. 그때 습작이란, 연습을 통한 능숙함의 성취가 아니라 세상에 대해 내가 얼마나 더 치열하게 부딪칠 수 있나 하는 문제였다. 그러므로 내게 '습작 시절'이라는 말은 단순히 시를 쓰기 위해 노력하고 연습했던 시기가 아니다. 공간적으로는 그 방과 그 장소가 환기하는 한 시절을 지칭하는 말이며 동시에 그 시절에 내가 만나고 사랑했던 사람들의 대명사이다.

이사를 하면서 나는 그 이름을 계속 중얼거렸다. 더 이상 볼 수 없고 맡을 수 없는 풍경과 체취를 마음에 담느라 한참을 서성였다.

우리들의 옥탑방이…….

내 습작 시절이 그렇게 갔다.

2001년 『세계일보』 신춘문예로 등단
주소: (우)142-887 서울시 강북구 수유6동 530-8
전화: (02)993-7175 016-729-1505 이메일: blufish@orgio.net

수구적인 목재 집에 대한 단상

장무령

서른 해 가까이 장씨 일가를 품고 있는 목재 집이
나무 벌레 구멍에 빠져 좀처럼 헤어나질 못한다
같은 해 뿌리를 내린 뒷마당 밤나무보다
자꾸만 작아지던 목재 집은 이젠
처마 끝에 쥐고 있던 동태 꾸러미까지
고양이에게 낚아채이는 허리 굽은 몸이 되었다
문틈에 깊게 고인 겨울바람에 빠져 본
사람들은 저마다 손이 미치는 곳만 골라
집 좀 바꾸라는 불평을 잠깐씩 박아 보지만
가슴을 뒤덮던 푸른 나뭇잎 다 떨구어
산밭 늘리듯 늘린 나이테
목재 집 기둥에 가득 채운 아버지에겐
열릴 때마다 온힘을 다해 소리를 질러 대는 부엌문도
아랫목만 까맣도록 편애의 손길을 보여 주는 외골수 구들장도
지켜야 할 전통일 뿐 결코 수구(守舊)가 아니다.
나는 아예 나무 벌레 하나라도 넘겨 볼 허점이 없는
보일러의 온기가 이 방 저 방을 편견 없이 넘나들
새 집을 지으려 하지만 목재 집은
온갖 벌레들을 불러들여 나의 설계를 방해하며
마음 한쪽에서 좀처럼 터를 내주지 않는다.

가만히 들여다보면 어느 한군데 반듯하게
햇살에게 손을 내밀 창틀 하나 없는 목재 집이
뒷마당 밤나무만큼 땅 속 깊이 자라
대문밖에 찍어 논 내 풍경들의 배후에까지
도도히 뿌리를 뻗고 있다.

불길한 예감과 애꿎은 전화 한 통

　적어도 난 '시를 쓰기 위한 어떤 특별한 능력' 같은 걸 선천적으로 가지고 있는 사람은 아니었다. 스무 살 무렵 나는 그걸 정반대로 확신하고 있었다. 너무 확실해서 그걸로 술을 먹고 엉뚱한 시비를 걸고 무모한 연애를 하고, 그리고 그림을 구경하러 다녔다. 대학에 와 난생 처음 눈앞에서 실제로 보았던 김환기의 푸른색, 나는 그것을 감상하는 것이 아니라 촌놈이 마치 낯선 서울의 풍경을 훔쳐보듯 구경하고 있었다. 그림을 감상하는 것이 아니라 구경하는 나의 뒷모습에 산골 촌놈의 그것이 그려지고 있을지도 모른다는 화끈거림을 가슴속에 묻은 채. 색깔들은, 가까이 눈을 바짝 대고 보면 느껴지던 붓질의 흔적들은 신기했고 자유로웠으며 아늑했다. 나도 저 붓질의 흔적처럼 시를 썼으면 했다.

　그러나 거의 십 년 동안 오지 않던 전화, 종국에는 문득 전화기에 먼저 눈이 간 후 그 이유를 곰곰이 생각하고 난 후에야 '아 내가 어디에 응모했었지'라는 걸 떠올릴 즈음 그리고 이젠 화랑으로 이어진 길도 풀숲에 가려 잘 보이지 않을 무렵, '시를 쓸 만한 어떤 아주 평범한 능력'조차도 가지고 있지 않을지도 모른다는 불길한 예감, 그리고 그것이 확신으로 굳어지던 그때, 나는 애꿎은 전화 한 통을 갑자기 받았었다.

1999년 『작가세계』로 등단.
주소: (우)411-811 경기도 고양시 일산구 마두동 806번지 강촌 한양아파트 601동 410호
전화: 016-266-0903　이메일: hhjds@chollian.net

비오는 삼천포

정서리

여섯 아이 낳은 어머니 배 닮은
잔잔한 바다는
누워서 나를 부르고 있다

탐욕 많은 내 껍질들 꺼내어 채곡채곡
뱃머리에 묶어놓고
소록소록 걸어오는 발자국
하얗게 일그러지며
조심스럽게 맺힌다

이승과 저승은 무엇이 다른가
저 먼 곳
지이잉 지이잉 징검다리 건너
아우성치는 현기증
그래 벗어버려라
영혼만 안고 떠도는 목선 하나
비에 젖어 제 갈 길 바쁘다

작품과 인간이 함께 나아가야

    2000년도 『불교문예』에 첫 투고해서 당선된 기쁨은 내 삶의 무엇과도 바꿀 수 없는 것이었다. 또한 나태주 이성선 이런 분들이 심사해 뽑았다는 데도 큰 자부심을 가졌다. 지도하시는 서지월 선생님은 늘 이렇게 말씀하신다. 작품과 인간이 함께 나아가야 평생 보람된 문학을 해 나갈 수 있다고. 그리고 신의와 소신이 확고해야 된다고. 나태주 선생님은 한번 뵈었지만 이성선 선생님은 이승에서 한번도 뵙지 못했던 것이 못내 마음을 저민다. 당선작 「비오는 삼천포」는 전형적인 주부시 같은 부족함이 있는데도 많은 찬사를 보내주신 분들의 은혜에 보답하는 마음으로 더욱 정진해야겠다.

2000년 『불교문예』로 등단
대구시 수성구 상동 61-3
전화: 053-766-4496, 011-804-0037

| 3부 |

하동에서 뻘하다

— 사랑시와 뒷이야기

공영구 구수정
이기윤 이병초 이승하 이영석 이양원 이정임
이창수 이화인 이희정
정숙 정채원 조연향 조운주
최동인 한영옥 황애연

아내는 지금쯤 신호 대기 중

공영구

가을이 성큼 앉아 버린 시월의 끄트머리
낙엽 뒹구는 아스팔트 위
검게 번져 가는 찬바람
모질게 어둠 깨우는 한켠
가로수 단풍은 안간힘 쓰면서도
초연한 척 여유 있게 손 흔든다

이른 아침 바쁘게 서두르며
다정한 순간도 없이 각각
비 속을 뚫고 가야 하는
맞벌이 부부

헐레벌떡 올라가는 삼층 계단
삼계의 윤회 의식하듯 매일 반복되는
가쁜 숨 고르며 자리 앉으면
버릇처럼 벽에 걸린 시계를 본다

이제
아내의 출근 시간
따르릉 따르릉……

"여보! 비 온데이
옷 따시게 입고 가래이"
찰깍
수화기 놓으면

아내는 지금쯤 신호 대기 중

가족 사랑의 절실함

며칠 전부터 태풍 라마손이 북상 해 온다고 TV에서 난리를 떨고 있다

특히 농촌 사람들의 농작물 관리, 건설 현장의 시설물 관리, 도시 저지대 사람들의 배수 관리나 붕괴 위험이 따르는 가옥을 특별 관리해 주길 바라면서 연일 방송에서 떠들고 있다.

1980년대만 해도 도시의 고지대나 저지대에는 항상 가난한 사람들이나 꿈의 설계를 이루려는 젊은 사람들이 많이 살았다. 비록 돈이 없고 권력이 없어 큰 힘은 없지만 그래도 오순도순 살아가는 이웃간의 정과 어려움 속에서도 부대끼며 살아가는 삶의 지혜는 배울 만했다.

나도 한때 저지대에 살면서 이들과 함께 호흡하고 어려움을 겪은 적이 있다

참 사랑이 무엇이며 가정의 소중함과 화목이 무엇과도 바꿀 수 없는 최고의 가치임을 알고는 항상 아내와 가족을 위해 사랑을 베풀며 살고자 했다.

그 중에서도 가장 작은 실천 중의 하나로 나의 마음을 전할 수 있는 유일한 방법이 아내를 위한 시가 아닌가 해서 써 본 것이다.

요즘은 대부분이 맞벌이를 하는 부부 직장인들이다. 이들에게도 나와 같은 마음이 들 거라고 생각되지만 경상도 남자들의 특이한 성격 때문에 드러내 놓고 마누라에게 고맙다는 말을 선뜻 할 수 있는 여건이 못 되고, 또 요즘처럼 핸드폰이 있으면 참으로 편리했겠지만 80년대에만 해도 오직 유선 전화기만 있을 때라 지금의 젊은이들은 잘 이해가 안 되리라 생각한다.

항상 바쁜 맞벌이 부부의 아침은 시간에 쫓기어 일 분을 다투다 보니 서로를 위해 줄 여유도 없이 자기 준비에 바쁘다. 그래도 다행스럽게 남자가 먼저 출근을 하다 보니 뒷정리를 하는 아내에게 늘 미안함이 배어 있다.

스산한 바람과 함께 겨울을 재촉하는 비가 내리던 어느 10월 말이었다. 먼저 출근한 남편이 혹시라도 아내가 멋만 생각해서 얇은 옷을 입고 출근해서 감기라도 걸리면 어떡하나 하는 염려의 속마음이 흠뻑 녹아 있다.

아침에 여유라도 있으면 이런 얘기는 얼마든지 할 수 있지만, 시간 없어 못한 걸 직장에 와서야 깨닫는 남자들의 한 박자 늦은 행동을 시로 나타내어 보았다

살아갈수록 가족 사랑이 더욱 절실해짐을 느끼면서……

1996년 『우리문학』으로 등단. 시집 『엄마의 땅』
주소: (우)701-751 대구광역시 동구 방촌동 우방강촌마을 110동407호
전화: (053)985-4475 016-505-2009 이메일: gongboll@hanmail.net

매운탕

구순희

오지 투가리 펄펄 끓는 시간 위에 얹었던 인연. 팔딱이던 오기 다 어디 가고 싱싱한 살 발라 낸 몸에 안간힘으로 붙어 있는 그것도 살이라고, 치욕이라고 가시 고르고 뼈 추려 내는 동안 지나온 길이 보였다. 벌처럼 톡 쏘다 속까지 태울 듯한 얼얼한 말에 세 치 혀는 할말 잊었다. 내게로 다가온 너를 물리치지 못한 것이 안타까웠다. 살면서 짓는 허물, 청정 석간수에서 흙탕물까지 가도 붉은 낯빛으로 부글부글 끓는 마음 한가운데서 쓸데없이 부유하는 거품 걷어 내고 얼어붙은 마음까지 토렴*해 내밀지만 변덕이 죽 끓듯 하는 드난살이 더 이상 견디지 못했다. 인연의 끈 죽을 때까지 놓을 수 없다고 사탕발림해도 대리석으로 굳어 가는 내 대답은 속으로만 찍어 낸 눈물. 화려한 시절 지나 살점 다 발라 낸 뒤 뼈만 오소소한 지난날 아슬아슬했던 생각의 출렁거림. 마지막 남은 매운 말의 국물까지 다 졸아들어 다시는 돌아갈 수 없는……

*토렴: 퇴염(退染). 밥이나 국수에 뜨거운 국물을 여러 차례 부었다 따랐다 하여 덥게 함.

사라진 매운탕

그릇이 뜨거워질 때까지, 몇 번이고 뜨거운 국물로 찬기를 가시면 식지 않고 따끈한 맛을 볼 수 있다. 국이나 찌개나 탕은 토렴하기 전에, 이미 끓기 시작하던 찌개에 떠다니던 부유물은 걷어 낸다. 처음엔 센 불에서 팔팔 끓이다가 한 소끔 끓고 나면 불을 낮춰 서서히 끓인다.

생선회라면 사족을 못 쓰는 나는 "회에다 소주 한잔!" 하면 자다가도 벌떡 일어난다. 회를 먹고 나면 그 다음엔 매운탕이다. 단시간에 팔팔 끓인 다음 은근한 불에 졸아드는 국물 맛은 소주병이 몇 개쯤 나뒹굴어도 좋다.

찌개 냄비에 빙빙 돌던 거품을 걷어 낸 후 알맞게 끓은 매운탕을 떠 주던 사람이 있었다. 홍일점으로 나가 앉은 술자리에서, 내가 아무거나 잘 먹는 걸 감탄해 하던 그는 정성껏 토렴한 매운탕을 내 앞에다 놓았다. 많이 먹어요. 그 말끝에는 비릿하지 않은 언약까지도 술김에 내비치곤 했다. 그런 자리가 더 이상 이어지지 않았을 때 '매운탕'은 씌어졌다.

같은 하늘 아래에 살면서도 나는 아직 그에게 '매운탕'을 보여주지 못한다. 넷이서 줄곧 어울렸었는데, 그가 아끼던 후배가 미국으로 이민 감으로써 그 술자리는 슬그머니 증발해 버렸다. 「매운탕」 한 편 남겨 놓고, 내 기억 속의 그는 저 먼 알래스카로 가버린 것만 같다.

시로 남는 사람도 있고, 시가 되는 사물도 있다. 아무리 애써도 시가 되지 않는 사람이 있는가 하면, 떠난 후에야 시가 되는 사람도 있다. '매운탕'은 시작도 하기 전에 이별부터 읽게 된 사람을 보고 쓴 것이지만, 한 순간 눈물겹도록 토렴 잘하던 사람이 준 선물이었다.

1981년 『현대시학』으로 등단. 시집 『수탉에게 묻고 싶다』 등
주소: (우)132-828 서울시 도봉구 방학3동 271-1 신동아아파트 23동 1305호
전화: (02)956-4168 011-380-0201 이메일: ballpen9@hanmail.net

목숨 1

김세용

목숨을 바쳐서
마음이 평안하다면
바쳐지이다.

한 컵의 물에 풍랑이
물을 비움으로써 조용해진다면
비워지이다.

내 속에 배 저어 가는
당신의 노가 부러져야만
천둥 같은 물소리 그칠 수 있다면
당신을 닮은 놋대라도
부러뜨리겠습니다.

아아, 누군들
스스로를 위해 살아 있겠습니까.

나를 위해 배 저어 간다는
당신의 빛나는 놋대를
부러뜨립니다.

「임」 이후 「목숨」까지

　　오래 전에, 잡다한 삶의 모순들을 하소연할 대상으로 나는 자연스럽게 「임」을 설정하였다. 「임」은 전지전능한 그 무엇일 수 있으며, 가장 고귀하면서 얻고 싶은 연인일 수도 있고, 대상이 아닌 그리움 자체이거나 단순히 원망의 대상일 수도 있다.

　　나는 「임」을 상정해 놓고 그리움, 욕망, 허무, 외로움, 삶의 모순 등을 토로하게 되었는데 원망이나 비난이 그 주류를 이루었다. 오랫동안 임에 매달려, 원망하며 살아 왔고, 욕망 낮추기 혹은 감추기에, 티무니없는 자의식(自意識)에 갇혀 있었다.

　　그러나 어느 정도의 세월이 지나자 원망이나 비난 일색의 태도는 삶을 조금씩 갉아먹어 들어서 마침내 삶마저 지탱하기 어렵게 만들 것이란 생각이 들었다. 또한 살아보니, 인생이 봄날의 긴 꿈에 지나지 않는다는 말이 실감이 났다. 더불어 모든 생명은 일회성인 만큼 귀중하나, 반대로 일회성인 만큼 보잘것없을 수도 있다는 생각이 들었다. 일회성인 삶을 귀중히 영위하여야 하겠지만 일회성인 만큼 소중하게 연연해 할 아무 것도 없다는 셈도 되는 것이다. 인생 자체가 보잘것없을 수도 있다면 그 안에 내재된 모든 모순들 욕망의 모순, 생명의 모순, 삶의 모순 역시 일회성이며 보잘것없을 수도 있다는 데 생각이 닿았다. 이렇듯 살고 싶다는 자각이 원망을 줄여 주게 되었고, 인생이 귀중한 만큼 보잘것없는 것이기도 하다는 생각은 「임」에게 많은 것을 요구할 필요를 줄어들게 하였다. 반대로 왜소한 나 자신이 보다 커지는 계기가 되었다.

　　마침내 나는 오랫동안 기대어 살아온 '임'을 버리게 되었다. 그러자 자연스럽게 자기 확대가 이루어졌다. 그러나 매여 있는 데 익숙한 나는 풀어 주어도 한동안 어디를 갈지 망연자실해 있었다. 그러다가 차츰 망연자실하는 태도의 원인이 객관주의, 획일주의에 길들여져 온 나의 분별심 때문이라고 깨닫게 되었다.

　　분별심을 버리자며 주변을 둘러보니 남아 있는 것은 너와 나 그리고 모든 것들의 목숨이었다. 그러자, 어디로 갈 것인가 하는 문제는 더 이상 중요하지 않았다. 어디를 가고 어떻게 가든 고마운 마음으로 목숨, 목의 숨, 숨 고르기, 목숨 줄을 쥐고 간다.

1981년 『시문학』으로 등단. 시집 『삼중주』 등
주소: (우)706-738 대구시 수성구 범어1동 궁전맨션 2동 708호
전화: (053)742-1448, 793-4265　이메일: kswsms@hanmail.net

늙은 호박

김순실

싸락눈 한 줌 뿌릴 듯한 볼때기 팅팅 부은 하늘 탓인가. 없는 살림에 시원찮은 글거리로 애면글면했으나 버리지 못한 언어들은 자꾸 목구멍에 걸리고 낮은 포복의 하늘에 봉의산마저 숨어 버려 이 마음 속 오두방정을 어찌할까 뒤숭숭하더니 거실 한 귀퉁이 노릿노릿 익어 있는 호박 한 덩이 번쩍 눈에 들어왔다. 십만 대군이 쳐들어와도 떡 버티고 있을 평퍼짐한 저 엉덩이. 나는 서둘러 박을 타기 시작했다

금 나와라 뚝딱 은 나와라 뚝딱 흥부의 박은 냄비 속에서 보글보글 김을 내뿜고 김 서린 실내는 팬터지 소설 속 한 장면이다 냄비 속 끓고 있는 노란 봄 한 숟가락 뜬다. 달큰하다 투명한 유리그릇에 한 국자씩 노란 봄을 담아 없는 살림을 달래리 뜨거운 호박죽은 뒤숭숭한 잿빛 하늘을 달궈 한 줌 싸락눈을 뿌린다

내 안의 늙은 호박

해산의 고통, 생명의 봄

부엌 창으로 바라다뵈는 봉의산. 비록 멀리로지만 춘천의 진산인 봉의산을 매일 바라다볼 수 있다는 것은 얼마나 고마운 일인가.

오늘도 나는 봉의산에 망연히 눈길을 주며 내 시는 어디에 있을까 골똘히 생각에 빠진다. 그 날이 그 날인 나날 속에 내게 시가 없었다면……

감동 없는 삶은 밍밍했을 것이다. 봉의산도, 봄이 오는 것도, 그 무엇도. 세찬 눈보라 속에 꽃 없는 시절을 견딘 나뭇가지마다 삼신할미가 점지해 준 새순이 뾰족뾰족 움트려는 새봄.

그러나 따뜻한 실내에서 겨울을 난 늙은 호박은 그저 무덤덤할 뿐이다. 싹을 틔울 기미도 없이 탐스러운 곡선만을 뽐내고 있는. 그 순간 푸짐한 엉덩이의 노란빛이 내 눈을 찔렀다. 나는 늙은 호박에 기대어 위로받고 싶었는지도 모른다. 해산의 고통을.

그래, 흥부의 박을 타자. 슬금슬금 톱질을 해보자. 그 속에서 나올 금은보화. 이 설렘은 정말 얼마 만이냐. 늙은 호박은 결코 늙지 않았다. 그 속에 샛노란 봄을 품어 안고 있지 않은가.

생명의 봄, 삼신할미가 점지해 준 내 시의 봄을.

반짝반짝 빛나는 시어들을 건져 올려 좋은 시를 빚고 싶은 간절함. 그 열망으로 호박죽은 끓고 급기야 하늘에선 한 줌 싸락눈이 내린다.

1998년 『강원일보』 신춘문예로 등단
주소: (우)200-936 강원도 춘천시 석사동 813 현대아파트 301동 1204호
전화: (033)262-5534 이메일: kss2625534@hannail.net

여름 감기

김지헌

입산금지 구역처럼 갈 수 없는 그곳에
더는 갈 수 없는 그곳에서 오래된
얼굴 하나 보인다

가끔씩 찾아와 내 몸을 지치게 하다
떠나는 남자처럼 불쑥 찾아드는……
습관성 인플루엔자,

밤새 앓고 난 후 뒷마당에 홀연히
떨어져 내린 흰 꽃이파리들,
열병의 뒤끝은 저렇듯
눈물겨운가

사랑에 관한 짧은 담론

오래된 사진 한 장을 바라본다. 오래 전에 보던 책장을 넘기다 무심코 툭 떨어지는 사진 한 장. 문득 누렇게 바래어 얼룩이 진 흑백 사진을 들여다보며 그 시절의 상념에 잠긴다.

첫사랑, 어쩌면 낡은 사진첩 같은 것인지 모른다. 책장 깊숙이 간직하고선 가끔 한번씩 꺼내어 보고는 그리움에 가슴 저미는 낡은 앨범 같은 것. 잊고 살다가도 가슴 한구석에 간직해 두었던 첫사랑의 기억이 슬금슬금 기어 나와 한동안 나 자신을 속수무책 혼미하게 한다. 마치 불쑥 찾아와 내 몸을 휘저어 놓는 여름 감기처럼.

대학 1학년 겨울방학, 동아리 모임의 일환으로 다른 학교 학생들과 조인트로 독서 토론 소모임을 하러 태능에 있는 사관학교엘 갔었다. 그 이후로 우리 집엔 거의 매일 사관학교 문장이 찍힌 편지가 배달됐다. 책읽기를 매개로 "무슨 무슨 책을 감명 깊게 읽었어요." 하면 학교 도서관에서 빌려다가 밤새 읽고는 답장을 쓰곤 했다. 긴긴 겨울방학을 그렇게 보냈다. 학교 도서 대출 카드에 빈칸이 없을 정도로 학교 도서관을 열심히 드나들었던 그해 겨울이었다.

어느 눈이 많이 오던 날 종로에서 효자동, 세검정을 거쳐 홍제동 우리 집까지 걸으며 다리 아픈 줄도 모르고 끝도 없이 이야기를 나눈 적도 있었다.

요즘도 혹 이렇게 구식으로 연애하는 젊은이들이 있을까. 아 요즘은 이메일이 있구나, 보내면 즉시 받아 볼 수 있는……

그릇의 형태에 따라 그 안에 담긴 물의 모양도 달라지듯이 사랑은 그 존재의 형태를 바꿔가며 폭풍처럼 왔다가 화인처럼 깊은 흔적을 남긴 채 사라져 간다. 아픈 연애의 기억을 가진 사람일수록 또다시 누군가를 사랑하지 않고는 살아 낼 수 없는 것 아닐까. 마치 끝없이 사랑을 갈구하는 신화 속의 아프로디테처럼.

1997년 『현대시학』으로 등단. 시집 『회중시계』 등
주소 : (우)423-061 경기도 광명시 하안1동 현대아파트 101동 105호
전화: (02)898-5086 017-278-5478 이메일: kimj2850@hanmail.net

어차피 사랑은 유치한 거라네

김진희

황폐한 내 오막살이에
너는 규칙적으로 천천히 움직여
격렬한 춤으로
광란의 색채로
매끄러운 정적으로
몸서리치는 고독으로
퍼덕이는 공허로 내게 왔지
5월의 진주빛 情夫가
카랑한 목소리로 나를 부른다
햇빛에 반짝이는 기다란 물방울을 떨어뜨리며
내 사랑은 영문 모를 웃음을 짓고 있다

본능과 정열은 나의 법

인간이 사는 곳 어디라도 로맨스는 있게 마련이다.
아니면 내가 영원히 젊은 사람이었던 까닭이다.
나는 딱딱한 도덕보다는 본능과 정열 편에 서 있는 사람이다.

1997년 『현대시학』으로 등단
주소: (우)135-110 서울시 강남구 압구정동 한양A 36동 602호
전화: (02)3445-9867 011-9921-9130

수신된 메시지 없습니다

김추인

억수비, 배경 처리는 근경에서 멀어질수록
아웃 라인을 지울 것
비의 손이 자폐증 아이처럼
사물들의 얼굴에 등짝에 허공에 빗금을 친다
헛손질처럼 반복되는 행위(E. S 빗소리)
#1
(E. S*.. _수신된 메시지 없습니다.)
무대 왼쪽에서 여자 1명 등장
어딜 가슈?
오늘 휴관인 것 모르슈?
비 젖은 나무들이 진저리 친다
저…… 조각상을 좀 볼려ㄱ……
아니, 아니 살 붉던 타조 궁둥이에 이제 털이 났는가
하고……
쯧 미친년.
#2
(E. S*.. _수신된 메시지 없습니다.)
억수비. 배경이 모두 지워져 있다
혼자 스카이 리프트를 탄다
혼자 자장면을 먹는다

세찬 빗발이 그녀의 눈물을 가려 준다
입가의 자장을 씻어 준다
3
(E. S*.. _수신된 메시지 없스으…….)
먼 빗금 속으로

그녀의 러브 스타일

그 여자는 짝사랑의 명수다. 아니다. 짝사랑 밖에는 아는 게 없다 물론 사춘기 때 여드름 박사로부터 러브레터란 걸 몇 번 받아 본적도 있고 딱히 '미인이다' 라는 말은 못 들어도 귀엽다, 개성 있다 등 그런대로 호의적 평가를 받기도 했다. 그뿐인가. '우리 한번 연애란 걸 해보면 어때요?' 같은 장난스런 프러포즈를 가끔 받기도 하지 않는가? 그러나 그 여자의 관심사는 오직 하나!

스스로 불가(不可)에 가까운 어떤 인물을 설정해 놓고 혼자 미화하고 가꾸어 최고의 캐릭터를 맘속에 들여앉혔으니 어떤 제의도 프러포즈도 먹혀들지가 않는 것이다. '야 선 한번 봐' '미팅 한번 하자' '소개팅은 어때?' 그것도 처음 잠시지. 그녀의 속성을 눈치 채면 아예 주변에서도 챙겨 주는 것조차 포기하고 마는 것이다.

타르코프스키는 "나는 사랑에 대해서 말할 수 없다. 사랑을 안 해봐서가 아니라 몰라서가 아니라 사랑이란 이런 것이다, 하고 그 누구도 단정적으로 정의 내릴 수가 없기 때문이다" 라는 말을 했었다. 그렇다. 누가 감히 그 사랑에 대해 이러쿵저러쿵 토를 달 수가 있으랴. 그 여자는 어느 한 순간 스스로에 마술을 걸 듯 "저 사람이야!" 하고 정해지면 옆도 안 돌아보고 5년이고 10년이고 그를 향하여 편지를 쓰고 그를 위한 행운의 네잎 클로버를 찾기 위해 풀밭을 헤매며 밤새워 선물 상자를 만들고 쿠키를 굽는다. 누가 알랴? 그 설렘을, 그 행복을! 미련하리만치 응답 없는 그 사랑에 매달리는 무모한 맹목을……

이렇다 할 스캔들 한번 없이 시간은 언제나 막대기처럼 뻣뻣하게 그녀 곁을 지나갈 뿐이다. 허망한. 행복한. 말도 안 되는 그녀 식의 짝사랑이 몇 번 흘러갔을 뿐…… 그렇게 유년이 가고 방년이 가고…… 중년이 흘러가는 중인 것이다. 배추 물김치만 같이 덤덤 밍밍한 일상 속에서도 사이보그 같은 제 안의 존재와의 짝사랑이 있기에 비 오면 비 오는 대로 흐리면 흐린 대로 살아갈 만은 한 것이다.

도대체 그녀는 사랑이란 그 미묘하고 닭살스런 존재를 알기나 하는 것일까. 저 혼자 편지나 메시지를 보내고 저 혼자 약속 장소며 날짜 시간을 정해 시행해 버리는 일방적 고집의 결과란 바람맞는 일 외에 더 무엇이 기다릴 것인가.

그때도 그랬다. 7월 어느 월요일이었나 보다. 비 오는 창밖을 내다보며 느닷없이 메시지를 날렸다. "즉각 메시지 주십시오. 억수 비 속에 청동상처럼 빗물 줄줄 흘리며 함께 거닐거나 미술 감상이라도 하고 싶네요." 그리곤 곧 이동했다. 그러나 월요일은 과천대공원의 공식 휴관일이어서 사람이라곤 그림자도 없는 가운데 빈 스카이 리프트만 끝없이 관처럼 흘러가고 있었다. 그녀는 분분마다 소리샘을 체크했으나 매번 - '수신된 메시지 없습니다.' -

여자는 혼자 검은 관 같은 스카이 리프트에 비스듬히 몸을 누였다. 사선으로 쏟아지는 빗물은 그녀의 울음을, 온몸을 빗금치고 있었다. 자폐증 아이처럼……. 지워 버릴 것처럼…….

-내 안의 여자는 늘 그런 식인 것이다 -.

1986년 『현대시학』으로 등단. 시집 『모든 하루는 낯설다』 등
주소 : (우)156-010 서울시 동작구 신대방동 395-69 보라매아카데미타워 2002호
전화 : (02)834-2569 (02)886-6253 011-335-2563 이메일 : cikim39@hanmail.net

저물어 가는 강마을에서

문태준

어리숙한 나에게도 어느 때는 당신 생각이 납니다
당신의 눈에서 눈으로 산 그림자처럼 옮겨가는 슬픔들

오지항아리처럼 우는 새는 더 큰 항아리인 강이 가둡니다

당신과 나 사이
이곳의 어둠과 저 건너 마을의 어둠 사이에
큰 둥근 바퀴 같은 강이 흐릅니다

강 건너 마을에서 소가 웁니다
찬 강에 는개가 축축하게 젖도록 우는 소를 어찌할 수 없습니다
낮 동안 새끼를 이별했거나 잃어버린 사랑이 있었거나
목이 쇠도록 우는 소를 어찌할 수 없습니다
우는 소의 희고 둥근 눈망울을 잊을 수 없습니다

어리숙한 나에게도 어느 때는 당신 생각이 납니다

어두워지는 강가에 서서

벚나무 하얀 꽃잎들이 섬진강 강물 속으로 흩날리는 어느 봄날 저녁이었습니다. 그날 밤 나는 강 건너 마을에서 소가 우는 소리를 밤새 들었습니다. 우는 것들은 항아리를 몸속에 가진 것들입니다. 거뭇거뭇해지는 하늘 귀퉁이를 날아가는 새들이나 알전구를 켠 외양간에서 우는 소나 우는 것들은 항아리를 몸속에 가진 것들입니다.

부산하고 소란스럽고 헤매는 우리들의 마음을 옛사람들은 '馳'라는 한자로 일컬었다고 합니다. 원효 스님은 우리의 마음이 뿔뿔이 흩어져 가는 곳마다 먼지를 일으킨다는 뜻으로 '馳散六塵'이라 했고, 장자는 가만히 있어도 말 뛰듯 줄달음치는 마음을 '坐馳'라 했습니다. 분간 없이 유랑하는 것이 우리의 마음이며 우리의 사랑입니다. 줄달음치는 사랑이라 우리의 슬픔은 더 깊습니다.

한량없는 윤회와 인연의 바퀴는 이켠 저켠으로 공간을 분할하는 큰 강물 줄기처럼 우리들의 사랑을 이별하게도 합니다. 그리고 우리는 어느 날 저녁 어두워지는 강가에 서서 내가 지금 그리워하거나 내가 혹여 사랑했던 소리들이 강 건너 마을만큼의 거리에 떨어져 있다는 걸 알게 될지도 모릅니다. 봄은 화려하지만 애상은 깊고 사람은 너무 멀리 떨어져 있습니다. 그래서 어느 날 당신도 우는 소의 소리를 듣는다면 내 몸속으로 이미 들어와 있는 그 항아리를 쉽게 내려놓지는 못할 것입니다.

1994년 『문예중앙』으로 등단. 시집 『수런거리는 뒤란』
주소: (우)412-270 경기도 고양시 덕양구 화정동 옥빛마을 1601동 603호
전화: (031)979-9325 016-383-9325

장미

박숙이

그는 내게
가시로 뒤덮인 줄 알면서 조용히 다가 왔었다

꽃피기 전에
아무런 꽃 피우기 전에 이미 그는
손을 내밀고 있었다

아직은 마른 내게
아직은 가시의 흔적뿐인 내게
아직은 오월이 먼 나에게 그는
뜨거운 꽃 피울 수 있다며 뜨거운 손으로 말하고 있었다

그 앞에서 나는 자꾸만 붉어지는 걸 느꼈다
그 앞에서 내 가시가 점점 순해지는 걸 느꼈다
푸른 잎이 몸을 뚫고 있음을 느꼈다

나를 오월이라고 믿어 주는 사랑 앞에서면
내게 박힌 가시들이 마치
큰 백(bag)처럼 느껴진다
그가 그렇게 만든다

사랑시에 대하여

나는 모든 동물, 모든 식물, 모든 생물들을, 아니 이 우주 만물을 다 사랑한다. 그도 무덤 덤한 사랑이 아니라 열정적인 사랑, 불나비와도 같은 위험한 사랑! 하여 나는 많이 뜨겁고 많이 아프고 슬픔의 아린 맛을 땡감처럼 늘 깨문다.

가시가 꽃보다 더 많은 여자, 꽃보다 잎보다 뿌리보다 더 가시가 유난히 많은 여자, 그러 나 이 가시 때문에 지금껏 뿌리를 지탱하고 있는 여자……

습작 시절부터 나는 사랑 시를 고의로 써왔다. 어쩌면 사랑의 부재, 즉 아버지의 부재에서 부터 사랑이 간절히 목말랐는지도 모를 일이다. 하여 나는 때로 황당한 질문을 가끔씩 받을 때가 있다

그 사랑의 대상이 누구냐고?

그러나 그건 독자의 몫이고 솔직히 말해 나는 지금도 사랑을 향해서만 빈 가슴을 남쪽으 로 열어 두고 있다

내 안의 가시를 위하여.

1998년 『시안』으로 등단
주소: (우)706-838 대구시 수성구 중동 412-1 석탑베이커리
전화: (053)763-1582 016-806-1582   이메일: sukyeesi@hanmail.net

내 사랑은 추억 속에 있다

박정임

내 사랑은 추억 속에 있나니
해질 녘 땅거미 타고 오네
어둠 속에서 연기처럼 피어올라
내 영혼을 흔드는 기억 속에,
나를 흔들어 스며 나오는
미로 속에 갇힌
시간의 과즙 속에,
가을밤
깊다 못해 침잠하는
수렁의 늪 속에,
내 사랑은 있다

기억의 섬 속에

사랑의 상실, 그 힘겨운 몸짓

아직도 나에게는 사랑은 두려움이다. 무의식중에 두려움이 솟구쳐 전진할 수도 후회할 수도 없는 미아적 현상이 된다. 정신적 육체적 미숙아인 저능아인 것이다. 나의 이 두려운 사랑의 도피적 현상은 고쳐지지 않는 고질병으로 나와 함께 아직도 동거 중인데…….

프로이트는 인간에 의해서 이루어진 세 가지 놀라운 일 가운데 스스로의 업적을 포함시켜 말했는데 그것은 인간의 언행 및 사고가 현실적 의식이 아니라 무의식에 의해서 지배당한다는 사실이다. 무의식은 두 가지 방법으로 인간 정신활동에 참여하는데, 그 하나는 모든 인간의 개체적인 삶의 과정을 통하여 축적되는 개인적 무의식이다.

슐츠는, 인간은 정신적으로 일단 소유한 것은 영원히 잃어버리지 않는다고 무의식의 불멸성과 축적성을 강조했다. 그렇다면 나에게는 어떤 사랑의 흔적이 있어 두려움이 밀려오는 것일까.

뒤돌아보면 나만의 것이라 여겼던 사랑을 스스로 놓쳐 버렸다는, 놓아 버렸다는 자책감과 함께 엉킨 실타래 같은 기억의 신경 줄을 하나하나 꺼내어 추억이라는 책갈피에 끼워 넣고 있다.

2001년 『한국시』로 등단
주소: (우)430-843 경기도 안양시 만안구 안양9동 971-9번지
전화: (031)469-8448 018-276-6681 이메일: losapji@yahoo.co.kr

동굴 속 잔치

서범석

등잔불이 있었기에 어둡진 않았어
내 사랑은 쇼핑백에서 설중매 한 병을 꺼내 놓고
아늑해서 정말 좋다고 눈이 빛났어
계집애 옷 같은 무늬의 종이 접실 펼치더니
수줍은 안주들을 골고루 늘어놓았지
정말이야, 단풍잎을 바닥에 넣어 빚은
자그마한 술잔도 연꽃 받침에 올려놓았어
그리고 받으라는 거야, 섬섬옥수 축복의 잔을
놀라지 마, 앙증맞은 잔치를 준비했더라구
그 위에 양초 두 개 불을 붙이고
은은한 눈빛으로 노래를 묶어
촛불을 사부자기 끄라는 거야, 나?
꿈인지 생시인지 권커니 잣거니 정녕 몰랐지
다 주어서 빈손인 사람이
준 것 없어 빈손인 사람의
가슴에 뚫어 놓은 수유의 장난

수유의 소꿉장난

등잔불이 있었다. 언제나 조금씩은 흔들리는 그것. 겉보기로는 로맨틱한 빛으로 방안을 밝히지만 머지않아 기름이 다하고, 끝내는 꺼지고 말 등잔불. 그녀와 나는 그 등잔불이 주체적으로 빛을 내는 동굴 속 시간의 종점을 전혀 모르고 있었다.

첫사랑이란 동굴 속 잔치다. 남모르는 공간 속에 숨어서 피우는 사랑의 불꽃놀이다. 어둠 속이기에 그 불빛은 이를 데 없이 선명하다. 그래서 죽을 때까지 지워지지 않는 흉터로 사리처럼 가슴속에 남는 법. 그 신비의 아우라는 철없는 어느 한 순간을 휘어잡지만 이내 불꽃처럼 사라지는 법. 깨고 나면 후회만 남는 술놀이에 지나지 않는다.

우리는 가끔 술상을 펼치고, 노래를 흥얼거리면서, 서로의 눈빛에 취하여 황홀한 시간들을 동굴 속에 묶어 놓았다. 그녀는 모든 것을 다 주겠다는 듯 애를 태웠다. 술 종류는 내가 좋아하는 것으로 준비했고, 안주도 정성을 다해 만들었으며, 술잔도 술잔 받침까지도 예쁜 것으로만 신경을 써서 골랐다. 모든 것을 다 주려는 이러한 사랑의 은유는, 아무 것도 주지 못하는 내 어린 마음을 모정처럼 감싸 안으며 꽃을 피웠고, 이제는 녹슨 못이 되어 가슴 깊이 박혀 있다.

등잔불은 오늘도 희미하게 흔들리고 있다. 어느 바람에 또는 어느 사이에 기름이 다하여 곧 꺼져 갈 것이다. 그리고 가을 밤의 사위는 어둠 속에 잠길 것이다. 우리가 느끼는 밝음이란 수유와 같은 소꿉장난, 그것이 인생 아닌가.

1995년 『시와시학』으로 등단. 시집 『휩쓸』등
주소: (우)487-711 경기도 포천군 포천읍 선단리 대진대학교 국어국문학과
전화: (031)539-1576 (02)797-4677 019-297-4677 이메일: sbsk@daejin.ac.kr

당신의 선물

서석화

이상하지요?
요즘은 자꾸 낮은 것들이 눈에 보여요
바람도 파묻히면 물이 될 것 같은 버드나무야
미처 못 본 풍경처럼 스치면 그만인데
보도블록 사이에 핀 키 낮은 풀꽃들
눈물겨운 싱싱함에 저는 붙잡혀요
담벼락에 쏟아지는 햇살 한 올 건드려
대낮에도 시린 어깨엔 부어 본 적 없어도
무심한 걸음에 풀꽃 그림자 금갈까
길을 나서면 조바심에 발끝이 붉어요
별도 달도 바라보지 않아요
온종일 달궈진 몸 식히는 돌멩이가 더 예쁜걸요
몸 안에 고요한 섬 하나 떠 있어요
숨쉴 때마다 수평선에 그대 이름 걸리고
서럽지 않고도 내가 오래 조용해지는 곳
당신
이상한 게 아니라고 말해 줄래요?

이제는 서럽지 않은 나

전율로 다가오는 설움은…… 싫다. 무섭다.

가시면류관을 쓴 듯 피 흘리는 두통 속에서도 그것이 '사랑'이라는 이름으로 포장되어 가슴에 허허로운 자갈길을 낸다면 그것이 어찌 사랑인가. 생애 가장 큰 축복이라 할 수 있는가. 허전해서, 애가 타서 닿지도 않는 별과 달을 품어 보고, 먼 곳을, 높은 곳을 찌를 듯이 쳐다봐도 마음이 사철 아수라장이라면 '사랑'은 이미 등을 돌렸지 않겠는가!

수평선이 고요한 섬 속에 이제 서럽지 않는 내가 있다. 조용하게 가라앉은 내가 있다.

너무 많은 선물을 내게 준 당신!

1992년 『현대시시상』으로 등단. 시집 『사랑을 위한 아침』 등
주소: (우)138-796 서울시 송파구 신천동 7번지 장미아파트 1동 510호
전화: (02)6285-1028 이메일: seokhwa1961@hanmail.net

잔인한 사월
— 상사화

윤홍조

어쩌자고 너는 나를 꽃피게 하느냐
가만히 있는 나를 흔들어 목마르게 하느냐
진정 내가 꽃일 수 있는 것은
꽃잎에 날아드는 나비의 날갯짓
나를 보아줄 뉘가 없는데 어찌 나를 흔들어 깨우느냐
보이지 않는 향긋한 봄바람에 몸 떨게 하느냐
어쩌자고 나를 자꾸 봄날의 햇살 속으로 데려가느냐
놀덩이같이 꿈쩍 않는 나를 왜 자꾸 파문 지게 하느냐
솟구쳤다 제자리 되돌아오고야 마는 파도처럼
술렁이는 늪가를 서성이게 하느냐
제 그림자에 취해 꿈길을 걷듯
불 꺼진 창, 설움의 뒤안길을 헤매게 하느냐
돌아보면 까마득한 길 타오르다 만 열망의 불꽃
쓸쓸한 방에 나를 팽개치느냐
소리쳐도 돌아오지 않고 달려가도 붙잡을 수 없는
이명의 메아리에 귀기울이게 하느냐
시도 때도 없이 몸은 타올라
스러지지 않는 열꽃 핀 가슴
밤마다 나를 왜 삭아 내리게 하느냐
소리 없는 울음을 울게 하느냐
허물을 벗듯 진종일 몸부림치게 하느냐

잔인한 사월

사랑이 부재한다면 세상은 존재할까?

얽히고설킨 삶의 행간에서 사랑은 지렛대 같고 아교 같다. 보이지 않는 그 맛은 조청처럼 달콤하고 웅담같이 쓰다. 그러나 우리는 그 사랑을 찾아 끝없이 방황한다.

사막과 같은 일상 속에서 전기 충격을 받듯 정신을 뒤흔들어 놓는 사건, 전광석화같이 다가오는 충격, 일생의 삶 속에서 이런 느낌은 흔치 않을 것이지만 누구나 가슴 한 귀퉁이에서 꿈꾸고 염원하는 갈망이리라. 물론 사랑의 감정은 자신의 환상 속에서 일어나는 일이겠지만, 환상이나마나 외로운 들쥐 같은 우리는 일생을 그 사랑을 찾아 먼 여행을 떠나는 나그네이리라. 폐포파립의 모습일지라도 가슴 가득 사랑을 담을 수만 있다면 그보다 더한 축복은 없으리라.

어느 때인지 모르겠다. 기억은 희미하지만 쳇바퀴 같은 일상에 번갯불 같고 천둥 같은 그 순간, 가슴에 새겨진 화인은 결국 불씨를 얻지 못하고 제풀에 흔적 없이 사그라졌지만 그 사월은 무척 잔인했었나 보다.

여름에 골굴사를 오르는 길 옆에 피어 있는 상사화를 본다. 진초록 숲들 사이 분홍빛 그 연연한 빛깔은 귀기스러울만치 아름답다. 아무도 보아주는 이 없어도 저 홀로 꽃을 피우고 있는 처연함, 스스로 열망의 꽃이 되어 세상을 밝히고 있다. 이렇듯 사랑은 상사화와 같이 스스로를 꿈꾸고 있는 존재로 만든다. 끝없이 이어지는 생의 파노라마, 그 순간들을 눈부시게 한다.

이 시를 읽은 누군가에게서 절창이란 말을 전해 들었다. 그는 언제나 세상을 새롭게 창조해 가리라. 팽팽히 살아 있게 하리라.

1996년 『현대시학』으로 등단
주소: (우)609-801 부산시 금정구 구서2동 166-1 벽산아파트 102-405
전화: (051)514-9457 019) 514-9457 이메일: poem9457@hanmail.net

하동에서 이별하다

이기윤

모퉁이를 돌아가는
시골 버스가 일으켜 세우는 먼지들의 몸짓이나
강가의 대숲에 잠복하고 있는
안개의 내면처럼
그대는 아무도 몰래 내게로
다가왔다 또 다시 사라지곤 합니다
하동에 오면,
강물은 다짐하듯 스스로 몸을 흔들어
허리춤까지 차오르는 그리움을 다스리고
내 질문에
아무 대답도 없이
사방의 산들은 낯빛을 바꾸며
등을 보이며 돌아앉습니다
한 사람을 잊기 위해 나는 다시
하동으로 달려오지만 바람은 끝도 없이
차창을 두들겨 대고
내 갈빗대 위로 버스는 털털거리며
또 한 모퉁이를 돌고 있는지
바다에 이르러서야 문득
돌아갈 수 없는 길을 되돌아보는 강물처럼
이별은 이제 하동에서나 할 일인가 봅니다

이별의 조건

사랑에 조건이 있다면 이별에도 조건이 있을 것이다. 언젠가 화개에서 어느 여인을 만나 하루를 같이 지내다가 헤어진 일이 있었다. 그녀는 서울로 나는 진주를 향해 떠날 때쯤 내가 그녀를 사랑했었다는 것을 알았다.

그러나 그때는 내가 타고 있던 버스가 이미 진주를 향해 출발한 뒤였다. 내가 가는 길은 포장도로였지만 건너편 광양 쪽에서는 시골 버스가 굽이굽이 먼지를 휘날리며 달리고 있었고 바람이 불 때마다 대숲에선 한숨처럼 안개를 토해 내고 있었다.

하동읍이 가까워 오자 '하동 포구 아가씨' 유행가가 들려오고 갈매기와 해오라기가 어울려 날고 있는 강물에선 사람들이 열심히 무엇인가를 잡고 있었다. 허리춤까지 차오르는 물속에서 잡아내는 것은 작은 조개들인 소위 재첩이었다.

살아보겠다고 제 몸을 맡긴 곳이 겨우 저 얕은 강물 속 모래밭이었단 말인가? 굳은 맹세처럼 제 몸을 둘러싼 단단한 껍질인들 무슨 소용이 있을까?

하동을 지나자 버스는 지리산을 감싸 도는 굽이 길을 제 몸을 흔들며 나아간다. 그 흔들리는 버스에서 내 몸도 내 마음도 이리저리 흔들리고 있었다. 버스가 속력을 내자 내 갈빗대 밑에 숨어 있던 그리움은 중력 가속도를 받아 내 몸을 더욱 짓누르고 있었다.

이렇게 이별의 조건이란 헤어진 후 사랑을 깨달을 때 완전하게 이루어지는 것이 아닐까? 짜디짠 바닷물에 몸을 섞고서야 이제는 돌아설 수 없다는 사실을 깨닫는 저 섬진강 물처럼 말이다.

1997년 『시와시학』으로 등단. 시집 『자전거와 바퀴벌레』
주소: (우)139-240 서울시 노원구 공릉동 육군사관학교 교수부
전화: (02)2197-2605 (02)978-6512 이메일: kmakylee@hanmail.net

흉터

이덕규

뜰 앞, 꽃잎이 다 져버린 목단 가지치기를 할 때였습니다 잡념처럼 무성한 가지를 뒤척이다가 문득 지난날 미처 다 챙기지 못한 자투리 시간을 소급해다 핀 왜소한 꽃 한송이가, 아니야 아니야 천길 낭떠러지로 훌쩍 뛰어내리는 뒷모습을 보았습니다 그 순간 예리한 전지가위가 내 손바닥 귀퉁이를 깊게 스치고 지나갔는데, 내 발치끝 바닥권에 주저앉아 또 한사코 제 목 끝까지 차오르는 통증을 꿀꺽 삼키려던 철늦은 봉오리 하나가 그만, 그 붉디 붉은 속을 왈칵 터뜨리고 말았습니다

복합상처치유연고제 설명서에는 손상된 조직에서 교원섬유 아미노산의 합성을 조절하여 절대 흉터가 남지 않는다고 적혀 있었습니다 '절대' 그 말을 읽는 순간, 벼랑 끝에 몸 묶었던 질긴 끝 하나 싹둑 잘린 듯, 아찔해 그만 구급약 상자를 덮어버렸습니다 그리고 뒤늦게 만개한 내 손바닥 꽃잎 속에서 까마득한 이름 하나 아주 선명하게 천천히 떠오르기를 마냥 기다리기로 했습니다

사랑이라니?

　박선자 말인가,

　뭣이 찢어지게 가난했던 집 박선자, 내가 가끔 애들 도시락을 뺏어준 박선자, 동생이 다섯이었던 박선자, 쥐약과 감기약을 구분 못해 쥐약을 먹고 아버지가 죽은 박선자, 왼종일 진달래 따먹고 뒹굴던 박선자, 살구를 따먹다가 뒷집 명식이한테 얻어맞은 박선자, 명식이를 패주고 내가 집에까지 데려다 준 박선자, 어머니 몰래 보리쌀을 훔쳐다 준 박선자, 열네 살 때 병점 다마공장 공순이로 간 박신자, 울타리 밑에 숨어서 날리던 내 휘파람 소리를 끝끝내 못 들은 척하던 박선자, 공장 기숙사 담장을 넘어들어가 만나고 온 박선자, 평화시장 미싱시다로 간 박선자, 남대문 시장통 속옷가게 점원으로 간 박선자, 스무 살 어느날 불쑥 찾아와 나한테 자장면을 사준 박선자, 그때 자장면을 처음 먹어 봤다는 박선자, 병신같은 박선자, 못생긴 박선자, 웃는 게 꼭 우는 것 같은 박선자, 사람들 많은 데선 숨도 못쉬던 박선자, 동생들 학비 대주다가 마흔 살이 훌쩍 넘어버린, 이제는 고향에 오지 않는 박선자, 나하고 약속한 게 아무것도 없는, 아무 사이도 아니었던,.

　사랑이라니!

　해마다 봄이 되면, 들길마다 줄지어 떼지어 몰려나오는, 그 나쁜 꽃새끼들…… 꽃 구경 가자, 박 선 자.

1998년 『현대시학』으로 등단
주소: 경기도 화성시 정남면 괘랑리 103
전화: 011-796-2208　이메일: ldk516@hanmail.net

가을 자리

이병초

비라도 왔으면 좋겠네 아무것도 손에 잡히는 것은 없고 으스스 나를 떠나는 깔끄막 같은 눈빛들 10년 전이나 지금이나 내게 변한 것은 없네 줄어든 허리 품과 낫지 않는 무좀이 지난 몇 년을 요약할 뿐, 어디로 갈까 어디로 가서 이 한뎃잠을 벗어버릴까 각단지게 한 세상 뼈마디를 추려 볼까 두 눈 꽉 감고 사무치는 내 사랑아

추억 여행

올가을에는 어디라도 꼭 다녀오리라. 운동회 날 어머니들 옷차림 같은 단풍든 가을 산 마음속에 들이고, 바람 부는 쪽으로 어질머리 도는 억새밭에 눈 맞추며 도시락도 까먹으리라. 달이 밝았거든 작은 방죽에라도 앉아 내 옆에서 밑바닥을 치며 꼬리 감추는 시간들 몇 보따리라도 밤하늘에 싸 주며, 불러 보고 싶은 이름들 서리처럼 어깨에 둘러보리라. 고춧대 같고 된서리에 죽 쑤어 버린 고구마잎 같은 사연들 지게 바작째 쏟아지고, 그 감당 못할 곡괭이 짐들과 오래오래 무릎 맞추다 시린 새벽 별빛에 한 짐씩 짐 지어 보내리라. 그들 떠난 자리마다 오색으로 불타오르는, 눈만 깜짝여도 설레는 가을 산이 되리라, 내 사랑아.

1998년 『시안』으로 등단
주소: (우)561-818 전북 전주시 덕진구 송천동 1가 417 라이프아파트 1-905

그대 없는 세상에 남긴다

이승하

이젠 정말 아무것도 두렵지가 않네요
달콤한 잠 한번 자 보았음 좋겠어요
영광은 비참함 뒤에 오는 것이라고
속악(俗惡)과 지고(至高)는 함께 가는 것이라고
말하지 말아 주세요
우리는 모두 어둠 속에서 태어나
밝음 가운데 죽어 가지요

딱 한 차례의 개인전
피를 토하면서 그린 그림들이
풍기 문란하다고 철거 명령을 받아
단 한 점도 팔리지 않았죠
그게 운명이라 그이가 다시 피 토할 때
내가 할 수 있었던 유일한 일은
몽파르나스의 잿빛 포도(鋪道)를 달려
술을 사오는 것

쾌락의 지옥이여
너와도 이제는 결별이구나
악마는 나에게 와 키스해 다오

그리고 뱃속의 아기야
너와도 이제는 이별이란다
너는 엄마 얼굴도 보지 못하고
흉측한 빛더미의 이 세상을 향해
한번 울어 보지도 못 하고 죽겠구나

"이따리아! 까-라 이따리아!"
오오, 신이시여
악마도 당신을 믿지 않았습니까
그러니 내게 돌려주소서
사랑했던 그 사람을
사랑이란
욕망을 충족시키는 것이 아니라
사람의 길을 가르치는 과정이 아닙니까
더운 영혼으로 배워 가는 과정이 아닙니까

불 없는 아틀리에에서
굳은 빵도 떨어진 식탁에서 그이는
그림을 그렸지요
마시고 싶다, 저 햇빛을

마시게 해 달라고 외치면서 화폭에다
핏빛 생명을 토했지요
안고 싶다, 저 태양을
그리운 남국의 태양을 한번만
안게 해 달라고 외치면서 말입니다.

죽음으로써 완성한 두 사람의 사랑

　이런 시 한 편을 쓴 적이 있습니다. 제가 설명을 해 드리지 않으면 도저히 이해할 수 없는 시일 것입니다. 서른다섯 젊은 나이에 죽은 화가 모딜리아니와, 남편의 죽음이 너무 애통해 투신자살한 아내 잔 에뷔테른의 사연을 담아서 쓴 시입니다. 자, 지금부터 그 얘기를 해 드릴까요?

　지방 소도시에서 유태인 소매상의 아들로 태어난 모딜리아니는 어릴 때 늑막염과 티푸스를 앓아 정상적인 학교 교육을 포기하고서 그림을 그리며 성장기를 보내게 됩니다. 이탈리아의 큰 도시 피렌체와 베네치아에서 그림 공부를 한 뒤 예술의 도시 파리로 간 것이 약관 스물한 살 때였다고 합니다. 청운의 꿈을 안고 온 파리에서 그는 많은 그림을 그립니다. 모델료를 안 줘도 되는 뒷골목의 여인들과 하녀들이 가난한 화가의 모델 노릇을 해주었지만 식음을 전폐하다시피 하며 그린 그림을 인정해 주는 사람은 없었습니다. 물론 팔릴 리도 없었지요. 실의에 빠진 모딜리아니는 그만 술독에 빠집니다. 보살펴 주는 가족도 없던 터라 그의 건강은 가난과 파로, 술과 마약으로 나날이 악화되어 갑니다.

　살롱 전에 몇 번 출품을 하다가 처음으로 개인전을 열었을 때의 일입니다. 쇼윈도에 내건 두 점의 누드화를 가장 먼저 본 사람은 공교롭게도 그 구역의 경찰관이었습니다. 모딜리아니는 미풍양속을 해친다는 이유로 당장 그림을 철거하라는 명령을 받았고, 불행히도 그 개인전은 생애 처음이자 마지막 개인전이었습니다. 화가가 단 한 번도 대중 앞에서 전시회를 못 가졌으니, 이보다 더 불행한 일이 있을까요?

아니, 사랑하는 사람이 생겼기에 불행은 일단락되는 듯했습니다. 바로 그 무렵에 모딜리아니는 잔 에뷔테른이라는 아가씨를 만난 것입니다. 잔은 오빠가 아르바이트하는 미술학원에 나가 그림 공부를 하던 상류층의 아리따운 아가씨였습니다. 학원 수강생들은 공부가 끝나면 찻집에 몰려가 수다를 떨기도 했는데, 잔은 친구들이 하는 이야기를 미소를 띤 채 듣기만 할 정도로 숫기가 없었습니다. 잔으로서는 이미 화단에 나가 활동하고 있는 오빠가 친구들을 데리고 미술학원 근처의 찻집에 들러 자기 친구들과 어울려 이야기를 나누는 광경을 말없이 지켜보는 것이 더없이 큰 즐거움이었습니다.

모딜리아니는 찻집에서 몇 번 만난 친구의 어린 동생을 보고 그만 사랑에 빠져 버립니다. 아름다운 금발에 귀여운 이마, 이마를 덮은 짧고 풍성한 머리카락을 보고서 모딜리아니는 잔에게 '야자열매'라는 별명을 붙여 줍니다. 잔 부모님의 반대를 무릅쓰고 둘은 결혼식을 올리고, 딸을 낳습니다.

그림을 기른 이는 모딜리아니였지만 그림을 그릴 수 있게 한 이는 잔이었습니다. 잔의 헌신적인 사랑에 힘입어 모딜리아니는 더욱 열심히 그림을 그립니다. 그들의 행복한 결혼 생활에 금을 가게 한 것은 모딜리아니의 폐를 갉아먹기 시작한 결핵균이었습니다. 당시 폐결핵은 거의 불치의 병이었기에 아기는 이탈리아의 친척한테 보내집니다. 더욱 절망한 화가는 술을 찾고…… 술과 그림밖에 모르는 남편을 위해 잔은 때로 술을 들고 새벽길을 달리고, 빵을 사기 위해 파출부 일을 합니다. 공기 좋은 지중해 연안으로 이사도 가 보았지만 화가의 건강은 나날이 악화되어 갈 뿐이었습니다. 잔이 친정에서 돈을 빌려오는 것도 한계가 있었습니다. 피를 토하면서 그린 그림은 그들의 생계에 아무 도움도 주지 못하였고, 죽음의 순간이 시시각각 다가오고 있었습니다.

파리로 돌아와 모딜리아니는 가까운 친구들의 초상화를 열심히 그려 나갑니다. 자신의 죽음을 예감하고서 이별의 선물을 준비하는 남편을 잔은 소리 없이 울며 지켜볼 따름이었습니다. 파리로 돌아온 바로 그 다음해 1월 24일, 모딜리아니는 결핵성 뇌막염으로 자선병원 침대에서 숨을 거둡니다. "이탈리아!…… 그리운 이탈리아여!" 이 한마디를 부르짖고 나서. 만삭의 잔은 남편의 시신에 오래도록 입맞춤을 합니다.

바로 그 다음날 아침이었습니다. 잔은 친정집이 있는 한 아파트의 6층으로 가 창문을 활짝 열어젖뜨립니다. 삽시간에 거리에 울려 퍼진 비명과 아우성. 왜 그녀는 출산을 기다리지 않고 목숨을 거둬들였을까요. 잔의 자살을 무책임한 행동이라고 탓할 수 있을까요. 사랑하는 사람이 없는 세상의 허무함을 잔은 한 순간도 견딜 수 없었던 것이 아니겠습니까. 하루라도 빨리, 너무도 사랑했던 남편 곁으로 그녀는 한 마리 나비가 되어 훨훨 날아가고 싶었던 것은 아닐까요. 벨 라 세즈의 묘지에 같이 묻혀 있던 두 사람의 사랑을 운명의 여신인들 방해할 수는 없을 것입니다.

여기, 또 하나의 사랑 이야기가 있습니다. 이 이야기의 내용은 그대로 사실이므로 덧붙여 설명할 것이 없습니다. 이름 없이 죽어 간 이 땅의 한 여인의 죽음이란 것이 잔의 죽음과는 다른 요소입니다. 저의 첫 시집 『사랑의 탐구』에 수록되어 있습니다.

내 어릴 적 아버지 얘기
아버지 어릴 적 시골 마을에
실제 있었던 얘기래
신랑 각시 아직 아기 없었지만
남의 집 품이나 팔고 살았지만
사이가 그리 좋을 수가 없었대
빼앗긴 나라 호열자까지 번져
토사하는 사람이 앞집 옆집 뒷집
아버지 살던 집은 용케 무사했더래
신랑이 앓아누운 옆집 행랑 각시는
병구완해도 해도 더 심해지자
먹지도 않고 울기만 하더래
반쯤 죽은 사람 내다 버리려
마을 어른들 들이닥쳤을 때
각시는 아무 말도 하지 않더래
정자나무까지 따라오던 각시
거기서 다시 신랑이 토하자
순식간에 그걸 핥아서 먹더래.
　　　　　　　　— 「어떤 옛날 얘기」 전문

1948년 『중앙일보』 신춘문예로 등단. 시집 『뼈아픈 별을 찾아서』 등
주소: (우)427-010 경기도 과천시 중앙동 주공아파트 1007동 306호
이메일: shpoem@lycos.co.kr

후박나무가 있는 저녁

이영식

소슬바람 속 후박나무 한 그루 서 있다
먹고무신 그림자 끌며 창가를 기웃거린다
어쩌면 내 전생이었을지도 모를,
저 나그네에게 술 한 잔 권하고 싶다
해질 녘 빈손으로 겨울 마차 기다리는 마음도
따스한 술국에 몸을 데우고 싶을 게야
그늘 아래 쉬어 간 사람의 안부도 궁금할 것이다
천장 한구석 빗물 자국처럼 남아 있는
기억 속으로 나무 그림자가 걸어 들어온다
아이 얼굴보다 큰 잎으로 초록 세례 베풀고
허방 짚던 내 손을 맨 먼저 잡아 주었던
후박나무, 그 넉넉한 이름만으로도
내 삶의 든든한 배후가 되 주었지
나는 저 후박한 나무의 속을 파먹으며 크고
늙은 어메는 서걱서걱 바람 든 뼈를 끌고 있다
채마밭 흙먼지에 마른 풀잎 쏠리는 저녁
후박나무는 몸을 한쪽으로 기울여 생각다가
빈 가지에 슬며시 별 하나를 내 건다
세상의 창, 모든 불빛이 잔잔해진다

무성했던 잎 내어 주고

'후박나무'는 의미, 시니피에보다 시니피앙이 좋다. '후-박'이라는 소리는 인정 두텁고 거짓 없는 내 어머니의 두툼한 손등을 생각나게 한다. 늦 배운 고스톱이지만 손속이 좋아 동네 골목 어느 아낙에게도 좀처럼 동전을 잃지 않으시는 어머니, 치매도 예방된다 하시며 쏠쏠히 재미 붙여 지내신다.

그렇게 시가 왔다. 무성했던 잎 모두 내어 주고 소슬한 바람 끝에 서 있는 후박나무의 뒷모습에서 곧다공중 다리를 끌고 있는 세월을 읽었다. 우리는 고라에 매여 어디로 가고 있는가. 삶의 근원을 따지지 않더라도 생로병사, 순환의 고리는 생이라는 수레를 굴리며 겨울 마차 자국처럼 어디에서 끝날지도 모른 채 길을 간다. 이렇게 혼자인 날은 따뜻한 술국에 몸을 데우고 싶다. 스쳐 간 사람들의 안부도 묻고 싶다. 서쪽으로 굽은 후박나무 가지에 걸린 별 하나, 그 적멸함이라니! 세상의 불빛이 어찌 잔잔해지지 않으랴

2000년 『문학사상』으로 등단
주소: (우)132-782 서울 도봉구 창1동 45 삼성아파트 106-1305
전화: (02)998-2094 011-9773-2094
홈페이지: www.leeyoungsik.pe.kr 이메일: lys-poem@hanmail.net

편애 1

이인원

열 손가락 깨물어 안 아픈 손 있나, 라고
도매금으로 싸잡아 말해 버리는
사랑의 시옷도 모르는 무감각들과는 놀지 말자
아니, 맨날 저만 젤 아픈 줄 아는
새끼손가락보다 더 쪼그만 것들도 붙여 주지 말자
두루뭉수리 벙어리장갑 속, 불공평의 소란스러움을
산소처럼 마시며 살고 있는 우리끼리 놀자
바위를 덮어 누르고 의기양양해진 보에게
가위가 대들어 간단히 요절내고
단숨에 보를 요리해 치웠던 가위가
찍소리 못한 채 바위에 깔려 뻗어 버리는
그 시끌벅적한 온기가
언 손 녹이는 힘이 되는 것까지 훤히 알고 있는,
열이면 열 각양각색으로 아파 본 사람만 여기 붙어라
잠시 좋아라 날뛰어도 내버려두고
다 끝장난 듯 낙심해도 상관치 말자
높은 곳에서 낮은 곳으로 흘러가는 물처럼
마음 기울어지는 쪽으로 더 세게 흘러가는
그 편차의 힘으로 하여 피돌기보다 뜨거운 사랑은
오늘도 유전(流轉)되고 있다

'그 중에 제일은 사랑이라' 시던 분도
엄청나게 편애를 하시더라
편애라는, 심장이라도 쪼개 놓을
그 어마어마한 낙차의 물줄기를 두려워한다면
사랑이란 큰 바다에는 결코 다다를 수 없으리라
그대여,
이제 누군가가 소름 끼치도록 사랑스러울 때
깨물어 주고 싶어, 라고 말해 버리는
그 근질근질함의 바이러스에 무방비로 감염되어도 좋겠다

사랑은 없다

　이 세상 모든 사랑은 다 불완전하다. 그 어떤 차원의 플라토닉 러브도, 지고지순한 어머니의 사랑도 인간의 잣대로 볼 때 공평하지 못한 경우가 더러 있다고 생각한다. '열 손가락 깨물어 안 아픈 손 있나?'라는 우리 속담은 조금 두루뭉수리한 말이다. 깨물면 아프기야 다 아프겠지만 그 아픈 정도가 문제인 게다, 깨무는 정도가 문제인 게다. 귀여운 짓 한 자식은 더 이쁘고 미운 짓만 골라 하는 자식은 미운 게 인지상정이다. 더구나 부모가 늙고 무기력해지면 용돈이라도 두둑하게 주는 놈이 효자가 되는 법이고 된장을 퍼 주어도 그 집에 한 숟갈 더 간다는 말이다.

　그러나 나는 이런 편애가 썩 맘에 든다. 친구도, 이웃도 준 것 없이 괜히 미운 이가 있는 걸 어쩔까. 예쁜 걸 예뻐하듯이 미운 건 미워해야 마땅하다. 감정을 속일 수는 없는 일 아닌가. 감정은 액체와 같아서 퍼 주는 그릇과 퍼 담는 그릇에 따라 양과 모양이 다를 수밖에 없다.

　심장이라도 꺼내 줄 듯 열렬하게 사랑하던 연인들도 돌아서면 원수가 되는 걸 볼 때마다 사랑은 없다, 고 다시 되뇌게 된다. 분칠한 사랑의 얼굴 밑엔 이렇게 철두철미한 give and take의 가면이 숨어 있다.

　결국 진정한 사랑은 없다. 우리는 이 없는 사랑이 그리워서 사랑 시를 쓰고 사랑 노래를 부르고 사랑 타령을 한다. 그나마 인간들이 밤낮 애타게 불러 대니까 사랑 비슷한 것이라도 생겨난 게 아닐까? 시인들이여, 맘 푹 놓고 사랑 시를 쓰자. 예부터 이 세상에 없는 것을 그리기가 제일 쉽다고 하지 않는가. 어떤 사랑 시를 쓰든 어느 누구도 진실이니 아니니, 유치하다느니 숭고하다느니 시비를 붙지 못할 것이다. 내 사랑이 최고라면 최고인 거고 내 사랑이 제일 아프다면 제일 아픈 거다. 바꿔 말하자면 가짜 애인과의 진짜 연애도, 진짜 애인과의 가짜 연애도 모두 가능하다는 뜻이다.

　내 시 중에는 소위 사랑시라고 하는 시가 많다. 주변에서 '실연의 아픔이 큰가보다' 라든지 '열애 중이 아니면 이렇게 못 쓸 걸……' 이란 말을 종종 듣지만 전혀 기분이 나쁘지도 않다. 해명하려 들지도 않는다. 그렇게 생각해 준다면 오히려 고마운 일이다. 내가 시를 너무 실감나게 잘 썼거나 아니면 나도 모르는 사이 사랑의 그림자하고라도 실컷 놀아 보았거나, 둘 중의 하나일 것이기에……

1992년 『현대시학』으로 등단. 시집 『사람아 사랑아』
주소: (우)137-767 서울 서초구 반포2동 한신1차A 8동 204호
전화: (02)594-6068　011-9091-3210　이메일: lee-inwon@hanmail.net

나무도 가슴이 시리다

이정록

남쪽으로
가지를 몰아 놓은 저 졸참나무
북쪽 그늘진 둥치에만
이끼가 무성하다

아가야
아가야
미끄러지지 말아라

포대기 끈을 동여매듯
댕댕이덩굴이
푸른 이끼를 휘감고 있다

저 포대기 끈을 풀어 보면
안다, 나무의 남쪽이
더 깊게 패여 있다

햇살만 그득했지
이끼도 없던 허허벌판의 앞가슴
지가 더 힘들었던 것이다

덩굴이 지나간 자리가
갈비뼈를 도려낸 듯 오목하다

이끼가 속삭입니다

"졸참나무의 등이 시릴까 봐, 북쪽에 자리를 잡았어. 그런데, 댕댕이 너 때문에 답답해 죽겠어. 이 끈 좀 느슨하게 풀어 줄 수 없겠니? 나 혼자서도 충분히 잘 살아갈 수 있어."

댕댕이덩굴이 말합니다.

"큰일을 하려면 참을성도 있어야지. 무슨 불평 불만이 그리 많담. 비바람에 날아가는 저 푸른 이파리들을 봐. 바람이 조금만 세도 늦가을 나뭇잎처럼 쏟아져 버린다니까. 빨리빨리 올라가서 졸참나무 이파리도 꼬옥 잡아 줘야지."

졸참나무가 그저 고개만 끄덕입니다.

이파리가 햇살에 반짝입니다. 졸참나무는 앞가슴이 움푹 파여도 껍질 가득 시커먼 이빨을 다 보이며 웃습니다. 이파리로 이슬을 모아 이끼를 적셔 주고 댕댕이덩굴의 뿌리에게도 나눠 줍니다.

가을이 되면 졸참나무보다도 댕댕이덩굴의 이파리가 먼저 집니다.

"졸참나무야. 너에게 온 힘을 쏟다 보니 내 이파리가 먼저 져버렸구나."

댕댕이덩굴이 검푸른 제 열매를 흔들며 쑥스러워합니다.

정말 힘을 많이 썼는지, 댕댕이덩굴의 작은 열매마다 마른버짐이 피어 있습니다.

이끼는 자기만 너무 싱싱해서 미안합니다.

"이 끈 좀 풀어 달라니까. 내 얼굴이 파랗게 질려 버렸잖아."

1993년 『동아일보』 신춘문예로 등단. 시집 『제비꽃 여인숙』 등
주소: (우)350-808 충남 홍성군 홍성읍 옥암리 938번지
전화: (041)551-3057(학교) (041)633-0478(집) 016-463-0478
이메일: siin14@hanmir.com

반가사유상

이창수

늘 의자에 앉아 있던 그녀가 보이지 않는다
바퀴가 달린 의자에 앉아 검정 원피스 자락 늘어트리던
잠시 집에 다녀간 것일까, 영영 이 곳을 떠난 것일까
오른 다리를 왼쪽 허벅지에 올려놓고
무언가 골똘히 생각하던 의자는 우측으로 기울어져 있다
그녀의 생각이 치우쳐 있었던 것은 아닐까
치우친다는 것은 상처를 가져오기 쉽다
지난 겨울 난로를 향한 채 골똘히 생각에 잠겨 있던,
사탕을 입안에 넣고 굴리길 좋아하던,
그녀가 보이질 않는다 검정 바퀴의 빈 의자가
보이지 않는 그녀의 그림자를 끌어안고 있다
나는 자주 그녀의 망막을 훔쳤으나 번번이
그녀의 심중에 들어갈 수가 없었다
그녀는 어디를 그렇게 가고 싶어 했을까
산이 내려다보이는 겨울의 중턱
햇볕을 등진 나무들이 만들어 내는 깊은 그림자
그녀의 기억에 깊은 늪이 있었던 것은 아닐까
천년의 세월로는 결코 지을 수 없는
겨울의 깊은 골짜기를 지나 冬眠에 든 것일까
그녀는 어디로 갔을까

내 망막으로 잡을 수 없는 그녀의 슬픔만
시름 깊은 의자에 남아 있는데
그녀는 지금 어디로 입적했을까

그녀와 함께한 나날

요즘 들어 서울에 자주 간다. 나의 잦은 서울행에 대해 나를 아는 주변 사람들은 내가 아주 서울로 떠날 채비를 하는 줄 아는 모양이다. 고백하자면 한 사람에게 용서를 구하기 위해 서울에 간 것이다. 그녀는 지금 나를 떠나 서울에 있다. 지난 가을 심하게 다투고 난 이후 서울로 가버렸다.

그녀는 손끝이 매운 여자다. 정갈하게 준비한 음식들이며 맵거나 짜게 먹는 내 식성에 맞는 도시락의 반찬 만드는 솜씨는 거의 예술적인 경지에 이르렀다. 그녀는 나를 위해 곧잘 그림을 그려 준다. 내 고집이 세다고 고삐에 묶인 염소를 그려 놓고 두 눈을 가늘게 뜨고 웃는다. 담배를 줄이라고 늘 잔소리하지만 재떨이만큼은 세상에서 가장 깨끗하게 갈아준다. 크리스털 재떨이에 화장지를 깐 다음 적당히 물을 적시고 그 위에 근처 산에서 따온 들꽃 잎으로 재떨이를 장식해 준다. 나는 그런 재떨이가 너무 아까워 함부로 담뱃재를 털지 못하곤 했다. 어쩌다 아는 사람들이 찾아와 그 재떨이에 담뱃재를 털려고 하면 나는 커피를 마신 빈 컵에 재를 털라고 짜증을 부리곤 했다.

그녀는 손끝이 매운 여자다. 내가 짜증을 부리거나 억지를 쓰면 여지없이 내 뺨을 때린다. 그리고 한참 후 이 세상이 무너져라 운다. 나는 늘 그녀에게 부족한 사람이다.

그녀는 언제나 여린 여자다. 언제나 사람들 앞에 나설 길 무서워하는 여자다. 그러나 나를 위해 정성을 다해 도시락을 준비하는 여자다. 난 그녀를 찾고 싶다. 내 기억 속에 온전히 보존되어 있는 그를 다시 현실로 불러들이고 싶다.

2000년 『시안』으로 등단
주소: (우)501-833 광주광역시 동구 운림동 500-1번지 전화: 018-620-0819.

봄편지 1신

이화은

목 쉰 까치 소리
동봉합니다
따뜻한 아랫목에
잘 펴 말린다고 말렸지만
제 젖은 손끝 더러더러
묻어 있을지 몰라 염려됩니다
마음 자락 젖기 전 그대
밝은 눈에 잘 털어 내시길
어젯밤엔 제가 당신께
그 여자로 불리는 꿈을 꾸었습니다
그 여자 아득한 그
3인칭의 여자 갑자기
우리의 촌수가 궁금해졌습니다
꿈은 다 그런 거라지만
마음의 빈틈을 보이지 말아야겠습니다
문 하나 열면 바로 거기가
바람의 길목이라 이 봄도
조심해야겠습니다
꿈은 다 그런 거라지만

이 가여운 문학의 시대에

시가 어려워질수록 시대도 사랑도 점점 어려워진다. 순정이란 무형의 열쇠 하나에 아무 남자나 척척 열리던 시절은 이미 고전이 돼 버렸고……. 당연히 사랑이란 단어에서는 부도수표 냄새가 코를 찌르고, 누가 누구를 사랑한다더라~는 소문이 귓바퀴를 채 돌아 나오기도 전에 이미 그들은 멀쩡한 얼굴로 끝났다고 하니.

사람의 평균 수명이 길어지는 데 반해 사랑의 수명은 점점 짧아져 가고 있으니, 우리가 박물관에서 날 잡아 사랑을 견학할 날도 그리 멀지 않은 듯싶은데 아 사랑 시! 그것도 사랑 시의 뒷얘기라니.

사랑 시 백번 써봤자 사랑을 모르시는 평론가님들 눈길 한번 주지 않는다고 아예 사랑판을 접는 이 가여운 문학의 시대에 그래도 나는 썼다!

아름다운 남자의 흰 발등 같은 폭설에 일부러 발목이 묶여, 그 절집 그 외딴방에서 며칠 동안 까치 소리와 싸우며 풍경 소리와 싸우며 힘껏 그리움과 싸웠다. 배꼽 밑에 유난히 큰 구멍 하나를 달고 있는 오동나무를 쳐다보며 날마다 오지 않는 딱따구리를 그리워하던 충청도 보살님 곁에서 나는 잠시 외설스런 생각을 했었지 아마.

1991년 『월간문학』으로 등단. 시집 『나 없는 내 방에 전화를 건다』 등
주소: (우)135-270 서울 강남구 도곡동 우성4차 아파트 2동 403호
전화: (02)578-4511 011-227-6985 이메일: Shyihe@weppy.com

毒

이희정

별 아픔 없이
시름시름 기운 빠지게 하는 것은
독이라고 써야겠다

천천히 몸속을 돌며
사철 위태롭게 했던 것
내 전생의 시린 몸 한 부분이었다는 것을
아는 순간
세상 밖으로 성난 목숨 하나를
끄집어올렸다

나 대신 살아 주었던 것
내 대신 울어 주었던 것
슬픈 내 그림자를 흔들며
눈이 붉어지고 머리가 혼미해질 때마다
덧난 상처의 해독을 찾는다
오늘도 헛것을 보며

그 사랑을 놓아 버리고

· 사람은 늘 속을 보여줄 수 없는 몸 어딘가의 한쪽에서 탈이 나고 있는 내장 같은 것이다. 단 한번의 세상 속에 주리 틀고 앉아 갈 때가 되어서야 그 귀함을 알아차리는 것인가? 어린 시절 내 사랑은 참 위태로운 것이었다.

어젯밤 꿈에 보인 외할머니 곁에 펼쳐진 나의 옛날 이부자리 속에는 나 대신 베개가 입막음이 되었고 담장을 넘나들던 내 사랑은 흔들리는 학교 그네에 앉아, 무등산이 보이는 야산에 앉아, 온갖 허물을 덮어 가며 무지하게 만났다. 그 사랑은 금테 안경을 꼈고 살결이 하얀 동안이었다. 둘이 지내다가 내가 잘 토라져 집에 가 버리면 택시 타고 먼저 달려가 대문 앞에 기다리고 있었던 내 사랑은 결혼에 완고한 부모님을 뒤로 하고 도피행 열차에 몸을 실었다.

청파동, 비가 오면 물이 새는 작은 방에 둥지를 튼 지 21일째 되는 날 새벽같이 들이닥친 부모님 손에 끌려 결국은 축복의 결혼식을 치렀다. 세월이 2년쯤 흘러서 내 사랑은 바람처럼 떠돌며 허물어지기 시작했다. 버스를 타며 기차를 타며 배를 타며…… 나는 서러우면 시를 썼고, 용서가 안 되면 아이들을 끌어안았고, 그러다 그 사랑을 내가 놓아 버릴 때쯤 주역을 배웠고 명리를 배웠다.

지금 나는 행복하다. 열두 평, 하루 열세 시간의 오직 나만의 공간을 감사하면서 산다. 그리고 내 삶의 회향도 한다. "오늘은 과천에 사는 40대 여인이 찾아왔다. 그 집 부부는 한 집에 살아도 원수처럼 살았다고 했다. 그런데 얼마 전 속만 썩이던 남편이 뇌졸중으로 쓰러져 중환자실에 누워 있다고, 끝내 웬수라고 내 앞에서 많이 울고 갔다. 차라리 목숨을 허락했으면 좋겠다고……."

지난날 내 목에 독을 불어 넣어 주었던 내 사랑은 지금 한창 내 몸의 해독제를 찾아 더듬이를 세우고 있다. 세상에 당신만한 여자가 없다고…… 그래서 나는 또 불행하다.

1994년『심상』으로 등단. 시집『하늘말나리가 있었네』등
주소: (우)151-850 서울시 관악구 봉천 11동 1652-29호
전화: (02)889-3566~7 011-9771-4215 이메일: hjehwa@hanmail.net

참사랑

정 숙

예수의 거웃 가리려고
바둥바둥
십자가를 진
작은
천 조각,

聖衣!

참 사랑이란 무엇인가

　사랑이란 이름으로 얼마나 잔인한 일들이 벌어지는지 우린 알고 있지만 그냥 방관자일 수 밖에 없는 경우가 허다하다. 요즘 드라마에서 보여주는 대원군과 민비 또는 가정 폭력을 보면 부모가 자식을 사랑한다고 무조건 믿는 것도 바보스럽고 남녀간에 해코지하면서도 꼭 사랑이란 말을 쓴다는 것이다.

　몇 년 전부터 필자는 참사랑에 대한 생각을 많이 하게 되었다. 우선 자기 자신에 대한 참사랑이 있어야 남을 진정 사랑한다는 결론을 내렸지만 이기심이 아닌 진정한 참 자기 사랑이 무엇이냐는 그것이 또 문제였다.

　내가 행복해야 남도 행복하고, 남이 행복해야 나도 행복하고 그렇게 되면 신문 기사거리도 없어질 텐데……

　그런데 또 문제는 나도 모르게 남을 불행하게 할 수 있다는 것이다. 본인의 성격 탓도 있겠지만 혹시 필자로 인해 피로웠던 분 계시다면 모쪼록 용서하소서!

　'사랑하였으므로 행복하였네라' 같은 시를 쓸 정도로 큐피드의 화살 내리쏟아지길 고대하며 오늘 밤 꿈꾸기 전에 찔레꽃 꺾어 든 귀공자나 역신이 창 바깥에서 엿보고 있는지 살펴봐야겠다. 저용 아내의 머리맡에 원고시를 펴 놓고.

x

1993년『시와 시학』으로 등단. 시집『신처용가』
주소: (우)706-010 대구시 수성구 범어동 궁전맨션 2동 406호
전화: (053)751-3317 016-9545-3317 이메일: jungsook48@hanmail.net

장 마

정채원

    벌써 여러 날째 그녀의 넋두리를 듣고 있다 나지막하게 웅얼대며 훌쩍거리는 소리 그리다가 제 설움에 복받쳐 펑펑 울기도 한다 이젠 그만 이젠 그만 이젠 좀 그칠 때도 되지 않았나 그칠 듯 그칠 듯 이어지는 지루한 슬픔에 내 귀도 생각도 젖을 대로 젖어 가슴속에 피어나는 푸른곰팡이 그래그래 나도 그런 적이 있었지 이야기를 시작하면 어느 틈에 눈물이 비적비적 스며 나와 과연 얼마나 쏟아 내면 눈물은 바닥이 나는가 알 수 없는 일이었지 울다 자다 울다 자다 며칠이고 그러다 보면 눈물이 약이라던가 어느 샌가 먹구름이 슬슬 걷히면서 가슴 저 밑바닥을 박차고 뜨거운 것이 해덩이 같은 것이 떠오르면서 살아야겠다 어쨌든 다시 살아봐야겠다 자리를 털고 일어나 눅눅한 나를 거짓말같이 쨍한 햇볕에 부서지도록 털어 말리곤 했지

'장마'에 얽힌 이야기

어느덧 또 장마철이다. 내 생애에도 가장 길고 지루한 장마가 있었다. 며칠이 아니라 몇 달 아니, 몇 년 동안이나 계속되는 장마였는지 아무튼 이러다간 죽을 때까지 젖은 채 살려나 보다 생각했었다. 거울을 보다가도, 친구와 통화를 하다가도, 길을 가다 흘러나오는 유행가를 듣다가도 나도 모르게 "눈물이 비적비적 스며 나"왔던 것이다. 그러나 정말 '눈물이 약이' 되었던 것일까? 나를 짓누르던 그 무시무시한 슬픔 덩어리가 눈물 속에 알사탕처럼 슬슬 녹아서 몸 밖으로 흘러 나갔던 것일까? 마침내 나는 밑바닥을 힘껏 박차고 위로 떠올랐던 것이다.

슬픔이든 두려움이든 그런 것들로부터 빨리 해방되는 방법은 그것들 속으로 가능한 한 깊이 빠져 보는 것이다. 결코 피하지 않고 정면 대결하는 것이다. 차라리 그것들을 즐기는(?) 것이다. 밑으로 밑으로 가라앉다 보면 언젠가는 '바닥을 박차고' 떠오르게 되는 것이다. '뜨거운 것이, 해덩이 같은 것이' 가슴 밑바닥에서 솟아오르면서 왠지 아이스크림도 하나 먹고 싶고, 꽃무늬 블라우스를 꺼내 입고 영화도 한 편 보고 싶어지는 것이다. "살아야겠다, 어쨌든 다시 살아 봐야겠다?" 무작정 살고 싶어지는 것이다.

내 이십대 초반의 사랑 실패담을 이렇게 담담히 꺼내 놓는 걸 보면 나도 많이 늙었나 보다. 슬픔을 차라리 즐기라고 말하지만, 지금 이 순간 사랑 때문에 가슴이 미어지는 사람이 듣는다면 웬 헛소리냐고 눈을 흘길지도 모른다. 그렇다, 이건 정말 헛소리다. 사랑을 잃어버린 사람에게, 이 세상 끝이라고 생각하는 사람에게 무슨 말을 감히 할 수 있으랴. 유리창을 타고 흐르는 빗물을 그저 바라볼 수밖에.

1996년 『문학사상』으로 등단. 시집 『나의 키로 건너는 강』
주소: (우)135-903 서울시 강남구 압구정동 현대아파트 53동 503호
전화: (02)542-5407 011-728-6010 이메일: chaewonc@yahoo.co.kr

살구꽃 나무 아래서 분명한 한 사건

조연향

어떤 도깨비와 밀고 당기고 있네
그 너석 나를 보자 얼굴 붉히며 달아나네
'그 오빠! 자꾸 내 볼에 자기 볼 한 번만 대보자 그래서
나는 싫다고 그러는 중이었어'
'얌전하게 지내라!' 라며
망둥이 같은 우리 딸 먼저 집에 들여보낸 뒤

살구꽃 흔들리는 등불 밑에서 한 참을 서 있었네
그래 얌전하게 살다 가려면
저 꽃! 허공 깊은 오랜 시간에 매달려
저리도
온몸이 핏빛으로 속 아릴 때까지 이 봄을
기다리지는 않았으리
봄에 피어나서 봄을 항거하는 저 아름다운 뿔짓
꽃잎 꽃망울 모두 수상하기만 하네
누구나 한 번쯤은 혁명 같은 사랑을 꿈꾸는 것이지
한 철을 건너 한 철까지는 비바람뿐이므로
외로운 마음이 아프도록 누구에겐가 뿔을 부비고
사랑은 위태로운 가지에서만 피어나는 것일까
이 길목의 밤은 하얗게 어지럽게

내 나이처럼 깊어만 가고
꽃잎 속에 흠신 별들이 떠오르는 밤

토째비 같은 사랑을 꿈꾸며 밤늦어도
꽃잠 들지 못하는 망둥이 같은 우리 딸
그리고 그 철없는 어미 소 한 마리
꿈속에서나 혁명 같은 사건 하나 있어라!

토째비 사랑

　읍내를 다녀오신 다음날이면 아버지는 토째비 이야기를 하셨다. 요망한 고년이 내 앞을 딱 가로막고 길을 비켜 주지 않는 거야. 내가 불호령을 치면서 한 대 갈겨 줄라치면 고년이 내 잡아 봐라 하면서 얼른 사라지고 거나한 발걸음 비틀거리면 산 고갤 넘어오면 어른님 이제 오십니까. 좀 쉬어 가시지요. 정신을 번쩍 차려 보면 아 글쎄 또 고년이 내 바짓가랑이 속으로 들어갈 듯 장난을 치는 거야. 호 고년이 어찌 고리 요망한지 눈에 파란불을 켜 가지고 사람을 희한하게 호린단다. 정신을 바짝 차려야지 토재비한테 홀리면 밤새도록 산속에 헤매다가 쥐도 새도 모르게 죽는다. 그리 무섭고도 재미있는 이야기의 비밀을 나는 가슴속에 지니고 있다. 두렵지만 한번쯤 만나고 싶었던 그 불빛을 이제 서서히 잊고 살았는지 모른다. 아 그런데 우리 딸년을 통해 그 토째비를 보게 되다니!

2000년 『시와시학』으로 등단
주소: (우)138-160 서울시 송파구 가락동 극동아파트 3-103　전화: (02)449-2995

버리고 싶다

조운주

버리고 싶다
어두운 사각의 방을 히물고 내 이전의 빛살들이
또 다른 내가 되어 내게로 달려온다
희미한 둥근 벽에는 일백 여덟 개의 집착이
뾰족한 못으로 내어 걸리고
어디에도 내가 숨을 공간은 보이지 않는다
내가 씻어 내야 할 것은 오직 하나
이제는 그를 버리고 싶다는 것 또한 또 다른 집착인 듯 휘청거리며
일백 여덟 번씩이나 절을 하고 몸을 씻어도
둥글게 흔들리는 물방울들은 제자리를 찾지 못한다
바늘땀이 지나간 흔적은 따 버리면 그만이지만
사람이 남긴 흔적은 그리 쉽사리 지워지지 않지요
옹이진 장작불 모두어 토닥이던
청계사 깊은 절 집 늙은 공양주의 한마디가 아니더라도
버리고 싶다
이제는 버리고 싶다고
연못 속에 바닥을 대고 씻고 또 씻어서
텅 빈 절 집의 텅 빈 빨랫줄에 걸쳐놓는다
스무 이튿날에도
마흔 넷째 날에도 아흔 아홉째 날에도

새로운 날은 어김없이 햇살로 와서
바래고 또 바래어 조금씩 구천으로 날려 보내면
버리지 못해 마냥 몸 씻던 날들의 차가운 연못과
텅 빈 절 집의 텅 빈 빨랫줄 가장자리에 깊숙이
크고 둥근 자물쇠를
채운다

歲寒圖

　　삼십 년 전 그 해 12월은 따뜻한 남녘에도 엄청난 눈을 뿌리고 세상의 모든 이름표와 모든 이름들의 경계를 흔적도 없이 지우고 있었습니다. 천지가 온통 하이얀 눈이었던 그 겨울날 나는 사랑이란 걸 처음 알았습니다. 일 년에 두 번 밤새워 문학의 정체성을 울부짖었던 어떤 동아리에서 강한 카리스마로 단단히 무장해 있던 내게 생각지도 않았던 사람이 슬그머니 다가와 조용히 머물렀던 것입니다. 그렇게 바라보기만 했던 시간들이 달포쯤이나 되었는지 모릅니다. 대학 진학을 위하여 그는 서울로 떠났습니다. 그래, 생각하면 그렇게 떠났다는 표현이 가장 그럴 듯합니다. 거의 삼십 년이나 된 일입니다. 결코 떠난 게 아니라던 결코 떠날 수 없었던 누군가에게서 돌아오고 있다는 말만으로도 가슴 쩌억 갈라지던 눈 위에 찍힌 발자국을 따라가면 갑자기 캄캄한 어둠뿐이던 들녘 어디에도 돌아오고 있는 사람은 없었습니다. 저쪽에서 누군가가 애타게 손짓하는데 손짓하는데 소리를 내어 보지만 소리는 소리가 되어 나오지 않고 발버둥칠수록 둥글게 말려 오는 깊은 어둠 속 꽁꽁 얼어붙은 연못 속에 서 있었습니다. 나는 삼십여 년 동안을 자주 그런 꿈을 꾸었습니다.

　　그러나 버리려 합니다.

　　너무나 오랫동안 지우지 못한 이름, 이제는 지우고 싶습니다. 너무 늦어 버린 것이 아니라면 다시는 흔들리지 않기 위하여 다시는 열리지 않을 크고 둥근 자물쇠로 단단히 채우려 합니다. 일천 구백 칠십 이 년 그 해 12월의 그리도 저린 기억을.

2001년 『시문학』으로 등단. 시집 『그림자 하나로 남아 있는 그대』
주소: (우)641-777 경남 창원시 상남동 대동아파트 120동 1006호
전화: (055)266-1116 018-686-1017 이메일: cjs4452@hanmail.net

무균실 저 쪽

최동은

무균실 저 쪽에서
그녀는 손가락으로 동그라미를 그렸다
동그라미는 힘을 잃고
네모가 되고 세모가 되고 그리고 찌그러졌다
다시는 동그라미가 되지 못했다
또 다시 저 유리창 안으로는 들어가기 싫다며
자꾸 뒷걸음질치던 그녀
깎은 머리 쓸어 내며 웃다가 울기도 했다
바람소리도 없는데 마구 흔들리며 몸부림치기도 했다
우린 서로 고개를 돌렸다
마주 바라보는 것이 돌아서는 것보다 더 힘들었다
보이는 것이 보이지 않는 것보다 더 캄캄했다
뒤돌아 멀어져 가던 그녀 손끝에서
자꾸만 찌그러진 동그라미가 떨어져 나왔다
병실까지의 짧은 거리를 그녀는 평생 걸려서 걸어갔다
유리창은 제 가슴에 금을 긋고
언젠가 그녀가 창 밖으로 던져 버린
마른 꽃 한 다발을
나는 꼬옥 쥐고 있었다

네 울리지 않는 피아노 소리

그녀가 떠난 지 일 년이 가까워 온다. 떠나보냈다는 실감은 보내고 나서도 얼마 동안 마음에 와 닿지 않았다. 우리는 살아오는 동안 많은 우여곡절을 겪지만 사랑하는 사람을 떠나보낼 때만큼 아픈 순간이 있을까. 고통 없는 사랑이 있을까. 이별도 사랑이 없는 이별은 빨리 잊혀지기 마련이다.

끝내 괴로움을 숨기고 알리려 하지 않았던 그녀. 꼭 다시 일어나 아무 일 없었다는 듯이 웃는 모습으로 만나겠다고 약속했었다. 그러니 오래지 않아 우리는 보내야만 했고 그녀는 떠나야만 했다. 그 경계선은 참으로 의미가 없었다. 그냥 서로가 돌아서는 것으로 끝이었다.

많은 병동과 병동 사이로 물처럼 흘러가는 사람들의 표정과 발걸음과 웃음소리 울음소리들. 때론 같이 울고 때론 고개 돌리고 서로서로 뒤돌아 서야 하는 우리들. 창 밖은 토끼풀 꽃이 한창이고 나뭇잎들이 손사래를 치고 숲이 그 깊은 속을 더 깊이 다지고 있을 때 나는 마음 한 쪽을 베어 내고 있었다. 여름 속에 겨울이었다. 홍수가 지나가고 나면 풀들은 다시 일어나건만 그녀는 일어나지 못했다.

그녀에게서는 언제나 피아노 소리가 났다. 하얀 손가락을 움직일 때마다 도미솔 도미솔 아름다운 소리가 나던 피아노 소리는 점점 어두움으로 가라앉았다. 오랫동안 피아노 학원을 하면서, 밖을 지척에 두고도 나가 보지 못한 그녀가 몇 년 전부터 내 집을 마련하고 아이를 키우고 몸속에 병을 키우고 있었다. 피아노 소리를 접어 두고 정말 오랜만에 밖으로 나왔을 때 그녀는 강물을 바라보며 말했다. "이렇게 햇볕이 따뜻한 줄 몰랐어, 이렇게 강물이 포근한 줄 몰랐어, 바람에게서도 푸른 냄새가 나는 줄 몰랐어." 앞으로는 자주 바람을 만나러 다닐 수 있다고 했다. 그러나 행복은 그녀를 시기했다. 그대로 놓아두지 않았다.

나는 언젠가 그녀와 함께 앉아 있던 물가에 나와 있다. 물은 그저 말없이 흘러가지만 가끔 가장자리로 밀려오기도 한다. 가장자리에 와 닿은 물은 잠깐 동안 빙빙 돌다가 출렁이다가 이내 다시 저 깊은 쪽으로 흘러간다. 둥근 원을 그리며 흘러간다. 잠깐 동안 아주 잠깐 동안 얇은 물무늬로 나타났다 사라지는 얼굴. 둥근 얼굴 둥근 웃음 둥근 눈물은 다시 둥근 물이 되어 떠내려간다. 나는 걸음을 옮긴다. 이제 주위는 어두워 오고 있다. 너는 네가 돌아가야 하는 집으로 돌아가고 나는 내가 돌아가야 할 집으로 간다. 네 울리지 않는 피아노 소리를 들으며.

2002년 『시안』으로 등단
주소: (우)135-280 서울시 강남구 대치동 선경아파트 1동 904호
전화: 016-552-1304 이메일: dongeun3715@hanmail.net

사랑에 관한 짧은,

한영옥

짧음이라는 그 말은 너무 짧아 붙들 수가 없네
그 말 뒤에서 가쁜 숨을 몰아쉬는 사랑은
더욱 붙들 도리가 없네
이파리는 청청 하늘에
꽃은 허허 들판에
뿌리는 캄캄한 벼랑에 뻗는
종작없는 그 나무 한 그루
온밤을 주문으로 지새워
간신히 뜨락에 붙들어 세우는 찰나
무슨 부정이 탔는가
한 순간에
이파리는 이파리에게
꽃은 꽃에게
뿌리는 뿌리에게
쏜살같이 달려가 버리네
찰나의 그림자만 잠시 떠오르다
가만히 내려앉네.

위대한 환상 그리고 찰나의 그림자

　　시몬느 드 보부아르는 『제2의 성』에서 '사랑'이 남자와 여자에게 있어 전혀 다른 의미로 작동됨을 세세히 말해 준다. 남성들은 끝내 주체적 존재로 머물기를 고집하며 "그녀 속에 자기의 실존이 빠뜨려지기를 원하지 않는다"는 골자를 유지하는 이 글에서 보부아르는 남성은 '위대한 연인'이 될 수 없다고 단언한다. 이 반대급부에 여성의 고통은 자리할 것이다. 이런 조건 속에서 우리는 끝내 완벽한 사랑의 지대에 들어서지 못한다. 사실 이런 식의 담론은 우리에게 낯설지 않다. 남성과 여성이라는 성차가 불러오는 여러 차이 중에서도 '사랑'이라는 정서에 관한 차이는 가장 명백한 것임을 익히 경험해 온 터였기 때문이다. 이 경험적 사실을 놓고 이런저런 이론을 얽어낸 글들을 우리는 많이 접해 왔으리라. 그리고 사랑이란 '위대한 환상'임을 씁쓸하게 수긍하면서 한편으로 이 환상이 삶의 동인임을 다시 수긍해야 하는 역설 위에 서곤 했으리라.

　　결국 위대한 환상 혹은 착각에 빠져들며 황홀해 하고, 빠져나오며 비참해 하는 사랑의 수순에서 우리는 자유롭지 못하다. 위의 시는 이러한 변덕스런 사랑의 실체를 잡아 보려는, 그러나 실패하고 마는 절차를 잡아 본 시다. 사실은 영화 〈사랑에 관한 짧은 필름〉에서 모티프를 빌렸다. 어긋나는 사랑의 게임, 이 영화에서는 오히려 여성 주인공이 사랑을 믿지 않고 남자 주인공은 사랑의 환상에 시달리는 듯하지만 사랑의 완벽한 이미지는 결국 여성의 상상력 속에서 완성되는 메커니즘을 보여준다. 이 영화에서 '고통으로 들썩이는 여자의 어깨를 가만히 어루만지는 남자의 손길'로 대변되는 사랑의 완벽한 구도는 여성의 시선이 조립한 이미지였던 것이다. 그러나 한 순간 완벽하게 조립될 듯하다가 곧 흐트러지고 마는 야속한 이미지, 찰나의 그림자, 사랑.

1973년 『현대시학』으로 등단. 시집 『비천한 빠름이여』 등
주소: (우)136-742 서울 성북구 동선동3가 249-1 성신여대 수정관 B동 923호(연구실)
전화: (02)920-7075　016-614-1669　이메일: yohan@cc.sungshin.ac.kr

당신이 꽃보다 아름다운 것은

홍경임

당신이 꽃보다 아름다운 것은
서산에 걸린 노을을 보고
외로움을 느낄 줄 알기 때문

당신이 꽃보다 아름다운 것은
반짝이는 봄날 햇님의 눈부신 웃음 아래
언 땅을 뚫고 나온 초록에서
하얀 겨울을 읽을 줄 알기 때문

당신이 꽃보다 아름다운 것은
하늘을 안을 수 없어 파도치며 울음 짓는
바다의 슬픔을 알기 때문

당신이 꽃보다 아름다운 것은
내 눈빛에서 사랑의 천국을 볼 수 있기 때문.

영혼의 울림

현대시는 투명하여 읽어보면 바로 읽는 이의 가슴에 닿는 짧은 에세이와 같지 아니한가.

詩란 것은 시상을 떠올려 **靈感**(영혼의 울림)이 올 때만이 지을 수 있는 것인데 독자에게로 가면 그때부턴 독자의 것인데 내 어찌 뒷이야기가 있을 수 있을까?

여하튼 뒷이야기는 독자의 몫이다.

1994년 『한국시』로 등단. 시집 『그대 곁에』
주소: (우)431-736 경기도 안양시 동안구 비산2동 417번지 미륭아파트 7-201
전화: (031)386-2732 011-9006-2732 이메일: hky711@hanmail.net

| 4부 |

모슬포에서

여행시(기타)와 시작노트

고경희 김영남
박진규 김영순
서경온 황인숙
서하 손현숙 신해욱
이경옥 이동백
이동재 이장욱 이하
전동균 정선 나 정영숙 조영순 홍일택

좀머 씨 이야기

고경희

   아카시아 터널, 무거운 고개 늘어트리고 나를 굽어보는 뭉게뭉게 저 것들이 화려한 저것들이 말씀들이 아니어서 다행이다 정말 다행이다 그 저 푸르고 환하게 그 입김에 절어 물 속 나무 그림자나 출렁출렁 흔드는 몸뚱이

   여기서 잠깐 쉬면 다 나를 잊는데 나만 나를 못 잊고 안 잊고 막무가 내로 꿈틀대다 또 뙤약볕에 나서는 오월

나는 대체 무엇을 못 견뎌 하는가

'막시밀리안 에른스트 애기디우스 좀머' 이 긴 이름을 거느린 건 많고 고독한 남자 이야기가 「좀머 씨 이야기」다. 두 번 세 번, 마치 내 두려움이 저 좀머 씨의 겅중겅중 허둥대는 두 다리 사이에 있는 것처럼 생각나면 한 번씩 꺼내 읽는다.

그리고 안도랄까 아니면 드디어 추적해 낸 대답이랄까 지구 저쪽에 또 하나 두려워하는 사람이 있다는 그것을 확인하면서 동행한다. 그것만으로도 내 엄살은 한결 가벼워질 수 있다. 아주 당당하게 '제발 나를 그대로 내버려 두라'고 명령하는 한 사나이와 그의 끝없는 질주, 그리고 이제 막 가슴 아픈 첫사랑을 앓는 한 소년의 아름다운 사랑 이야기를 세상의 명암처럼 깔끔하고 유쾌하기까지 한 문장으로 그려낸 「좀머 씨 이야기」는 몇 해 전 우리나라 전역을 휩쓸었던 쥐스킨트의 작품이다. 쥐스킨트는 1949년 독일 암바흐 출생으로 「콘트라베이스」, 「향수」, 「비둘기」, 1991년 「좀머 씨 이야기」, 「깊이에의 강요」, 「로시니 혹은 누가 누구와 잤는가 하는 잔인한 문제」 등을 써서 발표함으로써 전 세계 독자들을 매혹시켰다. 작자 또한 신비한 베일을 쓰고 있어 이 「좀머 씨 이야기」는 어느 작품보다 독특하고 절실해 독자를 존재의 깊은 심연에 닿게 한다. 1996년 「로시니 혹은 누가 누구와 잤는가 하는 잔인한 문제」로 독일 시니리오 상을 수상했다.

"나는 대체 무엇을 못 견뎌 하는가." 이것이 항상 내 가슴을 향하여 내가 들이대는 질문이다. 그저 두루 뭉실 살면 되는데(지금도 그저 두루 뭉실이면서) 나는 나를 막 다그친다.

좋은 시를 쓰고자 하는 것이 이 세상에서 가장 큰 욕심이다. 그러나 나는 마치 가장 욕심이 없는 체 가장 맑은 체 한다. 좋은 시, 좋은 시 하는 것보다 그냥 이리저리 살아 내는 것이 훨씬 더 시와 가깝다고 나의 이 형편없음을 애써 다독이면서. 하지만 목을 길게 늘이고 저 '시 동네'를 넘겨다본다. 그러다가 좋은 시를 훔쳐보면서 속앓이를 한다. 내 시가 나를 참 못 살게 한다.

1983년 『현대시학』으로 등단. 시집 『아홉의 끈을 풀고』
주소: (우)210-933 강원도 춘천시 옥천동 18-4
전화: 011-9702-8441 이메일: core8441@hammail.net

모슬포에서

김영남

오래도록 그리워할 이별 있다면
모슬포 같은 서글픈 이름으로 간직하리.
떠날 때 슬퍼지는 제주도의 작은 포구, 모슬포.
모-스-을 하고 뱃고동처럼 길게 발음하면
자꾸만 몹쓸 여자란 말이 떠오르고,
비 내리는 모슬포 가을밤도 생각이 나겠네.

그러나, 다시 만나 사랑할 게 있다면
나는 여자를 만나는 대신
모슬포 풍경을 만나 오래도록 사랑하겠네.
사랑의 끝이란 아득한 낭떠러지를 가져오고
저렇게 숭숭 뚫린 구멍이 가슴에 생긴다는 걸
여기 방목하는 조랑말처럼 고개 끄덕이며 살겠네.
살면서, 떠나간 여잘 그리워하는 건
마라도 같은 섬 하나 아프게 거느리게 된다는 걸
온몸 뒤집는 저 파도처럼 넓고 깊게 깨달으며
늙어 가겠네. 창 밖의 비바람과 함께 할 사람 없어
더욱 서글퍼지는 이 모슬포의 작은 찻집, '경(景)'에서.

내 이별의 아픔을 추슬렀던 장소, 모슬포

누가 나에게 나의 작품 중에서 가장 아끼는 작품 두 편만 고르라고 한다면 난 제주도 시편인 「서귀포는 '진'이 누나를 생각나게 한다」와 「모슬포에서」를 고르지 않을까 싶다. 이 중에서도 난 이 「모슬포에서」의 시를 더 사랑한다.

이 시는 한 남자가 사랑했던 여자가 떠나간 후 떠난 그녀를 잊지 못해 사연이 있는 제주도에 내려가, 가을비 오는 모슬포 해변을 홀로 거닐면서 떠나간 여자를 그리워하며, 미워하며, 슬퍼하며 쓴 시라고 보면 될 것이다. 시의 내용으로 보아 작중인물인 여자가 시집을 갔는지, 아니면 멀리 이민을 떠나갔는지 파악이 잘 되지 않지만 여하튼 한 남자의 가슴을 저토록 짓뭉개 놓고 떠나간 것을 보면 작자에게 '몹쓸' 여자임에는 틀림없는 것 같다. 이 시의 무대인 모슬포는 제주도 서남쪽에 있는 작은 포구이고, 여기에서 마라도로 가는 배가 출발하기도 한다. 또한 이곳 해변은 2차대전 때 일본군이 절벽에 굴을 파 진지를 구축한 곳으로 역사적으로도 아픔이 많은 곳이다. 그런데 이런 삭막한 곳에 '경(景)'이라는 찻집이 있다니 믿어지지 않는다. 아마 이건 작자가 떠난 여자를 추억하기 위해 그녀 이름을 빌어 의도적으로 가상의 찻집 하나를 시 속에다가 세우지 않았나 싶다.

이렇게 쓰고 나니 작자인 내가 마치 결혼 후 바람을 피운 것처럼 전달되어 갑자기 곤혹스러워진다. 더군다나 내가 그간 낸 시집 속에는 많은 여자들 이름이 등장해 혹시 나를 보통 수준이 넘는 난봉꾼으로 여길까 봐.

이럴 땐 난 이렇게 해명하고 싶다. 나는 한 여자를 감당하기에도 힘에 겨워하는 사람이고, 상상으로 시를 쓰는 데에 내가 거의 천재적 기량을 발휘하고 있음을 자타가 공인하는 바이고, 상상이란 기본적으로 허구이거나 가공이라고 말이다.

그러나 이런 사람을 만났을 땐 난 해명이 정말 불가능할 정도로 곤혹스러워진다. 김영남 씨의 시를 읽고 모슬포에 가 봤더니 '경(景)'라는 찻집이 너무나 멋있었더라고 해 올 때에는……

1997년 『세계일보』 신춘문예로 등단. 시집 『정동진역』 등
주소: (우)156-756 서울 동작구 흑석동 221 중앙대학교 기획조정실
전화: (02)820-6004 016-270-6115 이메일: kyn1227@hanmail.net

박꽃으로 피다

김정인

참, 하늘도 무심하시지
내 친구 박윤혜는
곱디고운 처녀인데
맵시 좋고 가지런한 천상 여자인데
데려가시다니요 설마요
숨겨 두었다가 꼭 필요할 때 쓰시려고
꼭꼭 감추신 거죠 아껴 두시는 거죠

우리 윤혜 저 세상으로 갔어요
누이의 비보를 전해 주던 그 날
친구의 오빠는 땅바닥만 자꾸 발로 문질렀다
어룽거리는 땅거미만 서성서성 지우고 있었다

떠난 지 스무 여드레인 지금도 친구는
어디선가 고즈넉이 책을 읽고 있을 것만 같아
만나면 밤새도록 도란도란 별이 될 것만 같아
오빠의 부고는 그냥 알림장에 써 둔
소식 한 장이었다고

친구야 어젯밤 너 드디어 나타났구나
한밤중 읽은 이승하 시인의 시 속에서
이모님이 된 너는
숨 비로소 멎어야 한 생애의 문은
우주 공간을 향해 열리는 것이라고
소식 전하러 왔구나
박 넝쿨 사이로 얼굴 내밀고

친구 박윤혜를 기리며

한국시인협회 사무국장이신 이승하 시인이 간사들의 모임에서 내게 한 권의 책을 주었다. 이승하 독서 일기 『헌책방에 얽힌 추억』이다. 책장을 넘기다 보니 익숙한 지명과 왠지 낯설지 않은 얘기가 자주 등장해서 고향이 이웃인 탓이려니 했는데 드디어 하늘나라에 계신 이모님께 드리는 글에 이르러 '박윤혜 이모님' 하는 책장에서 나는 순간 감전이 되듯 놀라 버렸다. 이럴 수가! 내 친구 윤혜가 여기 있다니.

내가 신사임당이라고 늘 흠모했던 친구, 고교 동창생 중 가장 먼저 세상을 떠나 동창 모두가 아까워하고 애통해 했던 친구, 정말이지 인간적 중량으로 따지면 그녀의 죽음은 '하느님 계산 잘못하신 것 아닌가요.' 이었다

국회의원으로 당선되신 지 한 달 만에 납북되신 부친 때문에 휘청거리던 윤혜네 집은 매우 어려웠다고 들었으나 나는 누구보다 공부 잘하고 기품 있으며 학처럼 단아했던 윤혜를 기억한다. 더구나 나와는 책과 문학을 얘기할 수 있는 유일한 문우였다. 그녀의 독서량은 대단했으며 교내외 문예 백일장에서 우리는 나란히 시와 산문으로 큰 상을 여러 번 타기도 했다. 살아 있다면 그녀의 문학적 역량은 어디선가 빛이 났을 거라고 생각한다. 무엇보다 그녀는 외적 단정함보다 내면이 참으로 아름다운 사람이었으니까.

(동생의 유품을 정리하다가…… 꼭 알려 주어야 할 것 같아서…….) 윤혜의 오빠를 마지막으로 만난 건 미혼 시절의 아주 오래 전의 일이다. 2년 동안 머문 내 초임 근무지는 그녀의 고향집 가까이에 있었다. 어느 날 퇴근 길 길목에서 나를 기다려 동생의 부고를 알려 주던 오빠의 시린 어깨, 등 굽어진 그 애잔함이란. 그때 오빠는 그 말 전하기가 얼마나 힘들었을까. 아리랑 고개가 있었던 상주시 만산동, 윤혜네 초가지붕에 걸린 달과 박꽃은 두 오누이의 넝쿨손으로 지금도 환히 뻗어 있을 것이다

1999년 『현대시학』으로 등단
주소: (우)157-877 서울 강서구 화곡2동 163-18번지
전화: (02)2603-4471 016-754-4471 이메일: in4471@hanmail.net

실크로드
— 시간

김호진

　내 정신의 지하실 깊숙이 오래 사막을 숨겨 둔 적이 있었다 사막이 제 몸 속에 나를 숨겨 놓은 줄 미처 몰랐던 시절이었다 우루무치 박물관 유리벽 건너 4000년 늙은 소녀, 그 미라의 움푹 패인 눈구멍을 따라가 본다 길이 휘어지는 부분에서 나는 자주 부딪친다 사막에서 길이란 시간이 만들어 내는 흔적이다 소녀가 나를 신기한 듯 올려다본다 나는 그 눈빛을 피한다 모래 바람이 시간의 무게를 재고 있다

길에 포게어지기 위해 길을 떠날 뿐

젊은 날 갑자기 이유를 알 수 없는 아득한 감정에 휩싸인 적이 있었다. 무표정하게 일상을 주고받던 행위가 내 의식을 조금씩 무겁게 짓누르기 시작하더니, 삶의 의미에 대해 좀더 진지한 물음을 요구하기 시작했다.

나를 뒤흔들어 놓은 정신적 혼란의 정체를 분명히 알아챌 수 없었던 나는 마치 안개 속에 갇혀 길을 잃은 듯 아득함 속으로 빠져들었다. 막연하게 어디론가 멀리 떠나가고 싶다는 생각이 들기 시작했다. 사람과 사람과의 호흡이 거칠게 느껴지는 낯선 그 어느 곳에서, 그들과 함께 땀으로 부대끼며, 삶이라는 것이 우리 인생을 어떻게 조이고 풀어내어 마침내 절묘하게 조율해 내는지를 내 눈으로 느끼고 확인하고 싶어졌다.

탄광촌을 헤집고 다니기도 했다. 어두운 막장을 기어야만 살아갈 수 있는 절박함 속에서 과연 그들은 어떻게 생을 끌어안고, 어떠한 방식으로 서로 눈물겹게 바라보는지, 그 검게 익은 시선들이 몹시 궁금했기 때문이다.

많은 길을 놓치고 헤매다 마침내 마을 한가운데 세워 놓은 오층석탑을 올려다보며, 끌어안듯 둘러싸고 옹기종기 모여 사는 조용한 마을, 탑리에서 오래 머물렀다 그곳에서 난 탑이 거느린 것들은 탑이 솟은 이유를 궁금해 하지 않는다는 것을 알았다. 다만 탑에 포게어져 탑과 하나가 될 뿐이라는 것을 알게 된 것이다.

오랫 동안 그리움의 대상이었던, 모래 바람과 강렬한 햇살만이 주인인, 멀고 먼 사막의 길, 실크로드는 아련히 노을을 바라보듯 꿈꾸는 길이 아니라 오직 애절함만이 끌고 가는 길, 아니 길을 잃고서야 마침내 얻을 수 있는 길이란 것도 알았다. 이처럼 여행은 많은 것을 일깨워 주었다. 하지만 이제 나는 무엇을 찾아 길을 떠나지 않기로 했다. 다만 길에 포게어지기 위해 길을 떠날 뿐이다.

1994년 『심상』으로 등단.
주소: (우)769-852 경북 의성군 금성면 대리리 19 동산약국
전화: (054)834-0673 016-518-0673 이메일: tab77@kornet.net

서천(西天)

노명순

누군가 빨간 수박 반쪽을 먹다가
서산 골짜기에 걸쳐 놓았다
참 달디달게 생겼다 마침 갈증이 나던 차에
아삭아삭 단물 흘리고 마저 먹어 버리려고
손을 뻗어 수박을 집으려는 순간
어두운 하늘이 나보다 먼저 순식간에 먹어 치워 버린다
먹으며 흘린 수박물만 서산 위에 붉게 젖는가 했더니
곧 말리 비린디 깜깜한 어둠이다
더욱 목이 탄다

시와 연극과의 만남

나는 짧은 시 한편으로 연극을 만든다. 긴 시극 대본을 따로 써야만이 시극을 할 수 있다고 생각하는 사람들의 생각을 뒤엎고 나는 아무리 짧은 시라도 3막 정도의 연극을 만든다. 되도록 시를 원형 그대로 살려서 토씨 하나도 흐트러지지 않게 만든다. 어렸을 적 편지 쓰기를 좋아하고 또 시골 토방 마루에 담요로 막을 치고 연극놀이하던 솜씨는 내가 지금 시를 쓰고, 시극을 할 수 있는 원동력이라고 할 수 있겠다

그러나 처음 시도하는 시극이기에 아무도 도와주지 않고 혼자 해내야 하는 역경과 고독을 감당해야 했다. 시 「서천」이라는 작품은 벽촌 문학 행사 때에 공연한 작품이다. 무대 장치는 늘 가능한 한 짧은 시간 내에 설치할 수 있는 것으로 한다. 넓은 검은 천에 빨간 한지 종이로 태양을 만들어 무대 벽에 거는 것으로 배경을 설정했다. 주인공은 순진함과 어리석음의 인생을 살고 있는 피에로로 분장하여 등장시킨다. 또 하나의 등장인물은 어둠이다. 어둠은 항상 따라다니며 인간의 달디단 꿈을 먼저 빼앗아 가 버린다는 것으로 무지개를 좇으며 꿈을 버릴 수 없는 우리 인생살이의 한 판을 그렸다. 어둠의 역을 도와 줄 사람이 없어 이 시극에서도 혼자 일인이역을 해 버렸다. 사람들은 의외로 재밌어 하며 삶의 허탈함을 서로 공감하며 안타까워했다.

시극을 만들려면 먼저 시를 가지고 대본을 쓰고 무대 배경 그림과 장치 구상한다. 그런 후에 시에 알맞은 음악을 고르고 조명, 의상, 소품을 골라야 한다. 어느 땐 1인 3역을 해냈고, 번번이 모노드라마 되기가 일쑤였다. 그러나 문학 행사에서 10분 내지 15분 길게는 30분을 넘지 않는 시극은 의외로 시인들의 공감과 호응을 얻어 왔으며 그 호응으로 한국시인협회 6개 광역시 순회 문학 행사 때에 매회 시극 공연을 할 수 있었다. 소도시 문학 행사에서는 벽촌 예배당 바닥에서 조그만 카세트로 음악을 틀어 공연을 했고, 시골 마당에서 맨발로 뛴 일도 있다. 항상 불안하고 아쉬운 것은 음악과 조명을 해낼 사람이 없어 리허설을 제대로 해보지 않고 공연을 하는 것이다. 소망이 있다면 음악과 조명 시설이 갖추어진 극장에서 시극을 해보았으면 하는 바람이다. 그래서 시의 아름다운 상상의 세계를 자주 연극으로써 보여주고 싶다. 시극으로 인해 많은 사람들에게 시가 난해하지만은 않다는 걸 보여주고 현대의 메커니즘에서 밀려난 시집이 모든 사람들의 옆구리에 끼어져 있고 어느 곳에서나 시가 쉽게 읽혔으면, 하는 꿈을 꾸어 본다.

1989년 『월간문학』으로 등단. 시집 『서천』 등
주소: (우)136-834 서울 성북구 장위1동 218의 40 한성빌라 401호
전화: (02)919-9555 018-248-1916 이메일: nomelan@hanmail.net

거친 오솔길이 물푸레나무를 낳았다

문인수

물푸레나무 한 그루가 이 오솔길 한복판에다가 건각의 굵은 밑둥치를 박고 있다.

여기저기 거칠게 불거진 상처 때문일까, 물푸레나무는 길게 드러눕듯 했으나 울창한 잡목들 사이로 비스듬히 고개를 치켜드는 시퍼런 울력을 보이고 있다.

그 끝이, 뜻이 언뜻 고요히 깊은 하늘이다.

그렇다면 이 돌투성이의 가파른 오솔길이 물푸레나무를 낳은 걸까

오랜 세월 밟히고 밟힌 것들을, 꿀꺽 삼키고 삼킨 것들을 긴 컨베이어 벨트로 울퉁불퉁 실어 나르는, 갖다 부리는 동작도 똑 같다.

험한 길은 이렇듯 전력투구로 길이어서

이 산 능선엔 심하게 굽은 척추가 다 드러나 있다. 그 아픈 데를 딛고 한참 올라가면

다산 초당이 나오고 좀더 올라가면 거기, 강진만의 바다가 널리 새로 잘 펼쳐진다.

나무 한 그루를 구부려 만든 길

지난 4월, 나는 한 열흘 전라도 일대를 떠돌았다. 그동안 강원도 정선 등지의 산악에 빠져 있던 발길을 서쪽 남도의 너른 들녘에다 풀어놔 봤다. 멀리 내다볼 경치가 없는, 그러니까 사방이 악산으로 가로막혀 전망이 없는 강원도에서는 다 작파하고 콱 처박혀 살고 싶은 자기 유폐의 욕망이 있었다. 전라도에서는 자꾸 술 마시고 싶었다. 또 취해서 목청이 다 갈라져 너덜거리도록 소리를 팔며 산지사방 떠돌고 싶었다. 그렇게 저녁노을 깊은 데까지, 달밤까지 떠돌고 싶었다.

살갑게 나지막한 산들이, 흙 붉은 들녘의 깨끗한 마을들이, 아름답게 휘 휘 휘는 바닷길들이 나를 붙들고 놔주질 않았다. 강원도의 그 시퍼런 뫼품이 그랬듯이, 전라도는 또 다른 정한의 맛이 이사와 살고 싶도록 만들었다. 이렇듯 피붙이 같은 정으로 사람을 당기는 것은 우리의 보편적 삶과 익히 소통되던 것들이지, 그 뭐 특별한 관광지나 문화재 같은 것이 아닌 성싶다.

그러나 이번 전라도 여행에서 나는 한꺼번에 여러 편의 영화를 본 것과 같은 무리가 있었다. 짧은 기간에 너무 숱한 데를 둘러봤다는 이야기다. 제대로 소화가 안 된다. 그러니 내 것이 많을 리 없다. 그렇지만 나는 어차피, 지금까지 어느 여행지의 빼어난 풍광이나 뜻깊은 유적들에 관해 찬탄하거나 소개하는 내용의 시를 쓴 적 없다. 다만 그것들을 통해 기왕의 내가 늘 껴안고 있던 삶의 그 무엇을 발견하려 애썼고, 그저 그걸 써 왔다. 다시 말하거니와 애초부터 여행시란 없다.

나는 일상으로 인해 감긴 '눈을 뜨기 위해' 여행을 한다. 여기에 싣는 이 시에도 다만 나무 한 그루가 주인공이다. 일상의, 생활 근처에 있던 물푸레나무 한 그루를 다산 초당 올라가는 오솔길에서 만나 그 나무를 구부려 길을 만들었고, 그 길 따라 집으로 돌아왔으며, 그걸 썼을 뿐이다.

1985년 『심상』으로 등단. 시집 『동강의 높은 새』 등
주소: (우)706-804 대구광역시 수성구 만촌 1동 643-1
전화: (053)752-3987 016-515-3987
홈페이지: http://www.mooninsu.pe.kr 이메일: insu3987@hanmail.net

이화 부인의 독백

박이화

　상고적 바람녀 유화 부인 신라적 바람녀 수로 부인 뒤를 이어 나 이 시대 마지막 낭만녀 이화 부인 어찌하여 독수공방 신세라네 요즈음 시인들 나 모르게 뭘 하시며 사시나 정진규 님 오탁번 님 뭘 하셔서 청탁 한 번 안 주시나 나는 전화도 있고 휴대폰도 있고 e-메일도 세 개나 밤낮없이 열어 두고 사는데 나를 모르시나 모른 척 하시나 나는 드라마 바람 불어 좋은 날도 詩風 불어 좋은 날로…… 연필 부인 흑심 품었네를 이화 부인 詩心 품었네로 노래하며 사는데 무심해라 야속해라 혹여, 내가 가정도 가족도 나 몰라라 통신과 바람난 어자라고 그게 미우신가 영 못 마땅하신가 그렇다면 오늘 나의 이 푸념 한 입 건너 소문 되고 두 입 건너 풍문 되어 행여 임의 귀에 들었을 제, 임은 예끼! 철없는 여자라며 하하 웃으실까 하마 화내실까?

'이화 부인' 의 자유분방함으로

내가 이런 발칙한 시를 쓰다 못해 발표까지 할 수 있는 당돌함의 배후에는 '이화 부인' 이
라는 아이디가 주는 자유분방함이 있다. 어디 분방하기만 할까? 약간의 방종끼까지 은근히
풍기는 이 도발적인 '이화 부인' 을 내가 통신 아이디로 택한 이유는 순전히 수로 부인을 좋
아하기 때문이다.

남편의 부임지로 따라가던 길에 안개처럼 스르르 잠적한 여자······. 비릿한 바다 냄새 풍
기며 와설랑 동해 용왕에게 끌려갔다 왔다고 앙큼 떤 여자······ 벼랑 끝 철쭉꽃도 알고 그 꽃
을 꺾어 바친 견우 노인도 알고, 세상에나! 제 남편만 모르고 온 세상 사람이 다 아는 그런
그런 거짓말을 눈 하나 깜짝 하지 않고 뻔뻔하게 하던 여자······. 그리스신화 속의 아프로디
테나 우리의 신화 속의 수로 부인이나 동서고금의 아름다운 여인들은 어쩌자고 하나같이 자
유 부인으로 살았을까? 이렇듯 윤리관이나 도덕관이라곤 하나 없는 방종한 여인들이 그럼에
도 불구하고 어찌하여 시대를 초월해서 사랑받는 걸까?

생물학적으로 볼 때 성이란 수십억 년의 진화 단계에서 치열한 생존경쟁에서 살아남기 위
해 우리의 유전자들이 고육지책(?)으로 선택한 종족보존의 방식인 것이다······. '리차드도우
킨즈의 이기적인 유전자', 그런데 그 진화와 번식이 수컷이 아닌 압도적인 암컷의 역할이고
보면 암컷이 보다 강하고 매력적인 최상의 상대를 찾는 것은 생존의 법칙으로 볼 때 너무도
당연한 사명이며 건강한 원초적인 본능인 것이다.

나의 이런 불온한 비약이 수로 부인이나 신화 속에 나오는 바람둥이 여인들에 대한 변명
이 될 수 있을지 모르겠으나 어쨌든 간에 나는 저 자유분방한 아름다운 여인들파는 오래 전
부터 황홀하게 감응하고 있었음을 고백하지 않을 수 없다.

그런데 이 대목에서 누군가 나의 말을 가로채며 그럼, 이화 부인 당신도냐?라고 짓궂게
묻는다면 글쎄, 나는 묵묵부답일 밖에 아니, 그럼 내가 이 시점에서 뭐라고 말하리오. 이 고
지식하고 권위적인 수백 명의 시인들 앞에서!!

1998년『현대시학』으로 등단
주소: (우)704-350 대구시 달서구 본동 그린맨션 207동 106호
전화: (053)652-8779 018-711-7875 이메일: ewha3000@yahoo.co.kr

소금의 도시

서경온

차라리 눈물을 흘려 넣을까

아무리 소금을 쳐도
늘 헛헛한 이 삶의 식욕

내 슬픔의 바다에는
비가 많이 내려서
눈부신 염전은 없는 것이다

끓여도 한껏 엉기지 않는 피
소돔을 덮고 고모라를 덮은 뒤
가득 고여 끈끈한 보배로운 호수

마지막 땀방울을 쏟아 넣을까

한여름에도
흰 눈밭처럼 빛나던
이상한 내음새 은은한
소금의 도시

솔트레이크 시티에서
만난 햇살은
오전에도 마냥
어깨가 기울어지는 꿈이었다.

소금의 도시에 내리던 햇살

개인적으로 기행시를 별로 좋아하지 않는 편이다. 그러나 10년쯤 전에 자동차로 여행했던 미국 유타 주의 솔트레이크 시티의 독특한 분위기는 여느 곳에서 맛본 느낌과는 사뭇 달라서 시에 담아 보았다.

무엇보다 인상적이었던 것이 솔트레이크 시티로 진입하기 전에 들렀던 그레이트솔트 호의 염전이었는데 아마도 여름철이어서 그러했던지 차에서 내리자 유황 비슷한 냄새가 코를 찔렀다. 미리 살펴본 그림엽서는 결코 상상할 수 없었던 생소한 후각적 자극이어서 나는 적잖이 당황하였다. 아름다운 풍경과 상치되는 그 '냄새의 지옥'은 언젠가 사진에서 동경 어린 눈길로 바라보았던 대관령 목장을 실제로 지나쳤을 때를 상기시킬 정도였다.

널리 알려져 있다시피 몰몬교의 총본산인 솔트레이크 시티는 무척 질서가 정연하고 차분하여 그야말로 눈길 주는 곳마다 '천국'의 이미지가 펼쳐지는 듯 아름다운 도시이다. 그런데 그때 나는 엉뚱하게도 가끔 시청하던 공상 스릴러 계통의 T V 드라마 'X파일'을 떠올리고 있었다.

여름인데도 하얀 눈밭을 연상시키는 염전의 풍경 속에 감쪽같이 은닉되어 있던 후더분한 유황 냄새와의 괴리감 때문이었을까. 아니면 템플 스퀘어의 징교하고 눈부신 건물들과 지나치리만큼 정결한 거리와 사람들의 단정함, 그리고 외부인들에게는 출입이 금지되어 있다는 폐쇄적인 교회당에 대한 신비로움이 어우러져 빚어낸 분위기에 압도당했던 것이었을까.

다음 날 아침의 거리를 산책하는 내내 나는 오후의 햇살을 받으며 거니는 듯한 착각 속에서 새삼 내 삶의 황혼과 그 어떤 '종말'에 대해 생각하고 있었다.

1980년 『현대시학』으로 등단. 시집 『별빛 등불 하나』 등
주소: (우)137-758 서울 서초구 방배3동 신동아 아파트 2동 103호
전화: (02)588-6840 011-9062-6840 이메일: sko17@hanmail.net

신국순전(新麴醇傳)

서 하

　한때는 타오르는 불처럼 활활 취하기 위해서 살았습니다 서서히 온
몸은 달아올랐고 잠이 들면서 꿈꾸었습니다 미끌미끌한 세상, 헛발에
짓밟힌 들풀들 빠득빠득 구겨진 허리 펴고 있는 숲길을 걷다, 서하(西
河) 임춘 선생과 우연히 만났습니다 첫 만남이었지만 그를 알아볼 수
있었던 건 짜릿한 누룩 냄새 때문이었습니다 취해서 더 뜨거울 수 있는
여자 서하(徐河)는 물 만난 고기처럼 홀짝홀짝 시간을 마시기 시작했습
니다 술병에서 술잔으로 줄줄이 달려 나오는 건 반짝이는 별들이었습니
다

　술은 입으로 들고 사랑은 눈으로 든다*는 말 안주로 씹으며 그림자
둘에다 달빛까지 옆에 끼고 다섯이서 부어라 마셔라 하는 동안, 절름발
이 세월은 늙은 나무 곁에 기대앉아 졸고 있었습니다 취한다고 세상이
달라지는 건 아니지만 바람 부는 대로 흔들리는 나무가 아름답습니다
이파리 하나 까딱 않고 서 있는 나무도 눈물나는 일 있을까요 눈물을 닦
기 위해 털어 넣는 술은 술이 아닙니다

　불의 물, 갑자기 비가 내리네요 비워도 비워지지 않는 술잔 속으로
빗물이 저벅저벅 걸어갑니다 그 잔 속에서 우주가 활활 타오르고 그와
나도 타오르는 일 말고는 별 도리가 없습니다

　맹물 같은 세상을 향해 하늘이 잔 비우는 소리 너무 싱싱합니다

　*예이츠 '술노래'

장승업과 술

 영화 「취화선」에 대한 사람들의 관심은 칸 국제 영화제에서 감독상을 수상하면서 한층 더 뜨거워진 분위기다.

 오원 장승업은 취영 거사라는 별호를 가질 정도로 술과 여자가 없으면 그림을 그리지 않을 만큼 그에게 예술의 영감을 북돋아 주는 것은 술뿐이었다. 그는 그림을 구하는 사람들의 사랑방과 술집을 전전하면서 늘 술에 빠져 있었다. 화풍은 그의 성격만큼이나 호방하고 활달하며 격조 면에서나 기량 면에서 뛰어나다는 평을 많이 듣는 반면 그에 대한 평가가 곱지 못한 것은 자기 스타일이 없다는 것이다.

 오원이 자기 스타일을 갖지 못한 것은 그 당시 지배 계층인 양반들이 좋아하는 중국풍으로 그려서 그들의 입맛을 만족시켜야 했던 탓도 있다고 본다. 그림에 등장하는 하늘을 찌를 듯한 기암괴석과 선경 같은 계곡은 우리나라에선 찾아볼 수 없는 풍경이다. 모사는 제2의 창작이라지만 때로는 싹을 아예 잘라 버리는 극약이 되기도 한다.

 "꿈 깨니 꿈이다. 인생은 뜬구름이라……."

 술병을 입에 물고 다니며 "항상 달라지고 싶다. 정말 달라지고 싶다. 일일신 우일신이라는 옛 성현의 말처럼 나는 달라지고 싶다"고 피가 마르도록 외치고 나닌나. 그런 오원에게 눈물이 날 정도로 공감을 한다. 새로운 자기의 스타일이 없음이 안타까워서 마시고 모사할 수밖에 없는 자신이 두려워서 또 마시고 오원이 술에 젖은 만큼 그의 붓은 먹물을 빨아 먹어야 했고 그런 후에 하나의 작품이 완성되는 과정이 눈물겹다. 술이 있는 곳에 오원이 있고 오원이 있는 곳에 술이 있었다.

 술에 대한 시선이 곱든 밉든 이 땅의 역사와 함께 숨쉬어 온 술, 술 마시는 사회, 술 권하는 사회, 술의 폐단과 술의 도덕성 등등 술의 종류만큼이나 술에 대한 편견이 많은 것도 피할 수 없는 사실이다.

 '등에 지고는 못 가도 마시고는 갈 수 있다'고 하시는 아버지 때문에 우리 어머니 가끔 우셨지만 풍류를 알고 한시를 읊으시는 아버지를 나는 존경한다. 동전의 양면 같은 술, 그나마 그런 술이 있었기에 이 사회가 덜 부패하고 덜 썩지 않았을까 생각해본다.

 세상이 뭐라 하든 술을 끼고 화가 오원은 붓으로 그림을 그렸지만 도무지 그림에는 문외한인 나로서는 신국순전(新麴醇傳)이라는 졸시 한 편 빚어 본다.

1999년 『시안』으로 등단
주소: (우)704-794 대구시 달서구 도원동 1444 미리샘 마을 202/1905
전화: (053)636-8108 011-516-8106 이메일: seoha729@hanmail.net

선소리

손현숙

세상 몸 빌어 흙 위에 발을 얹어
묻지 마라
살고 죽고.
나비는 바다에 이르지 못하리니
생각이 너무 많은 나무
생각 속에서 위태롭다.
사람이 가는 길은 눈을 감아야 보이는 법.
가볍게 살다
편안하게 돌아가시길.
신 벗고 머리 풀고
안간힘도 접고.
무어라 불리던 이름도 내려놓고
소리 없는 곡을 따라
무지개다리 건너.
나 없는 내가 내
죄만 두고 스러진다.

'선소리' 여행에 관한 뒷이야기

안데르센 동화에 나오는 '성냥팔이 소녀'의 죽음은 내가 알고 있는 죽음 가운데서도 가장 황홀한 죽음이었다. 치열하게 삶을 살아 내는 일, 보다는 근사하게 죽음을 맞이하는 일. 나는 왜 그런 것들에 더 마음이 쓰이는 것인지. 나도 나에게 설명되지 않는 알 수 없는 영역의 한 부분이다. 어쨌거나 나는 나의 죽음, 그 방식을 놓고 꽤 오랜 시간 골똘해 있었던 것만은 사실이다. 그런 관계였을까, 유난히 추웠던 그날, 친구 아버지의 운구 행렬은 마을을 돌고 산을 질러, 사람들의 오금은 이미 피 끓는 자의 것이라 할 수 없을 정도로 얼어붙어 있었다. 기세 좋은 추위에 슬픔도 슬퍼할 겨를이 없었다. 그때 아마 나는 '성냥팔이 소녀'의 그 황홀한 죽음을 상기하며, 깜박 잠이 들었던 모양이다.

내가 바라보는 하늘, 땅, 바람, 물, 불, 그리고 친구……. 변한 것은 아무 것도 없었다. 사람들은 내 육신에 몇 삽 흙을 붓고, 그리고는 사내 몇몇이 장단에 맞추어 소리 매김을 치고 있었다. 꼬리에 꼬리를 물고 내 죽은 육신을 위로하고 있었으리라. 나는 시야가 점점 높아졌다, 낮아졌다, 의지와는 상관없이 동, 서, 남, 북, 가벼워지는 경험을 한다. 어느 만큼의 시간이 지나고 사람들은 내 삶에 관한 이야기들을 시작했다. 이미 질량을 잃은 나는 친구의 얼굴을 만져 보고, 말도 걸어 보고, 흔들어도 보고. 그러나 누구 하나 나를 눈치 재는 사람은 없었다. 몸을 벗어버린 나는 무한 공중 한 점이 되어 살아 있는 사람들의 주위를 돌고 있을 뿐.

섬뜩, 육신은 깨어나고. 나는 그제야 혹한보다 더 혹독한 외로움을 경험하고. 홀로 추운 땅속에서 혼자임을 견뎌야 하는 망자의 슬픔을 느끼면서. 그날, 삶과 죽음 그 경계는 나에게 있어서는 한 순간 장면만 바꾸어 다시 살아 내야 하는 또 다른 삶의 시작이었다.

1999년 『현대시학』으로 등단
주소: (우)135-942 서울 강남구 일원본동 718번지 샘터마을 105동 303호
전화: (02)459-0460 011-225-0460 이메일: saw1@chollian.net

통풍이 안 되는 만화 가게

신해욱

바람과 바람 사이를 비집고 간신히 들어왔다.
목구멍을 넘어갔던 바람도 전부 뱉어 버렸지.
앞뒤가 사라진 채로 나는 몹시도 가벼우니
내가 처음은 아니지만
한 팔을 접어 두는 것으로 지금을 기념할까.

먼저 온 자들의 넋을 잃은 자세는
참으로 독립적이며 단호하군.
빈칸에 머물며 날렵한 부동성에 취하거나
온몸에 힘을 빼고 다음 장으로 넘어가거나
나에게만 처음인 것은 아니지.

여기만 지나면 흑백의 마을.
움직이지 않거나 앞뒤가 뚫려 있어도
바람이 스스로 나를 비껴가는 곳.
여차하면 여기서 끝난다. 물론 나도
지나가는 일이 처음은 아니지만.

만화책 속에서

우리 동네엔 아파트도 없고 서점도 없고 문방구도 없다. 몇 달 전엔 성진 비디오가 곱창집으로 바뀌었다. 그리고 보라 만화가 없어진 자리에 이영희 뷰티 샵이 생긴 후로 나는 대영 만화에 간다. 보라 만화나 대영 만화나 컴퓨터로 고객을 관리하는 책 대여점이나 학교 앞의 쾌적한 만화 카페와는 질적으로 다른, 영화 '장밋빛 인생'에서 최명길이 주인으로 있던 그런 만화 가게였지만, 나는 순정만화 소장량이 많고 뜨개질을 하던 아줌마와 키 큰 남자애가 번갈아가며 카운터를 지키던 보라 만화가 좀더 편안했다.

가파른 계단을 내려가 철제문을 열면 백 평도 넘을 것 같은 대영 만화가 나온다. 서가의 삼분의 이를 차지하는 무협지는 타의 추종을 불허한다. 카운터에는 이토 준지의 만화에서 튀어나온 것 같은, 바싹 마르고 눈 그늘이 짙은 아저씨가 언제나 소리 죽인 TV를 보거나 신문을 뒤적이고 있다. 책 속에 파묻혀 있거나 자장면을 먹고 있는 사람들은 삐걱거리는 문소리가 들려도 누구 하나 신경 쓰지 않는다. 그들은 다른 곳에 있다.

내가 찾는 만화책은 대체로 문가 한 귀퉁이를 차지한 코믹스 코너에 있지만, 나는 탁자와 탁자 사이의 좁은 길을 지나 담배 연기가 뭉게뭉게 가리고 있는 저 깊은 곳으로 가보고 싶었다. 하지만 그곳은 정말이지 너무 깊고 빽빽하며 동시에 희박하다. 이곳의 공기가 그쪽과도 통할 수 있는지 장담할 수 없다. 오래 묵은 서가를 유유하게 다닐 수 있는 건 고참 사서뿐이다.

1998년 『세계일보』 신춘문예로 등단
주소: (우)156-090 서울시 동작구 사당동 1040-26
전화: (02)3486-7163 이메일: binnal@dreamwiz.com

들불 지르는 새
『山海經』의 章莪山에 사는 새, 畢方

유수연

　생김새는 학과 같고 발은 하나이며 푸른 바탕에 붉은 무늬 깃털의 새가 산다지 산해경 장아산에 가면 부리가 흰, 필방이라는 이름의 그 새가 제 이름을 부르며 운다지 그래 푸른 瑤碧을 타고 날아다니며 제 속에 들끓는 덩어리로 핏빛 꽃술 같은 불을 붙인다지 저녁 뉘엿뉘엿 지는 해가 제 속의 불인가 말릴 틈 없이 달려든다지 그러다 고을 사람 눈에 띄면 들불을 냅다 지르고 도망간다는군 들불이 그들을 다 태워 버릴지도 모르지만 어쩌겠나, 푸른 요벽을 타고 날아다니다 제 속을 불꽃 꽃술로 불 지르는 일이 天刑처럼 앞에 놓여 있는 걸 제 이름을 부를 줄 모르는 사람들 눈에 띄면 여지없이 그들 눈에 들불을 내지르고 꿈속 같은 요벽 뒤로 숨어 버린다지 산해경 장아산, 내 속 깊숙이

시인은 괴상하지 않은 존재로서 사는 괴상한 자

"사물은 스스로 괴상한 것이 아니라 나를 기다린 후에 괴상해진다. 괴상한 것은 과연 자신에게 있는 것이요, 사물이 괴상한 것이 아니다."

— '곽박'의 『산해경』 서문 중에서

『산해경』 제2권 서산경 중에 나오는 장아산에는 다리가 하나인 새가 산다. 필방이라는 이 새는 사람들을 피해 살며 사람 눈에 띄면 그 해에 그 고을의 들에는 불이 많이 난다고 한다. 그 울음은 자신의 이름을 부르는 것과 같다고 하며 요벽을 타고 날아다니는 이 새는 나를 기다린 후에 괴상해진다. 괴상한 것은 나 자신 안에 있기 때문이다. 산해경 장아산에 숨어 살던 새가 나를 만남으로 부르며 제 이름을 부를 줄 모르는, 다시 말하면 자신의 내면을 들여다볼 줄 모르는 사람들을 만나면 요벽 뒤로 숨어 들불을 내지르는 새로 다시 태어나는 것이다. 산해경 안의 무수히 많은 사물들은 서로 비추고 증발시키며 정(精)·기(氣)가 뒤섞여 서로 거세게 요동하여 떠도는 넋이나 신령스럽고 괴상한 것들이 상(象)과 접촉하여 얽히며 형상을 드러낸다. 내 의식은 산해경 깊은 곳 어딘가에서 서로 거세게 요동치며 사물들과 비추고 증발시키며 뒤섞이고 떠돌며 신령스러운 시의 기운과 만나고 있다. 그 신령스러운 기운이 내 안에 웅크리고 있던 형상을 만나서 시로 태어나는 것이다. 세상에서 이상하다고 하는 것은 그 이상한 것을 알지 못하며 세상에서 괴상하지 않다고 하는 것도 그 괴상하지 아니한 것을 알지 못하는 것이라고 한다. 어쩌면 시를 쓰는 자, 시인은 괴상하지 않은 존재로서 사는 괴상한 자로 산해경 깊은 숲 속에서 요벽을 타고 날아다니는 자로 인식되고 있는 것은 아닐까.

1999년 『시안』으로 등단
주소: (우)135-280 서울시 강남구 대치동 미도아파트 102동 1308호
전화: 016-262-1308 이메일: sooyeon-u@hanmail.net

아버지

윤향기

아잔타 석굴 앞이었다
눈만 반짝이는 인도인들이 흰 코끼리와 검은 코끼리의 울음
소리에 관하여 이야기하고 있었다 하늘의 신인 흰 코끼리는
비오롱 같은 목소리로 세상의 아침을 찬란하게 깨우고 땅위의
신인 검은 코끼리는 자장가를 부르는 어머니의 목소리로 세상
의 모든 아픔을 잠재운다고 그 중 누군가가 내게 말했다
'하나를 선택하세요'

고민고민하다 깜짝 놀라 일어나니 어느새 호텔 창이 환하다
이상한 일인 걸, 혹시……
000-8217 카드 번호와 교환을 지나
0458-332-1222…… 여보세요?
무어라 말은 하는데 너무 멀다
뭐라구요? 네에? 내일이 발인이라구요?

혼자 가방을 쌌다
아버지께 뿌려 드릴 갠지스 강물 한 움큼과
몇 방울의 눈물을 유리병에 담으며 그래도
발바닥에 묻어 있는 붉은 모래는 털. 지. 않. 았. 다

여행 증후군

여행은 마약이다. 마약은 선택이다.
다녀온 지 몇 개월이 지나면 온몸이 근질근질 해지며 가슴이 답답해진다.
숨막힐 것 같았던 긴 비행의 진공상태는 까마득히 잊어버린 채
하늘 높이 떠가는 비행기만 보면 다시 타고 싶고 소꿉장난 같은
기내식이 먹고 싶고 낯선 문화에 나를 무작정 방목시키고 싶어지니
아무리 생각해봐도 나는 Fe가 하나도 없나보다.

....

첫 번째 인도 여행은 황당했다.
전화를 끊자마자 부랴부랴 귀국하여 고향에 당도했으나
날 기다리고 있는 것은 황토빛 봉분뿐이었다.
어머님이 준비해 둔 상복으로 갈아입고 상청에 큰절을 올리는데
아버님은 '아무 걱정 말아라' 하시며 내 어깨를 다독여 주시는 것이었다.
삼남매 중 유일한 고명딸인 나는
지구를 한 바퀴 돌았지만 이때처럼 당황한 여행은 일찍이 없었다.

1991년 『문학예술』로 등단. 시집 『엄나무 명상법』 등
주소: (우)415-753 경기도 김포시 풍무동 서해아파트 206-1304
전화: (031)987-8605 011-749-8605 이메일: orangeyoon1@hanmail.net

감나무가 섰던 자리

이 경

우두커니 말뚝으로 섰다
해마다 살빛 좋은 감을 달더니
길이 닦이면서 옛집은 허물리고
늙은 감나무가 밑동만 남아서
기억을 더듬고 있다
척박한 이 고갯마루의 영화

무슨 밤이 삼단같이 깊었을까
어디로부터 그 많은 갈가마귀 떼는
반딧불 무리는
물총새는 왔다 간 것일까
왔다 간 것일까 누가 죽은 혼으로
참나리꽃 비비추 으아리꽃은 피고 진 것일까

조그만 아이 하나를 만나는 일로
조그만 아이 하나가 그것들을 만나는 일로
은하는 밤마다 노래하고
강물은 서늘하게 뒤척였을까

저녁이면 몇 가대기 불이 켜진다

누가 지금도 아린 발을 누이는지
반듯한 땅뙈기 하나 없는 곳
쑥대밭도 비루먹은 산천에 와서

우물이 있는 쪽으로 걸어가고 있을 때

집을 만든 후 처음 감행한 가출이었다. 왜 그렇게 오랫동안 그 곳으로 가야 할 핑계는 만들어지지 못했을까? 십여 년 전 통영에서 열리는 시인학교에 참가하게 된 나는 돌아오는 길에 서울로 오는 일행들과 떨어지기로 했다. 너무 오랜만에 가로등도 없는 깜깜한 어둠 속에 놓여져 쏟아지는 별들을 받느라 실컷 울고 난 뒤에 생긴 용기였을까? 갈증이었을까? 기왕 집을 나온 김에 어떻게 해서든 가보고 싶은, 아니 가 봐야 할 곳이 생긴 것이다.

다행히 그때 처음 만나게 된 서지월 시인 일행의 대구행 봉고를 얻어 타고 진주 부근 고속도로변에 내리게 되었는데, 그 때 서 선생은 여름 한낮의 고속도로변에 나를 내려놓고 가기가 마음이 쓰였던지 이것저것 물어보았다. "그곳에 누가 살고 있어요?" "글쎄요. 가까운 사람은 아무도 살고 있지 않습니다." "그러면 거기를 왜 가는데요?" "그냥 가보는 겁니다. 가봐야 할 것 같아서요."

8월 초순의 땡볕을 받으며 한참을 걸어서야 진주로 들어가는 택시를 만날 수 있었고 진주에서 산청 방면으로 가는 직행버스는 이제 그 마을에 서지 않아서 십리를 되돌아와야 했다.

버스가 지나갈 때마다 뽀얀 먼지가 코스모스와 아이들의 키를 덮어 버리던 자갈길은 번듯하게 포장되었고 눈깔사탕과 아리랑 담배와 막걸리를 팔던 가게 자리에는 주유소가 들어섰다. 딱히 아는 집이 있는 것도 아니고 따로 찾아갈 사람도 없는지라 버스에서 내리자 거의 무의식적으로 나는 우물이 있는 쪽으로 걸어가고 있었다. 긴 여행에 목이 마른 탓도 있었겠지만 우물은 마을 사람 누구나, 아니 지나가는 나그네일지라도 물 한 바가지쯤은 언제나 얻어 마실 수 있는 곳이기 때문일까? 아직도 우물에 깊은 그늘을 드리우고 있는 큰 포고나무 밑에 무거운 가방을 턱 내려놓는데 누가 펄쩍펄쩍 뛰어온다. 네 활개를 내저으며 입이 잘 떨어지지 않는 소리로 외마디소리를 질러댄다. "모 모 모 못 먹는다. 그 물 수 수 소 소도 안 먹는다."

우물은 허옇게 백태가 낀 눈으로 말없이 낯선 여자를 올려다보고 있다. 그 멀고 푸르던 하늘도 이제 그곳에 비치지 않는다.

삼도 동생 순도? 어미가 낳지 않으려고 소태를 마시고 장작더미에서 뛰어내렸다 하는 그 순도가 덩치만 어른이 되어 마을을 지키고 있다. 물론 나를 알아볼 리 없었다.

우물을 돌아 나와 행길로 올라섰다. 우리 집이 있던 자리를 발짐작으로 더듬었다. 넓게 확장된 길은 오래 묵은 집들을 모두 날려 버렸고 오디가 오지게도 많이 열리던 낮은 뽕나무 자리를 지나 몇 발짝을 더 옮기고 있는데 무슨 그루터기 하나가 유적처럼 발목을 잡는다. 내가 태어나기 전부터 우리 집을 내려다보며 푸근한 그늘을 드리우던 키 큰 물감나무! 바로 그것의 아랫도리가 거기 있었다. 그 자리에서 눈을 감았다.

눈물보다 쓰고 뜨거운 것이 솟구쳤다. 그 물컹한 것이 아쉬운 대로 한 편의 시에 담기게 된 것이 「감나무가 섰던 자리」이다. 이런 사연을 꿰뚫어보기라도 하시듯 하필 이 시를 돌아가신 미당 선생님께서는 한국일보에 올려 지리산 산신녀 운운하셨던 것을 보면 늘 많이 외롭고 섭섭하고 아픈 것이야말로 시의 건더기가 되는 것인지도 모르겠다. 그렇다 하더라도 너무 늦은 귀향처럼 쓸쓸한 것이 또 있으랴.

1993년 『시와 시학』으로 등단
시집 『소와 뻐꾹새 소리와 엄지발가락』 등
주소: (우)137-781 서울시 서초구 우면동 59 동양고속아파트 105동 1404호
전화: (02)573-0109 019-9741-0109 이메일: sclk@netian.com

어라연

이동백

길이란 길 죄다 얼어붙어 그대에게 끓었던가

진눈깨비 오래도록 나를 위해 내렸던가

철없는 세상 잠들면 눈은 다시 내리고

동강 맑은 물 흐르는 술병 속 밤새 뒤척인다

젖은 신발끈 풀린 어느 바람 매운 날

가랑잎처럼 쏠리다 다시 만날까

세상의 길 죄다 녹아 발걸음 글썽인다

어쩌자고 어쩌자고

섣달그믐이 멀지 않은 어느 날 아무 일 없이 가슴이 답답해 왔다. 혈압과 맥박 공히 난조를 보였다. 내가 스스로 지어낸 병명 하여 '連休前 증후군'. 달력에 빨갛게 그려진 날이 다가오는 게 두려웠던 청춘의 한 때 이후 가끔씩 찾아와 나를 괴롭히던 놈이다.

『황제내경』, 『동의보감』 깨나 뒤적거렸던 나의 경험방에 의하면, 낯선 곳으로 무작정 떠나는 것이 최상책이며 새로운 술이라도 곁들이면 금상첨화격. 첩첩산중이나 오지로 들수록 급속히 회복하였던 터. 이에 곧 정월이라 영월이 마땅할 터. 밤 기차에 마음과 몸이 다투어 올랐다. 빼곡한 객실 안 느긋이 오고가는 오징어랑 캔 맥주에 입만 다셨다. 들여다볼수록 까만 차창 밖 풍경과 고개를 돌릴수록 자꾸 솟아오르는 여인네 가슴 사이 내 몸은 그냥 흔들렸다.

새벽녘 영월역에 일착으로 버려졌다. 나도 모르게 입이 벌어지며 아아아……. 살 것만 같았다. 다시 버스에서 내려 지팡이를 벗 삼아 한 시간 남짓 걸었을까.

'我向靑山去 綠水爾何來'란 싯귀가 새겨진 팻말과 나란히 앉아 있는, 내 눈에는 너무 잘 다듬어진 김삿갓 무덤과 첫 상면을 하였다. 짧은 만남 이후 오래 잊었던 그의 싯귀 '可憐行色 可憐心 可憐門前 訪可憐……'을 중얼거리며 길을 돌아 나왔다. 버스 창 바깥으로 희끗희끗한 눈밭을 보며 북쪽으로 덜컹거린 지 얼마 후 가수면 거운리에 닿았다.

아하! 동강은 정녕 녹수였다. 그때만 해도 된발음의 그것은 결코 아니었다. 겨울 하늘보다 차고 맑은 강 그 기슭을 훠이훠이 저었다. 솔숲으로 몸을 숨겼다가, 가파른 난간에 매달렸다가, 사람의 발길이 그리운 촉촉한 길을 가도 가도 이렇게 좋은 길을 내가 가끔씩 물새가 되거나 구름이 되어 거닐었다. 절벽 끝에 주저앉아 나의 일거수일투족을 살피고 있던 외딴집에서 점심을 때우고 일박을 간절히 요청했다. 허나 모양 좋게 거절당한 채 벼랑을 타고 내려와 어라연으로 그래도 들뜬 발길을 잡았다.

겨울 강 한가운데 비스듬히 섬으로 누워 잠이 든 어라연. 그녀는 순백의 얼음 비단 카펫을 깔아 놓고 홀몸인 나를 기다리고 있었다. 나는 정신없이 다가가서 가장 은밀하고 눈부신 모래톱에 궁둥이를 황공이 밀어 넣었다. 아무도 보는 이 없었다. 배낭 속에 꼭꼭 챙긴 영월 소주를 한 병하고 반 병째 비웠을 때 폭탄이 터졌다. 어라연

상공에서 눈꽃이 폭발하였다. 어쩌자고 어쩌자고…….

빈병에 기대어 있던 학을 일으켜 세워 나는 꽃송이 속에 훠이훠이 날았다.

1996년 『현대시』로 등단
주소: (우)703-844 대구시 서구 평리2동 1099-2 한국약국
전화: 011-9355-8666 이메일: blueheav@yahoo.co.kr

그림과 풍경
— 유홍준의 『화인열전』

이동재

옛 사람과
옛 경치가
그대들 그림 속에 있구나

이미 떠난 사람들과
화끈하게 결딴낸 풍경들이
그 속에 있었구나

돌아가 만나고 싶어도
만날 수 없고 볼 수 없는
저 세상이,

정말 그림에 떡이구나

옛 사람이 살다 간 이 땅의 자연을 엿보는 재미

여기저기 돌아다니는 것을 어지간히 좋아하는 나지만 언제부터인가 그런 일들이 차츰 겁이 나기 시작했다. 더욱이 가는 곳이 전에 갔던 곳일 경우에는 두려움마저 생겼다. 하루아침에 없던 길도 생기고 하천 정비란 명분으로 계곡이나 강안을 콘크리트로 도배하고 관광객 유치와 개발이란 명분으로 아무 곳에나 주차장이나 숙박업소, 유흥업소를 만들어 대는 것에 이미 익숙해지지 않은 것은 아니지만 볼 때마다 속이 터지는 것은 나만의 일이 아닐 것이다. 이제 산 정상까지 길을 내는 것은 대단한 공사도 아니다. '산천은 의구하되 인걸은 간데없다'는 말은 옛말이다. 사람은 어제의 그 사람이지만 산천은 이미 어제의 그 산천이 아닌 지 오래다. 이 시대의 인간들이 후손들에게 남겨 줄 풍경이 끔찍하다.

유홍준의 『화인열전』(역사비평사, 2001)은 옛 사람들의 생활 모습과 함께 그들이 살다간 이 땅의 자연을 엿보는 재미를 선사한다. 겸재 정선의 「경교명승첩」에는 조선시대 한강과 그 강안의 풍경들이 고스란히 담겨 있으며 그가 머물렀거나 스쳐 지나간 마을과 주변 풍경들도 아름답게 화폭에 담겨 있어서 지금은 사라진 당시의 풍경들을 조금이나마 감상할 수 있게 하는 것이다.

이 책은 유홍준의 글을 읽는 맛도 좋지만 심심할 때면 아무 곳이나 펼쳐서 거기에 나온 대로의 그림을 감상하는 기쁨도 크다. 관아재 조영석의 「이 잡는 노승」은 불자로서 살생은 하지 못하고 이를 손가락으로 털어 내고 있는 노승의 표정을 익살스럽게 표현한 작품인데 언제 봐도 웃겨서 스캐너로 복사해서 한동안 벽에 붙여 놓고 보기도 했다.

그림 한 장이 주는 기쁨이 실제의 자연이 주는 기쁨만 하겠는가만은, 그나마 그림이라도 볼 수 있다는 사실에 만족해야 하는 것인지 모르겠다. 지난해에는 지리산 연곡사 계곡을 콘크리트로 발라 버리더니 올핸 육모정 쪽에서 내려오는 하천을 평평하게 정비해 버렸다. 누군가에게 돈이 되는 한 이런 짓들은 그치지 않을 것이다. 현실이 그렇다면 지금의 이 모든 풍경들도 그림에 떡이 될 날을 기다리며 후손들을 위해 나는 돌아가서 무엇을 남겨야 하는 건지?

1998년 『문학과 의식』으로 등단. 시집 『민통선 망둥어 낚시』 등
주소: (우)590-200 전북 남원시 월락동 호반리젠시빌 101동 102호
전화: 017-645-0133 이메일: l2000dj@hanmail.net

月樓 포지션

이자규

바람이 몸을 눕히자 뒤이어 깜깜함이 낳은 거대한 알 하나가,
천천히 허공을 밀어 올리고 있었다 쩽, 하고 뚫린 시간 속 늪은 일순
겸허해지고 침묵으로 조준한 어둠이 방죽 뒤에서 빛을 차올리는데,
아무 죄도 없이 물총새가 찍혔다 쏜살같이 반기는 새에 대해서
오랜만에 보는 쇠물닭에 대해서 무릎까지 고갤 꺾어 물끄러미
늪을 본다 억새풀과 물여뀌들, 가는 목으로 하얀 피를 받으며 흔들리지
않으려 뿌리내리려 했던 것들이 따뜻한 한 세계를 엮고 있었다

삶의 바닥은 원래 홍수와 가뭄의 장르여서 얼룩질 대로 얼룩져
꿈에 덴 자국이 밤마다 부어올랐다 따끔거리는 물집을 달래기
위해선 차가운 달빛이 필요했다 피딱지를 아끼듯 내 안의 꽃과
혁명을 바꿔 비추었지만 개밥바라기들도 꿈이 욱신거리는지 땀인 듯
이슬이 맺힌다 빛으로 차오르다 어둠으로 기울고, 어둠으로 깊어지다
빛으로 차오르기까지 맑은 반란으로 상처를 지워 가는 이 늪의 저녁,
울퉁불퉁 좁은 길 돌멩이 사이로 걸었던 닳은 구두, 땀 냄새가 물속
까지 전해져서 머리카락에 내리는 피가 환하다 동두렷 씨앗 하나가
시방 거대한 방에서 탱탱히 영글고 있다

나는 자주 수혈 받는다

햇살이 나무 끝에서 봄 중반을 넘어선 초록을 부르고 있었다. 남지교를 달려온 바람이 둔치 여기저기에 풀어놓고 있는 푸른 냄새들.

지나간 것은 늘 지금보다 서러웠고 아깝고 후회스럽다. 몸 구석구석 숨어 있던 열망과 좌절, 분노까지도 뜬금없이 들고 일어나서 걷다가도 시를 쓰고 싶을 때가 있다. "나는 人生의 골수를 음미하기 위해 詩를 썼다."는 키팅의 말을 자주 생각한다. 삶에 부대끼다 보면 밥만으로 해결할 수 없는 정신의 심한 갈증이 일어날 때가 있다. 그럴 때는 쟁여 논 마음 하나 불러내선 길을 떠난다. 풀과 물과 흙에 들어서 자연의 피를 마시면서 허기진 가슴을 달래야 하지 않는가. 길은 돌아오기 위해 있는 것. 내 가까이는 갓바위를 품고 있는 팔공산과 우포늪을 안내하는 비슬산이 있다. 창녕 지나서 부곡온천을 뒤로 하고 달리면 바다는 아니요 강도 아닌 광목천 같은 엄마가 누워 있다. 모든 자연이 생존하는 곳인 늪에 오면 부끄럽고 쓸쓸한 내가 보인다. 육안, 심안, 혜안이 여기 있었던가. 그 기슭으로 어룽대는 파스텔 조의 물이랑과 파랑새 소리 풀냄새가 어우러져 새롭고 젊은 힘의 가능성을 얻게 된다. 늪의 그 비조형적이며 육자배기 같은 달콤한 슬픔이 아름답다. 햇빛 방울마다 가득 머금고 이슬이 떨릴 때, 풀잎이 지닌 저 황홀함과 흥분을 눈치 챈 사람이 있을까. 아니, 바람은 풀잎을 불면서 얼마나 크게 마음 설렌 것일까. 바람에 자신을 맡기고 하늘을 나는 새를 본다. 저들은 굽힘으로써 자신을 지키고 날갯짓을 계속한다. 그것은 자연에서 누리는 절로 절로의 보람 같은 것, 자족하는 안식 아니던가. 그것은 곧 땀 흘린 자의 몫이다. 철저하게 억제되고 분출되지 못한 일종의 격정 같은 에너지가 뇌파에 강하게 작용할 때마다 섭리의 밀명처럼 잉태되는 시, 여행지에서는 수혈이라고 할 수 있는 수사학적 시의 요구량이 포섭되기 때문이다.

2001년 『시안』으로 등단
주소: (우)305-340 대전시 유성구 도룡동 391 타운하우스 10-107
전화: (053)793-9935 019-9143-9935 이메일: leejakyu@hanmail.net

여우비, 버드랜드에 내리는

이장욱

여우비, 내린다. 너무 많은 그림자들이 천천히, 태양을 보기 위해, 키를 늘인다. 그런 날이 있다. 교회 첨탑을 향해 날아가던 비둘기가 문득, 뒤돌아보았다고 느껴지는,

어느 오후. 내 여자의 빈혈 속으로 내리는 비. 내 여자는 수많은 점집을 지나 매일, 내 여자의 바깥에 당도하는데. 걸어오는 내 여자와 내 여자의 우산 위로 내리는 햇빛. 나는 20세기의 돌멩이를 들어, 가벼운 자세로, 허공에 던진다. 돌멩이가 날아가다 문득, 제자리에 멈춘다. 신문 가판대의 사내가 나를 돌아본다. 갸우뚱하는 내 여자. 내 여자의 나른한 시선 끝에, 무표정하게 걸려 있는 돌멩이.

하지만 후회하지는 않는다. 너무 많은 그림자들이 천천히, 태양을 보기 위해, 키를 늘인다. 버드랜드의 불 꺼진 네온은 묵묵히 젖어 간다. 카페의 차양이 만든 그림자 바깥으로, 내 몸의 어둠이 이루는 저 오후의 갈망. 길 저편에서 누군가 성호를 긋는다. 걸어오는 내 여자의 우산 위로 내리는 햇빛. 그리고 나는 차양 밑 그림자, 그리고 여우비 속에 서 있는 남자.

여우비는 다시 내릴 것이고

　여우비는 묘하다. 비와 햇빛. 햇빛과 젖은 그림자. '20세기의 돌멩이' 같은 어이없는 표현을 쓸 수 있었던 것도, 아마 여우비 덕일 것이다.

　'버드랜드'는 찰리 파커의 비밥이 울리던 카페다. 찰리의 별명은 '버드', 즉 '새'였다. 사람들은 그를 찰리 버드 파커라고 부르기도 했다. 지금 내 책상 앞에는, '버드랜드'라고 적힌 차양을 배경으로 푸르스름한 새벽 거리의 풍경을 찍은 커다란 사진이 걸려 있다.

　아마 그때 그의 '블루 버드' 같은 곡을 듣고 있었겠지. 그러고 보면, 그의 알토 색소폰은 디지 길레스피의 환한 트럼펫과 달리 어딘지 '푸르스름'하다. 디지는 우울함을 경멸하는, 품 넓고 강력한 뚱보였다. 한때 동료였던 디지와 달리, 찰리는 일찍 죽었다. 35세.

　꽤 오래 전의 시인데, 아마 지금이라면 '버드랜드' 같은 로맨틱한 제목 따위는 쓰지 않았을 것 같다. 우연히 그의 음악을 들었던 것뿐이지만, 이제 보니 '버드랜드'는 새벽의 뉴욕 거리에나 어울리는 이름이다. 그 이미지를 벗어나니 어쩐지 허전하다. 게다가 도식적인 해석 안에 갇혀 버릴 것처럼 위태롭다. 찰리가 가장 싫어한 것은 그런 류의 '죽은' 프레이징이었다. 하지만 여우비는 다시 내릴 것이고, 버드랜드의 차양은 또 그늘을 만들겠지.

1994년 『현대문학』으로 등단
주소: (우)132-784 서울시 도봉구 창2동 대우아파트 107동 1505호
전화: (02)992-6297　017-762-6297　이메일: oblako@hanmail.net

화진포 바다에 오면

이 하

화진포 바다에 오면
안경을 닦아야 한다.
오직 은빛 바다가
쓰러지며
말하는 침묵을
네 서글한 세상
반쯤 감으며
눈으로 들어야 한다.
해질녘이면 더욱
투명해지는 바다의 내면
소리란 소리는 깊게 잠기고
해면 아래로 가라앉은
돌섬 어깨 위로
가진 것 없이 돌아가고
돌아오는
열린 바다의
뒷모습을 보아야 한다.
감출 것 많은 수직의 도시와
철조망 가시를 잊은 채
발을 적시다 보면 안다.

모래 구르는 소리에 터지는
포말 같은 담장의 허무
울타리가 없어 넘실대는
수평의 자유를
잊혀 간 풋사랑처럼
쓸어 보아야 한다
화진포 바다에 오면.

아름답고 한스럽고 자유로운

통일 전망대가 지척에 있는 강원도 고성군 현내면 초도리, 동해안 최대의 자연 석호 화진
포 호수가 있다. 40리 둘레, 그 둘레로 해당화가 얼마나 만발했으면 화진포(花津浦)일까?
화진포 호수는 동해 바다와 잇대어 있다. 파도에 떠밀려 온 새털 흰 구름이 수면을 덮고, 넓
은 갈대밭 위로 수백 마리의 철새가 갈대 보풀을 날리는 가을이면 더욱 화진포 여행은 제 맛
이 난다. 송림 사이 바람도 덩달아 푸르고 고니도 그때쯤 이곳을 오기 위한 비행의 날개 손질
이 부지런할 거다.

아름다운 외관을 지닌 화진포이지만 한스러움도 배인 곳이다. 인간의 이념이 빚어낸 대립
의 상흔이 순결한 자태에 처연함을 주고 말았다. 호수와 바다를 각각 바라보고 있는 이승만
과 김일성의 별장이 이곳 호수와 해변 한켠, 가까운 지척에 서로 마주하고 있다. 아픈 이념의
상처를 상징하듯.

호수에서 몇 마장 몸을 돌려 송림에 둘러진 새하얀 백사장, 조개 껍데기가 곱게 부서져 이
룬 해변에 서면, 거북 모양의 바위섬 금구도로 오는 파도가 제 흰 몸을 드러내기 바쁘다. 저
리 파도가 분주하여도 섬은 대나무와 몇 그루의 소나무를 안은 채 아직도 절조를 간직하고
있다.

자유롭다. 새처럼 바람처럼 하늘과 더불어 자유로운 바다. 눈앞에 놓여진 분단의 육지와
는 달리 그건 울타리가 없는 수평의 자유 그 자체이다. 우리네의 골목, 빌딩, 아파트 그리고
담과 철조망…… 그 수직의 세계를 안고 있는 육지의 상흔, 그것은 대립과 단절, 너와 나 사
이의 벽, 그 수직의 경계를 세우는 사람들의 서슬로 생긴 것이 아닌가.

화진포 바다와 호수에 서 보면 안다. 진정한 수평의 자유로움과 그 아득한 사랑을.

1996년 『월간문학』으로 등단. 시집 『하늘 하나 구름 하나』 등
주소: (우)219-832 강원도 고성군 토성면 봉포리 경동대학교 교수연구실 1225호
전화: (033)639-0352(연구실) (033)636-7264(자택) 019-256-1678
이메일: mslee@kyungdong.ac.kr

황무지의 얼굴
— 킬리만자로에서

이향지

정글 지대의 까마귀도, 수염이끼 너절한 큰나무들도, 이곳까지는 올라오지 않는다. 누가 자꾸 귓속으로 매미 떼를 집어넣는다. 조금만 더 가면 마지막 산장, 조금만 더 가면 구름의 늪이다. 누가 자꾸 쿵쿵거리며 골속을 돌아다닌다. 흙먼지들이 일으키는 작은 회오리들, 발밑에서 비틀거리는 현무암 조각들. 그것들만이 살아 있다. 그것들만이 가볍게, 그것들만이 빙글빙글, …졸음이…졸음이…졸음이…

내 좌우의 날개를 이룬 사람의 깃털들, 십여 명. 마른 옥수수 울타리 같이 웅성거리고 있다. 건너편에는 한 청년이 있다. 처음 보는 얼굴이다. 조끼까지 받쳐 입은 정장 차림, 이십대 후반의 백인이다. 빗질 자국이 남아 있는 금발. 깊고 푸른 구멍을 가진 갈색 눈동자. 손을 내밀면 닿을 듯한 거리에서, 표정 없이 건너다본다. 너는 누구냐? 그도 나도 말을 걸거나 악수를 청하지 않는다. 그는 테두리 없는 거울 속에 들어 있는 것 같다. 둘러선 사람들의 내용을 알 수 없는 웅성거림 환하게 두르고……,

알루미늄 산소통에 코를 박고 있었다. 포터 대장 패트릭의 석탄 빛 손등 너머로, 킬리만자로의 태양이 미끄러지고 있었다.

극한의 등정

　극한에 처해진 육체에 무슨 일이 일어났는가를 묘사해 보았다. 높은 곳, 더 높은 곳을 지향하던 정신이 무참히 주저앉는 날이기도 했다. 1995년 8월 15일. 그날도 나는 정상을 향해 걷고 있었다. 킬리만자로의 정상은 우후르피크, 해발 5,895미터. 언제나 만년설에 덮여 있으며, 구름 속에 머리를 감추고 있다. 그날은 해발 3,700미터에 있는 호롬보 산장에서 해발 4,700미터에 있는 키보 산장까지 걸어야 하는 날이었다. 다음날 새벽에 정상을 탈환하기로 일정이 잡혀 있었다. 아침에 스노캡을 보았을 때는, 행운의 여신이 함께 하는 듯했지만, 아프리카의 지붕은 이방의 여자에게 쉽사리 정상을 허락하지 않았다. 4,000미터를 넘으면서부터 이명이 심해지더니, 4,400미터를 넘어서자 열 걸음도 더 이상 걸을 수 없다. 눈이 감기고 다리가 흐물흐물 녹아 내렸다. 100미트를 오르려면 1,000미터만큼의 고통을 겪어라. 한 걸음을 전진하려면 열 걸음만큼의 고통을 제물로 바쳐라. 킬리만자로의 여신은 이렇게 주문하는 듯했다. 가장 큰 고통은 이명과 졸음, 호흡곤란이었다. 앉으면 편안했고 누우면 더 편안했다. 생명줄이나 다름없는 배낭까지 포터에게 맡기고 빈 몸으로 걷고 있었지만, 몸이 가장 큰 짐이었다. 몸 두고 갈 수 있는 곳, 그곳에서의 영접이 가장 가깝고 따뜻했다. 내 고통을 어루만지듯 뜬금없는 풍경들이 펼쳐지곤 했는데, 그것은 눈뜨고 꾸는 꿈과 같은 것이었다. 아무도 없는 황무지였는데, 무수한 사람들이 둘레에 나타나 웅성거리기도 하고, 여름 숲 속에 있는 듯 매미 떼가 울어댔다. 가장 또렷한 것은 내 앞에 나타났던 백인 남자의 모습이다. 그들은 하나같이 침묵의 무리였는데, 측은한 듯 바라보거나 부드럽게 에워싸거나 건너편에서 물끄러미 바라보는 것이었다. 그들은 아마 킬리만자로를 지키는 신들이거나, 내가 알지 못하는 세상에서의 내 모습이거나, 그 산에서 죽은 사람들이었을 거다. 그들은 나를 그렇게 자신들의 무리 속으로 영접하고 있었던 것이리라. 그리고 가장 마지막에 만난 풍경은 책장에 가득 꽂힌 책이었다. 이곳에도 책은 있어 그렇게 말하는 것 같았다. 그러나 그 책장을 만나는 순간 나는 갑자기 내게도 집이 있다는 생각이 났다. 고도를 낮추자 환상은 사라졌지만, 구체적인 통증이 온몸을 에워쌌다. 그때 그 편안하고 행복하고 외롭지 않던 순간에 좀더 전진했더라면, 나는 지금쯤 죽은 표범과 함께 만년설 위에서 뒹굴며 놀고 있으리라.

1989년『월간문학』으로 등단. 시집『구절리 바람소리』등
주소: (우)463-727 경기도 성남시 분당구 수내2동 파크타운 대림아파트 103-1801
전화: (031)719-4585
홈페이지 : http://www.poemgate.com　이메일 : hyangji@poemgate.com

겨울 개운사

장혜랑

개운사가 저기쯤 보이자 생각지 못한 웬 눈물이
주루루 흐릅니다 누워 있는 마음 한 가지 꺾어 나무란 적
없는데 아무 뜻 없이도 인체는 돌연변이 현상을 만듭니다
어느 전생 장작 패던 불목하나였던 내가 고향 찾은 듯
반가워 그런가 봅니다

낮은 하늘 그렁그렁 질긴 껍질 벗는 눈송이들
한 생을 비워 내도 끊지 못한 낙엽 위로 쌓이고
우주를 한 바퀴 돌아온 지친 바람 지금 막 대운전을
들어섭니다

깊은 산속 오래 갇혀 있고 싶은 계곡물
오늘도 박힌 돌들을 돌아 흐르고 물을 돌아가게 하는
돌을 그때도 많이 나무랐나 봅니다
부모같이 낯익은 코 없는 석불 앞에 서자 어깨 등을 쓸며
어디 갔다 이제 오냐 분분히 내리는 눈송이 시켜
묻고 또 묻습니다

무라진 바람 속 추운 밖을 내다보는
내 마음의 붓이 써내려 가는 길 이처럼 멀어

어느 귀한 여인의 귀걸이 같은 절집의 풍경만 동으로
한 번 댕그랑 서로 댕그랑 우문현답하듯
감기다 풀리고 풀리다 감기고 전생처럼 다시 찾아올
그때도 이유 없이 흐르는 눈물이 모자라는 대답일지 모릅니다

시여 나를 내리쳐라

사는 것도 시도 절실한 것이 없어진다
물러터질 대로 터져서는 죽이라도 쑤고 싶은 건지
그렇다 월드컵이니 피서 물난리에도 왜 조용한지도
모르고 그냥 조용하다 못해 나는 늪처럼 가라앉아 있다
누가 무엇이 나를 힘껏 내리쳐 주었으면 싶다
시여 언제쯤 나를 한번 절실히 돌아보아 줄 것인가

1996년 『현대문학』으로 등단
주소: (우)704-751 대구광역시 달서구 대곡동 대곡 청구타운 101동 1102호
잔화: (053)642-6703 016-531-6703
이메일: rang46@hanmail.net

봉평 계곡

전동균

이 돌 많고 가파른 골짜기,
햇빛도 발이 시려 깨금발로 뛰어가는 여울목이라면
누렁개 한 마리 끌고 올 수밖에 없겠다
몸 밖으로 마음을 밀어내고 그 텅 빈 자리를
막소주로 채울 수밖에 없겠다

누가, 도대체 누가
이토록 숨찬 급류의 사랑을 보내오고 있는가
무릎을 끌어안고 앉은 크고 작은 돌들은
옹이 많은 소나무들은
또 제 가슴 어디쯤 달린 눈을 열어
쏟아지는 물줄기 속 서럽도록
서럽도록 환한
사랑의 낯빛을 들여다보고 있는가

여울목 솔밭에 무쇠 솥 걸어
장작불 피우고
머리부터 꼬리까지 통째로 누렁개를 삶으며 우리는
우리가 지녀 온 눈물 같은 것을
연기 같은 것을, 비릿한 피 내음 같은 것을
남김없이 하늘로 띄워 보내고

돌 속에서 소나무 속에서 아니, 사방에서 걸어 나오는
잇몸 붉은 처녀들의 허리를 감아
며칠 낮밤을 새울 수밖에 없겠다
비가 오면 빗방울 속에, 달이 뜨면 달 속에
아무도 못 찾을 방 한 칸 들여

여행은 돌아오지 않는 것이라고

지난여름 친구들과 함께 간 강원도의 산들은 높았고 녹음은 무성했다. 이 세상을 하얗게 불태울 것 같은 햇볕 속에 숨은 봉평의 골짜기들은 또 무슨 구애의 신호를 보내듯 몇 가닥 물줄기를 흘러보냈다.

그 물길을 따라, 좁은 비포장 산길을 따라 들어간 계곡. 크고 작은 바윗돌에 몸 부딪치며 쏟아지는 급류의 물길들은 옛 여자의 울음처럼 서러운 소리들을 내며 지상으로 막 환속하고 있었다. 그리고 그 곁의 소나무들은 무심하게 혹은 어찌할 수 없다는 듯한 표정으로 서서 물속을 들여다보고 있을 뿐이었다.

소름 돋도록 발 시린 물가에서 몇 시간을 보내며, 누군가는 낮잠을 잤고 누군가는 술을 마셨고 또 누군가는 유체이탈한 듯 멍하니 앉아 있다가 개 한 마리 잡자고 했다. 그랬다. 핸드폰도 터지지 않는 이 절연(絶緣)의 골짜기에서라면, 이 서럽도록 눈부신 여울물 소리 속에서라면 그 무엇을 해도 좋을 것 같았다.

여행은 돌아오지 않는 것이라고 누군가 말했다. 귀환이 아니라 절연 혹은 소멸로 향한 여행- 그것은 우리의 삶이 그러하듯 완성되지 않는 건축물 같은 게 아닐까. 하지만 그 여행이 기쁜 것은 행로의 도중에서 만나는 것들 때문이다. 지난 여름, 이홍섭과 김남극은 봉평 계곡을 내게 선물했다.

1986년 『소설문학』으로 등단. 시집 『오래 비어 있는 길』
주소: (우)120-784 서울 서대문구 홍제1동 홍제현대아파트 102동 1205호
전화: (02)731-7438 이메일: dgjun@kobaco.co.kr

밀포드 사운드 가는 길
— 뉴질랜드 기행

정경진

이리 뒤척 저리 뒤척이며
그저 그러려니 생각 드는 마법의 섬에
쿡 눌어붙은 혼절한 잠
줄 지어 띄워 올려놓고
누렁소 잔등 위 얼음 요정 찾아
젖내 나는 발걸음으로
아장아장 걸어오는 하늘 숲
여기가 고사리 밭인지 이끼 숲인지
키위새 드나드는 길섶
삐져나오는 귓가에 찰방찰방
손에 잡힐 듯 다가앉는 파도 소리,
확 뒤집어 다시 되돌아선다 해도
한나절 다 가 버릴 저 너머로
홀러덩 밀려 나가 검버섯 하나 없는
백지 같은 백사장
한정 없이 널어놓고 출렁인다
바다가 내어민 혓바닥 위에

꿈과 꿈 사이의 여행

이리저리 맞추다 보니 2001년 6월 9일이 7월 15일로 되어 버린 남편 동기회 모임 주최로 간 해외 여행지 New Zealand는, 최초로 방문한 네덜란드 탐험가 아벨파스 마니아가 지칭한 새로운 네덜란드라는 뜻이라고 한다. 북뉴질랜드 강우량의 3분의 1이라 건조하며 등뼈처럼 카이코라 산맥과 마운틴 쿡(최초로 정착한 제임스 쿡의 도움으로 영국령이 된 것을 기념하여 제일 높은 설산에 붙인 이름) Southern Alps 산맥이 일렬로 쭉 뻗은 머리 위엔 한결같이 마법에 걸린 듯한 만년설 구름보다 더 높이 앉아 내려다보고 있다.

털깎기한 정글의 몸뚱이는 양과 사슴이 뛰어놀고, 머리와 꼬리는 그들의 철책이 되어 버린 미루나무와 소나무의 커다란 몸집에 깜짝 놀랐다. Queenstown 밤하늘엔 남십자성보다 더 찾기 쉬운 마법의 성에서 새어 나오는 불빛은 마치 북두칠성 부르는 등댓불 같다.

동 트기 전 산안개 물안개 서로 코 부비는 인사 끝내기 전에 깜짝쇼 하는 갈풀 평원의 얼음 꽃밭에 앉아 기념사진을 찍고, 귀문이 열렸다 닫혔다 하는 피요르랜드 국립관광공원에서 찰칵, 빙하 계곡 옛 광산 터널을 지나 존글르너(물개 사냥꾼)가 발견한 Milford Sound에서 유람선을 타고 Tasman Sea까지 나가 온몸 얼얼한 바닷바람도 쐬었다. 빙글 돌아서오며 물개, 폭포, 나무뿌리 뽑혀 나간 눈사태 현장도 보았다.

새벽부터 내렸는지 아침에도 내리는 눈 때문에 빠져나오는 창문은 닦아도 닦아도 뿌옇게 김이 서려 담배꽁초로 문지르니 하얀 겨울눈 덮어쓴 소꼴 능선 양꼴 능선 들판 눈 내린 Southern Alps 얼굴 모두 제대로 보인다. 세 발 내린 사진기에 다투는 시간 담고 있는 작가인 듯한 한 사람이 내내 부러웠다. 아마 한 조각 구름처럼 지나가는 우리 일행의 모습도 담았을 것 같다.

돌아오니 한창 더울 때라 자주 혼절해 버리는 잠에 취해 여독을 풀었다. 해운대 해수욕장에 다녀와서 아침나절 잠깐 황당한 꿈꾸었다. 찰방찰방 발등 간질이는 파도 소리 되돌아선다 해도 한나절 다 가버릴 저 너머로 훌러덩 밀려 나가 검버섯 하나 없는 백사장 한정 없이 널어놓고 첩첩 말아 쥔 바다 붙들고 정착하려는가. 두드려 보고 다가가야 할 백사장, 내 것인 양 밀려드는 포만감을 뉴질랜드 기행에 내어 주고 나니 Rotorua 마오리 원주민이 오른손에 조각한 긴 장대 들고 잠든 땅 깨울 듯 발바닥 쾅쾅 내리 찧으며 "깜마떼, 깜마떼" 외치며 내미는 긴 혓바닥이 보여 갑자기 황당한 놀라움에 숨이 멈출 것 같았다. 여행 떠나기 전 꿈에선 샤워하다 온몸에 토마토 케첩 같은 것이 진흙처럼 묻어 깜짝 놀랐는데 그러고 보니 이번 여행은 꿈과 꿈 사이의 여행이었다.

2001년 『시현실』로 등단
주소: (우)706-827 대구광역시 수성구 상동 56-11번지
전화: (053)763-5997 018-536-0406 이메일: jkj5997@hanmail.net

설악 단풍

정세나

아침에 바라본 가을 설악은 새댁 같다.
초야의 질 속같이 끈적하고 깊을 사랑
새벽안개 가리고 밤새 빚은 핏빛 순결, 설악이 맺은
이슬방울같이 나도 매달리고 싶다.
동해 파도같이 밀려오는 아침 햇살
하얀 버선코 적실 듯 내려서서 맞아들이고
살포시 올라 동여맨 스란치마 흘러내린다.
나무와 바람 사이 누런 잎, 제 빛깔 속에 끌어안고
온몸으로 사랑한다고 빨갛게 피워 낸다.
깊은 계곡 물소리 감기면서, 산 속 작은 것까지
새댁 고운 살빛에 묻히는 아침 설악은 곱다.
나도 한 시절 저렇게 고왔을까?
떠나야 할 마음이 초라해서 머뭇거리는데
스란치마 폭에 수놓은 단풍잎 하나 떼어다가
내 손에 쥐어 주는 새댁 같은 산.

삶의 희망을 주는 신령한 산

누더기 걸치고 강아지처럼 설악 가을을 보러 갔다. 비릿한 동해 바다도 철썩이고, 젖은 추억 모래밭에 찍고, 갈매기 날아오르듯이 달려갔다. 깊은 산 캄캄한 방에서 폐교 운동장처럼 발가벗은 어릴 적 친구들과 줄넘기 함께 뛰어넘은 밤이 쉰 머리칼같이 하얗다.

여행 가방 끌며 돌아가는 내 발목 잡는 설악 보는 순간 내 새댁 시절 보는 듯했다. 면사포 같은 안개 들추는 햇살을 맞이하며 은은히 드러내 보일 듯 비쳐지는 설악에 안긴 단풍은 새댁의 마음이었다. 관광버스는 가기를 재촉하고 돌아설 수 없는 나는 또 어쩌려고……

아름다운 사랑은 남루한 이웃들도 꽃으로 보이던 때가 내게도 있었던 것을, 폐자처럼 누덕누덕 기운 버스의 투박한 빵 빵 소리 지금은 들리지 않는다. 삶의 희열을 주는 신령한 산, 두고 올 수 없어 눈에 그림으로 담아 오고, 가슴으로 노래하는 언어 빛깔이 주는 힘 뜨겁게 살아가게 한다고 설악의 시 한 편 씌어졌다.

2001년 『생각과느낌』으로 등단
주소: (우)704-913 대구시 달서구 본리동 215-1번지 성당우방아파트 6동501호
전화: (053)621-1461 016-503-6704 이메일: jbs6501@hanmail.net

사순절, 그 어느 날 만찬

정영숙

등 뒤에 지는 해를 받고 앉은 그는
두 팔을 탁자 위에 벌리고
침묵으로 시간을 다스리고 있었네
"주님 저는 아니겠지요"
빗발치는 물음에 한마디 대꾸없이
탐욕의 계절에 조용히 눈길을 주고 있었네
그의 바로 오른편에 앉아 있는 세 사람
한 쪽 손은 돈주머니, 다른 쪽 손은 빵 그릇에
손을 대고 있는 검은 수염의 유다
눈을 감고 있는 요한
의 어깨 위에 손을 얹고 있는 흰 수염의 베드로
태양의 하얀 빛살 아래 검은 토양을 다 드러낸 채
자신의 어둠을 볼 줄 모르는 여름의 계절이었네
그는 초연한 자세로 앉아 침묵으로
사계절의 변화를 읽고 있었네

나는 그제 산 속 주막에서 벽화 속에서 본 사람을 만났네
이 세상 시간을 양 손에 담고 석양을 등지고 앉아 있었네
나와의 식사가 끝나자 그는 아무 말 없이 탁자 위에서 손을 거두었네
이 세상 시간을 뒤로 하고 숲 속으로 들어가 나오지 않았네

커피 한 잔의 풍경

유럽 문예 기행 「커피 한 잔의 풍경」을 읽을 기회가 있었다. 이 여행 기행문을 읽어보면 문학사적인 면뿐 아니라 미술사적인 방향으로 깊은 고찰과 연구의 흔적을 엿볼 수 있다. 저자는 유럽 여러 미술관을 돌아보면서 전문가 못지않은 해박한 지식과 뛰어난 관찰력으로 예술 작품을 감상하고 있으며, 그는 70년대에 이미 런던의 내셔널 갤러리, 파리의 루브르, 피렌체의 우피치, 로마의 바티칸 화랑 등을 돌며 Museum, 곧 Muse의 신전다움을 느낄 수 있었으니 미술 애호가인 나로서는 무척 부러운 일이다. 그는 1987년 피렌체에서 열린 세계시인대회 참석차 이탈리아 여행을 할 기회가 있었고, 그 후 『독서신문』에 「아펜니노에서 알프스까지」라는 제목으로 문학적 기행문을 연재한 적이 있는데, 그 중 레오나르도 다빈치의 「최후의 만찬」에 대한 감동을 이렇게 서술하고 있었다. "다가올 운명을 전혀 알지 못하는 제자들은 화기애애하게 만찬을 즐기고 있는데 그리스도는 조용히 중얼거리는 듯한 말을 던진다. 창졸간에 장내는 숙연해지고 제자들은 자기 귀를 의심한다. 얼어붙은 듯 긴장된 침묵이 흐른다. 그 다음 순간 장내의 공기는 진동하면서 소란해진다. 세기의 명화 「최후의 만찬」은 바로 그 다음 순간을 포착한 것이리라. 이 화면을 통해 이 극적인 과정의 전체를 느낄 수가 있다. 하나의 공간적인 화면에 시간적인 경과가 이렇게도 잘 표현될 수 있을까. (중략)이처럼 격동하는 파동을 중심으로 의연히 앉아 있는 그리스도는 체념과 우수 속에 조용히 두 팔을 탁자 위에 벌리고 있다. 제자들의 빗발치는 물음에 준열함이나 노여움이 전혀 없이 묵묵히 체념의 손을 펼치고 있을 따름이다." 그리스도의 마음을 두 손을 통해서 읽을 수 있었다는 것은 저자 자신이 이미 그리스도 안에 들어가 그리스도의 마음과 일치하고 있었던 것은 아닐까. 그의 혜안은 그리스도의 두 손 안에서 우수와 체념을 읽었으며 또한 그리스도의 말씀을 화면을 통해서 읽을 수 있었던 것이다.

그 후 우연한 기회에 그를 만난 적이 있었는데, 나는 그를 보면서 「최후의 만찬」의 그리스도를 떠올렸던 것이다. 그와 그림 속의 그리스도와 어딘가 닮은 적이 있다는 생각을 하며 아래의 졸시를 쓰게 되었다. 그는 1987년 이미 산타마리아 델 그라체 성당에서 그리스도와 일체를 이루고 있었고, 나는 12년 뒤인 지금에 그를 통해 '최후의 만찬'에 그려진 그리스도를 느끼게 된 것이다.

내가 그에게서 받은 첫인상은 이 세상 사람이 아닌 듯한, 속세를 초월하여 이승에 현존하지 않는 듯한 느낌을 받았다. 그건 그의 오랜 여행에서 겪은 눈빛 때문이었으리라. 그는 세계 여러 나라를 돌며 부딪치는 새로운 사람들과 사물을 통해, 또한 많은 예술 작품을 접하면서 삶의 유한성을 벗어난 무한한 초월에의 세계와의 교감을 느낄 수 있었으리라. 그에게 여행은 영원한 고향인 어머니를 찾아가는 모성 회귀의 길이었는지 모른다. 피렌체에 있는 우피치 미술관에서 본 마리아 像에서 神的인 엄숙성과 동시에 인간적인 어머니 像, 또는 애인과 같은 얼굴을 찾았듯이, 그는 영원한 고향인 어머니를 찾기 위해 또다시 여행길에 오르곤 했을 것이다. 「커피 한 잔의 풍경」에서 여행의 본질을 巡禮행위에 비유한 것처럼 그에게. 여행은 미지에 대한 모험심에 앞서 어떤 숭고한 경지에 이르기 위한 道程으로서의 길 찾기였던 것이 아닐는지. 즉 푸근한 대지에 대한 갈망, 현실에서 이루지 못한 영원한 모성을 향한 순례의 길이었다는 생각을 하게 된다. 어쩌면 지금쯤 그는 시간이 흐르지 않는, 영원한 모성이 존재하는 나라에서 편히 쉬고 있을는지.

1993년 시집 『숲은 그대를 부르리』로 등단. 시집 『 물 속의 사원』 등
주소: (우)133-070 서울시 성동구 행당동 347 대림아파트 125-901
전화: (02)2296-0017 019-331-0031 이메일 : naracy@hanmail.net

어린아이와 새와 꽃으로

조영순

우울하고 흐리고 쓸쓸한,

"너 어디 아프니?"
"많이 아파?"

먼 앞날 걱정하면서 짐을 지우지 않는
하루
하루를
어린아이와 새와
꽃으로
무슨 큰일을 못했더라도
하찮은 실수로
상심할 일 왜 없을까?

여행을 통한 나의 처방전

　여행은 나에게 일상이 지닌 잡스러움을 잠시 거부하고 모든 소유를 잊게 해주는 가장 절실한 처방전이다. 지난 여름에는 처방전 한 장을 달랑 들고 티베트로 떠났다. 비가 내린 라싸 공항에 내렸을 때는 구름이 산허리쯤에 걸려 있었다. 깨끗한 하늘과 바람, 종교와 생활이 일치하는 신의 땅, 산들의 머리는 구름 위의 하늘에 두고 몸뚱이는 단단하게 땅을 딛고 있다.

나는 종교의 유무에 상관없이 성스러운 기운을 맞아들이고 싶었다. 중앙 티베트를 가로지르는 얄룽창포 강의 지류인 라사 강을 따라 출렁거렸고 초모랑 마을을 올려다보며 산을 넘었다. 포탈라 궁과 노부랑카, 조캉 사원, 바르코 시장 등을 천천히 걸어서 다니다 지치면 자전거 인력거를 타기도 했다. 우리는 모두 영적인 존재라는 것을 잊지 말자는 14대 달라이라마의 말씀을 되새기며 내가 만난 것은 죽을 것만 같던 두통이었다. 이제 새로운 몸을 요구하고 있는 것이다.

척박한 자연과의 싸움과 거대한 자연 앞에 놓여 있던 신심이 티베트의 모든 것들을 낳았을 것이다. 폐허의 무심한 색, 저 황량한 벌판에 드문드문 놓여 있는 흙집들은 마치 있는 듯 없는 듯하다. 삶의 터전이면서도 아무런 흔적이 없다.

볼 수 없는 물체와 색채들, 소리들, 맡지 못하는 냄새, 맛볼 수 없는 맛, 우리가 느낄 수 없는 감정들이 몸속에서 스멀스멀 일어선다. 노란 버터기름 등잔 아래 더듬거리며 이것들을 읽어 내서는 엽서에 쓴다.

모진 바람으로 인해 티베트는 어디를 가나 타르쵸가 펄럭인다. 운해의 높이보다 더 높은 곳에서부터 순례자들은 포탈라를 향해 길을 떠난다. 기도로 시작해서 기도로 마무리하는 사람들은 조캉 사원 앞에서도 오체투지로 하루를 밀고 나간다. 수도 없는 부처들을 밝히는 야크 기름 언기에 질식하면서 설시도 멈추어 가고 있다. 조금씩 티베트 땅에 알맞은 몸으로 태어나려는 듯싶다. 누구나 이곳에 오면 자기의 전생을 느낄 수 있으리라. 조캉 사원 광장에서 노래 부르고 차를 마시며 웃고 이야기하는 것이 정겹기만 하다. 순례자들이 새벽에 지피는 주니퍼 향. 티베트 땅 곳곳에서 오체투지를 하며 찾아온 끝도 없는 순례자들로 인해 사원의 돌계단은 닳아서 반들거린다. 옴 마 니 밧 메 훔, 머리를 길게 늘어뜨려 두 가닥으로 땋은 사람들이 사원과 거리 곳곳에서 쉼없이 마니 차를 돌리며 사원을 순례한다.

수줍게 버터 차 한 잔을 내 주는 손이 까만 아이가 죽음은 환영에 불과한 것이며 삶까지도 그림자일 뿐이니 서둘러 그것들에서 벗어나라고 속삭인다. 그 속삭임의 울림은 크다. 우리의 삶의 환영이 너무도 깊은 까닭이다.

1998년 『현대시학』으로 등단
주소: (우 130-062) 서울시 동대문구 제기2동 137-97
전화: (02)922-5934 019-259-5934 이메일: masage@lycos.co.kr

코코펠리 1
― 몸의 노래

홍은택

검은 구름이 살굿빛 달을 입술에 물었네 달은 내 나무 피리 끝에 열린 둥근 열매라네 쉬잇, 들여다볼수록 속 깊어 캄캄해지네 달은 텅 빈 우물이야 두레박 같은 운명이 그믐밤 우물 바닥을 치네 차오르네 시린 금빛으로, 조금씩, 지금은 사람의 마을로 내려가야 할 시간, 신의 마음을 벗고 사람의 몸을 입어야 하네 날숨과 들숨이 어긋나며 자리를 바꾸네 풋살구 한 입 깨문 듯 입 안 가득 슬픔이 차오르네 목젖이 환해지네 봐, 우물에 물 넘치듯 천지간에 뿌려지는 금빛 깃털 모양의 음표들! 너울대는 깃털의 몸짓으로 내가 곱사춤을 추네 팔로버디 잎새 그늘 속 숨죽인 눈빛들이 나를 지켜보네 몸을 지닌 자들의 슬픔 한 잎, 피리를 불며 나는 붉은 바위벽으로 걸어 들어가네 정지된 풍경의 내 등 뒤로 골짜기를 감도는 오래된 달빛 소리

달빛 환한 시의 씨앗

내가 그를 만난 건 북미 대륙 남서부를 뒤덮은 소노라 사막에서였다. 나는 일년을 소노라 사막에서 살았다. 그는 한반도보다도 더 넓은 그 사막 어디에서나 볼 수 있었다. 그는 볼 때마다 늘 피리를 불며 춤을 추고 있었다. 그의 이름은 코코펠리(Kokopelli), '등 굽은 나무' 라고 했다.

코코펠리는 선사시대부터 그 지역에 살아온 호피족 인디언들의 신이었다. 수천 년 동안 풍요, 다산, 음악, 춤의 신화적 상징이었던 그는 붉은 암벽에 그려진 모습으로, 단단한 표석에 조각된 모습으로 살아 있다. 굵은 선으로 간결하게 처리된 외곽선의 윤곽은 그가 곱사등이였음을 알려준다.

호피족 인디언들은 종종 그가 곱사등이 아니라 등주머니를 메고 있다고 믿었다. 그의 등주머니에는 씨앗이, 꽃이, 아기가, 노래가 들어 있다고들 했다. 이른 봄, 붉은 먼지 날리는 언덕 위로 그가 피리를 불며 떠오르면 겨울의 언 땅이 녹고 비가 내렸다. 마을을 돌며 그는 등주머니에서 옥수수 씨앗을 꺼내 심는 법을 가르쳤다. 산과 들판에 꽃들을 피워 냈고, 불임의 아낙들을 수태로 이끌었다. 붉은 협곡 사이로 달이 뜨면 그는 피리를 불고 춤을 추며 온 들판을 헤매었다. 다음날 아침, 들에 나온 사람들은 옥수수 줄기가 밤새 한 자씩 웃자라 있음을 보곤 했다.

사람의 몸을 지니고 사람들 틈에서 살았던 신 코코펠리. 그의 음악 소리, 그의 춤사위는 어떤 몸을 입고 있었던 걸까. 등 굽어 왜소한 그의 형상이 깊고 어둔 슬픔의 얼굴로 내게 들어왔다. 피리를 불고 춤을 추며 그가 내 몸 구석구석에 달빛 환한 시의 씨앗을 뿌리고 있다.

1999년 『시안』으로 등단
주소: (우)487-802 경기도 포천군 포천읍 선단리 대진대학교 영어영문학과
전화: (031)539-1595 016-444-1595 이메일: paterson@hanmail.net

5부

스릴 포이트리

강운화

고형진 권혁웅 김명석준

— 자유 주제의 산문

백영애 송기흥

이수영 이인람 정주연

바라나시의 강 이쪽에서

강유환

꽃불

꽃불이 뜨고 있다. 살아서 이루어야 할 소망들이 꽃불로 지펴지고 있다. 망자들의 처연한 몸짓은 지상의 어둠으로 내린다. 들끓던 한낮의 수라계를 안고 흘러가는 Ganga강. 곧 하루가 닫힐 시간이다. 수없이 일어났다가 꺾이고 휘어지고, 또 소멸해 버릴 욕망들이 물위에 떠서 가물거린다.

띄워 놓고 보면 소심하고 보잘것없는 바람들. 너무 작아 물 속으로 쏠려 들어갈 것처럼 위태로워 보이기까지 하는 그것들을 지니고 산을 지나고 도시를 지나고 사람들 사이를 거쳐 온 이들이 배 위에 서서 번지는 노을처럼 달뜨는 가슴을 열어 저마다 꽃불을 띄우고 있다.

사람들이 모인 저쪽, 활활 타오르는 장작과 함께 한때 욕망의 거처였던 육신이 탄다. 강물 위 여기, 산 자들의 배 주위를 빠져 나온 작은 꽃불들도 탄다. 빠른 물살에 걸려, 바람에 걸려 소망을 꺼뜨리고 물 속으로 사라지는 꽃불.

내 소망은 무엇인가? 보일 듯 말 듯 마음 한구석에 떠 있는 눈썹 달같이 희미해진 내 소원은 무엇인가? 그 숱한 몽환의, 살아서 이루지 못할 허상들은 무엇인가? 소망을 꺼내어 붉은 꽃잎과 잘 섞었지만 너무 젖은 것인지 잘 타질 않는다. 무거운 탓인지 곧 가라앉을 것만 같다. 나는 내 소망들을 덜어내지도 않고, 불붙이지도 않고 맨꽃인 채로 그냥 띄워 보낸다. 불도 없이 손을 빠져나가는 꽃배. 가볍게 물결을 스치듯 일렁거리다가 한 번 기우뚱하더니 어디로 떠나갔는지 그뿐 물은 그저 흘러간다.

강물

송곳 꽂을 틈도 없이 복잡한 바자르(시장)의 촘촘하게 박힌 상인들의 눈을 뿌리치고 화장터 쪽으로 발길을 돌린다. 타는 몸에서 나오는 매운 연기들이 어둠처럼 깔렸다. 오물이 묻은 발을 물에 넣어 안쪽 바깥쪽 반씩 살짝살짝 뒤집으며 씻다가 문득 강물도 머나먼 길을 걸어와 부르튼 발을 내놓고 여독을 푸는 것이 아닐까 하고 생각했다. 히말라야의 설산이 녹아 흘러드는 이 강을 성스러운 어머니 강이라고 부른다는데, 재와 온갖 부유물로 범벅이 된 몸을 끌고 또 어디론가 흘러갈 이 강물. 노쇠한 내 어머니의 여정과도 같은 그 물이 안쓰러워 가슴이 아렸다. 마음의 깊은 바다, 빠른 물살에 떠밀린 퇴적물들이 쌓여 만든 내 응어리에 쩽쩽 균열이 생기는 소리가 들린다.

완전 연소하지 못하고 덜 타 덩어리째 굳은 것은 그대로 물 속으로 버려지고 있었다. 여기에서 제 몸이 소진되는 것을 최고의 축복이라고 여기고 누워 있는 사체를 구경하는 사람들은 나와 같은 나그네와 유족 몇이다. 눅눅해지는 허공을 되새김질하는 흰 소나 불꽃을 바라보며 어슬렁거리는 개들 사이에서 담담하게 서 있지 못하고 천으로 둘둘 말려 연소를 기다리는 육신처럼 내 몸은 빳빳해진다. 그들이 장작개비에 얹혀 타는 것처럼 내 몇 겹 두른 카르마에도 불이 붙어 온몸이 홧홧해진 듯싶다.

장작더미 앞에 앉은 유족들은 슬픔도 경건함도 없이 타고 있는 육신을 멍하니 바라보다가 떠나가고 상주는 타지 않은 부분을 물 속에다 던진 후 허리까지 담그고 중얼대다가 어둠 속으로 사라질 뿐 그들의 의식은 그것으로 끝이었다.

게스트 하우스로 돌아와 나는 정성 들여 오래오래 콧속과 귓속, 머리카락 한 올 한 올까지 그슬린 내 살갗을 씻어 냈다. 내게 묻은 죽음의 냄새와 흔적을 고스란히 강으로 되돌려 보내 주었다.

연기

　오늘은 많은 이들이 세상을 버렸는가. 게스트 하우스 옥상 위 식당. 가트에서 오르는 연기들이 안개처럼 두텁다. 부정한 땅이라서 사람이 살지 않는다는 강 건너에는 인간의 군상처럼 모여 있는 나무들이 밤을 툭툭 털어내고 잿빛 가득한 강 이쪽으로 녹색의 기운을 건네준다. 새벽 강을 미끄러지듯 지나가는 배들이 일으킨 파문이 발밑에 밟힐 듯 가깝다. 푸르스름하게 하늘로 오르는 몇 줄의 연기와 떠나간 이들의 혼불 같이 옅게 퍼지는 노을과 회색 구름을 일제히 나누어 들고 흩어지는 새떼들. 그 뒤로 둥그런 해가 떠오른다. 살아남은 이들의 새날이 시작되는 것이다.

　바람 따라 올라온 몇 가닥의 뿌연 혼들이 길을 바꾼다. 아직은 때가 아니라는 듯 강변 따라 죽 펼쳐진 도시를 가리우며 이승을 한 바퀴 휘돌기도 하고 미련 없이 이곳을 빠져 나가야 한다는 듯 빠르게 하늘로 스며 들어가기도 한다. 제 갈 길을 찾은 것들은 바람과 함께 섞이어 솟구치자마자 흩어진다.

　해가 내 눈과 높이가 같아졌다. 탈리라는 음식을 시켜 놓고 '내 발 밑 옥상 아래는 죽음이고 여기 발 위는 삶이다. 저기 아래는 퇴물림의 자리이지만 여기 위는 향연장이다'라는 생각을 하는데 주검을 태우는 냄새가 옥상까지 올라와 코에 확 끼친다.

　그러고 보니 저 아래도, 여기 위도 연기로 자욱하다. 아침을 준비하는 식당에서 나오는 연기로 가득해진 산 자들의 공간. 백여 가지의 음식 주문을 소화해 내는 주방에서 쉴 사이 없이 나오는 연기와 당구를 치는 사람들이 뿜어내는 담배 연기. 자기의 지나온 여정과 떠나갈 곳만을 쏟아 내는 말 사이의 불꽃. 그렇게 엇나가는 대화에서 생솔가지 타듯 나오는 매운 냉갈들. 삶과 죽음의 냄새가 내 콧속에서 하나로 섞이고 아래에서 올라온 불티들이 접시 위에 앉는다. 저기 겉만 태우고 있는 대화들처럼 나도 잘 타지 않은 것들을 억지로 태워 내 주위는 늘 자욱할지도 모른다. 내 입이나 몸짓은 배기관이 아닐까? 나는 죽음이 섞인 접시에서 입을 뗀다.

이 강기슭에 오래 남아 나는 노래할 것이다. 강물 위 수놓는 꽃불을, 손가락 마디 끝에 도톰하게 걸리는 눈썹달을. 삶과 죽음에 경계가 없는 강물에 며칠을 담근 나는 마치 죽음에 대한 공포를 떨쳐 버린 듯이 담담하게 행동하면서도 실은 더 이승의 삶을 탐하리라. 하나의 장작개비나 가랑잎처럼 불붙어 버려지는 몸일지라도 성스러운 의미를 덧씌우며 심각한 표정을 지을 것이다. 죽음의 마지막 모습을 보았던 그 시간은 망자들에게 돌려보내고 더 끈질기게 죽은 자 위에서 빨대를 꽂아 주스를 마시고 밥을 먹고 너스레를 떨며 맥주 거품 마지막 방울까지 맛있게 핥아 낼 것이다. 내 몸 여기저기 물어뜯는 미물들에게 피 한 방울 나눠주는 것도 아까워하며 살아남은 시간을 이야기하겠지. 걸쭉하게 삶과 죽음을 마구 휘저어 놓은 잔에서도 눈을 부릅뜨고 죽음의 검불들을 추려내리라.

생사에 대해 말하는 이의 대화 중간을 툭툭 잘라 내며 내 식의 이야기를 얼른 끼워 넣겠지. 대화에 귀를 기울이는 듯한 내 눈빛은 이미 시타르 반주에 맞춰 손과 목과 발을 좌우 비대칭으로 꼬던 아리아인의 깊은 눈빛 속으로 들어간 지 오래여도 그의 말 또한 계속될 것이다.

2000년 『시안』으로 등단
주소: (우)138-747 서울시 송파구 가락2동 140번지 가락쌍용아파트 103동603호
전화: 016-9885-7799 이메일: kkyhn@hanmail.net

슬램 포이트리(Slam Poetry)

고형진

버클리는 미국 안에서도 매우 독특하고 이색적인 분위기를 풍기는 곳이다. 1960년대의 월남전 반대 시위와 히피 문화의 발상지인 버클리는 미국에서 가장 진보적이고 개방적인 정서를 간직한 곳이다. 작년 미국의 9·11 테러 사건 직후에는 아프가니스탄에 대한 부시 대통령의 무력 사용에 대해 버클리 시만이 유일하게 반대표를 던진 바 있어 '사랑과 평화'를 외치던 히피들의 후예임을 다시 한번 드러내며 예의 그 완강한 진보성을 과시한 바 있기도 하다. 당시 이를 두고 미국의 일부 보수적 인사들은 버클리안들이 진정으로 미국인이냐는 비난을 퍼붓기도 했다. 그런가 하면 버클리에는 그 주변에 히스패닉과 동양인들, 그리고 흑인들도 많이 살고 있어 백인 문화 위에 다민족의 여러 문화가 깊이 스며 있다. 여러 인종과 문화가 엮어 내는 이 지역의 독특한 분위기는 매우 역동적이고 흥미로운 느낌을 준다. 이처럼 미국에서 가장 진보적이고 자유분방하며 다민족의 문화가 깊이 섞여 있는 버클리는, 가장 미국적이지 않으면서 가장 미국적인 곳인지 모른다.

이렇듯 개방적이고 다면적인 컬러를 지닌 탓인지 버클리는 미국 안에서 시문학이 가장 융성한 곳으로 꼽힌다. 현재 미국의 계관 시인이자 버클리 대학(UC Berkeley) 영문과 교수인 로버트 하스가 이 지역의 시문학의 명성을 드높이고 있으며, 데이비스 대학(UC Davis)의 영문과 교수인 게리 슈나이더를 비롯한 여러 유명 시인들이 이 지역에서 활발한 창작 활동을 벌이고 있고, 아마추어 시인들과 시 애호가들도 아주 많다. 한 번은 버클리 대학의 강당에서 게리 슈나이더의 시낭송회가 있었는데, 수천 석의 객석이 꽉 찬 것을 보고 그 시인의 인기와 이 지역 사람들의 시사랑에 크게 놀란 적이 있다.

　이곳의 시문화의 특징 가운데 하나는 시낭송회가 크게 활성화되어 있다는 점이다. 크고 작은 시낭송회가 버클리 대학과 지역의 공공 도서관, 그리고 카페에서 정기적으로 열리고 있다. 그 가운데서 이채로운 것은 '슬램 포이트리(Slam Poetry)'라는 이름의 시낭송회이다. 대학의 게시판이나 지역 신문의 행사란에는 '슬램 포이트리' 광고가 매일 실려 있어, 이 행사가 이 지역에서 매우 활발하게 벌어지고 있음을 알 수 있다. '슬램 포이트리'는 캠퍼스의 야외에서 하기도 하고, 카페에서 벌어지기도 하는데, 특히 인상적인 것은 카페에서의 행사이다.

　카페에서의 '슬램 포이트리'는 미국 카페 특유의 소란스럽고 자유분방한 분위기 속에서 록 밴드와 시 낭송자와 청중들이 한데 어울려 한바탕의 시 잔치를 만들어낸다. 록 밴드가 먼저 요란한 음악으로 흥을 돋우고, 이어 사회자가 미국 특유의 수다스럽고 커다란 제스처로 시 낭송자를 소개하면, 이어 시 낭송자가 무대에 나와 다양하고 과감한 제스처로 시를 낭송하여 청중들을 사로잡고, 이어 휘파람 소리와 함께 커다란 박수가 객석에서 터져 나오고, 그러면 다시 록 밴드가 그 흥을 이어나가는 등 시낭송회 전체가 들뜨고 흥겨운 분위기 속에서 이루어진다. '슬램 포이트리'의 중요한 특징인 과감함 제스처와 함께 토해 내는 길고 빠른 템포의 시낭송을 보노라면 마치 대중 가수의 랩송 무대를 보는 것 같은 느낌을 주기도 한다. 한국에서의 엄숙하고 조용한 시낭송회에 익숙해 있는 나에게 이런 요란한 시낭송회는 매우 이채로운 것이었다. 대중적인 카페에서 시와 록 밴드가 어울리고, 자유분방한 분위기에서 시 낭송자와 청중들이 함께 호흡하며 떠들썩하게 시를 즐기는 이색적인 시낭송회를 보면서, 영상 예술과 상업 문화의 위세 앞에 점점 변방으로 몰리는 시가 이곳 버클리에서 가장 미국다운 착상과 문화로 거듭나고 있다는 느낌을 받았다.

1988년 『현대시학』(평론)으로 등단
저서 『한국 현대시의 서사 지향성 연구』, 『시인의 샘』
주소: (우)135-240 서울시 강남구 개포동 주공아파트 503동 1308호
이메일: hjko@sangmyung.ac.kr

사랑의 地形學 · 2
— 독서 일기

권혁웅

*

삼류 에로 비디오물 가운데 '연필 부인 흑심 품었네'란 제목을 가진 비디오가 있다는 말을 듣고 한참을 웃었다. 하지만 연필 부인은 그 마음으로 새로운 운명을 꿈꾸었을 것이다. 자기 '운명에 밑줄을 그어 가며'(파스테르나크) 살고 싶었을 것이다.

*

매혹(魅惑)이라는 말은 도깨비에게 홀린다는 말이다. 하긴 그렇다. 곰보라도(와, 엠보싱이야), 들창코라도(손가락을 넣고 싶어), 대머리라도(당신은 너무 눈부셔) 그 사람은 여전히 아름다울 것이다. 나는 매혹된다.

*

내가 없을 때 나를 헐뜯는 이들이 있었다. 거 참, 고약한 사람이다. 중얼거리다가 내가 바로 그 고약한 사람임을 깨달았다.

*

그리움에도 할증이 붙는다. 밤이 깊을수록 더욱더 생각난다고.

*

원형 감옥이라는 모델: '주위는 원형의 건물에 에워싸여 있고, 그 중심에는 탑이 서 있다. 탑에는 원형 건물의 안쪽으로 향해 있는 여러 개의 큰 창문들이 뚫려 있다. 주위의 건물은 독방으로 나뉘어져 있고, 독방 하나하나는 건물의 앞면에서부터 뒷면까지 내부 공간을 모두 차지한다. 독방에는 두 개의 창문이 있는데, 하나는 안쪽을 향하여 탑의 창문에 대응하는 자리에 있고, 다른 하나는 바깥쪽에 면해 있어서 이를 통하여 빛이 독방을 구석구석 스며들어 갈 수 있다. 따라서 중앙의 탑 속에는 감시인을 한 명 배치하고, 각 독방 안에는 광인이나, 병자, 죄수, 노동자, 학생 등 누구든지 한 사람씩 감금할 수 있게 되어 있다. ……그것은 바로 완전히 개체화되고, 항상 밖의 시선에 노출되어 있는 배우 한 사람이 연기하는 수많은 작은 무대들, 수많은 감방이다.' (푸코) 그건 자의식을 비유한 것이 아니었을까? 자기 행동을 관찰하고 조롱하고 찬탄하는 또 다른 자기 눈. 삶의 각 부면을, 그때의 행동을 각각의 무대로 나누어 저장하고 분류하고 감시하고 평가하는 눈.

*

'주관적인 내면은 원래 서정시의 통일점으로 간주되어야 한다. ……심정이 구체적인 상태로 집중되어 나타난 기분이 가장 완전한 서정적인 것이 된다.' (헤겔) 그러니까, '대전 브루스'나 '목포의 눈물'은 빼어난 서정시이다. '잘 있거라, 나는 간다……'에 담긴 서정적 자아의 완전한 절망, 혹은 결별.

*

사랑의 말은 사랑의 대상을 실어 나르는 수단이 아니다. 사랑의 말이

지시하는 의미체가 따로 있는 것은 아니다. 차라리 사랑의 말 자체가 사랑이라고 해야 한다. 나는 한 벗이 슬픈 얼굴로 지나온 일을 추억하며, '나는 영원히 A, B, C만을 사랑할 거야'라고 말하는 것을 들었다. 이 역설에는 우스꽝스러운 슬픔이 있다. 나는 'A만을, B만을, C만을 사랑'한 것이 아니라, A와 B와 C '만을' 사랑한 것이다. 사랑의 대상을 제한하는 이 조사 바깥에 따로 사랑이 있었겠는가?

*

사랑에 빠진 자의 말은 점점 실어증을 닮아 간다. 그의 말은 '당신을 사랑한다'는 짧은 단문으로 점점 축소되어 간다. 세상을 떠돌아다니는 어떤 말도, 그 말로 다 흘러 들어간다. 그렇지 않은가? '당신을 사랑한다'는 고백에는 이후도 이전도 없다. 이전 말은 그 고백을 향해 가는 긴 정서적 논증의 과정이며, 이후 말은 그 고백에 의한 동어반복이다.

*

쾌락주의자로 알려진 에피쿠로스는 일흔 두 살에 설사를 자주 하고 오줌이 나오지 않는 병에 걸려 죽었다. 진정한 즐거움은 쌀 때 싸고 멈출 때 멈추는 것이다. 물론 이 말을 비유로만 해석해야지 육체 얘기에 적용해선 안 된다. 다르게 말해서, 쌀 때 싸고 멈출 때 멈추어야 한다.

*

노자(老子)의 아내를 친구가 가로챘다. 노자는 친구 집에서 친구가 아내와 부둥켜안은 채 뒹굴고 있는 장면을 목격했다. 그는 아내가 자신과 다른 남자를 동시에 사랑할 권리가 있으며, 여기에 아무 나쁜 마음도 품지 않아야 한다고 생각했다. 어디서 많이 들은 말 같지 않은가? 역신에게 아내를 빼앗겼던 처용이 부른 노래 말이다. '들어와 자리를 보니 다리가 넷이로구나. 둘은 내 것인데, 둘은 누구 것인고? 본디 내 것이지만, 빼앗긴 걸 어쩌겠는가?'(처용가) 노자도 처용도 대단한 사람이다. 질투를 이기면 초월하거나 병에 걸리지 않는다. 물론 등신이란 소리는 듣겠지만.

*

여자애들, 봉긋한 가슴은 무덤 같다. 거기에 한 세월을 묻어 버렸던 게 분명하다. 아니, 두 세월이라고 해야 하나?

*

'당신만을 영원히 사랑할 거예요.' 이 말에서 '만'은 제한이나 한정의 뜻을 지닌 조사가 아니라, '바로 지금'을 의미하는 부사이다. 또 '영원히'는 시간을 의미하는 부사가 아니라, '매우, 몹시'를 의미하는 강조사이다. 처음 말은 '나는 지금 당신을 매우 사랑합니다'로 번역해야 한다. 영원한 사랑? 그럴 수 있는 사람이 있다면, 내기를 걸고 말하건대, 그는 강박증 환자임에 틀림없다.

*

'토템적 분류 체계를 검토하면 중요한 것은 형식일 뿐 내용이 아니라는 것을 알게 된다.'(레비-스트로스) 토템 체계만 그런 것이 아니다. 체계를 구성하는 것은 모두 그렇다. 사랑의 말들 역시 다르지 않다. 그와 그녀가 맞짝을 이루는 이항 대립이라는 형식이 중요할 뿐, 내용은 중요하지 않다. '자기야, 사랑해.' '날 정말 사랑해?' '그럼, 너무너무 사랑해.' 둘은 이미 수천만 번도 더 사용한 낡은 기호들을 마치 자기들이 처음 발견한 말인 것 마냥 주고받는다. 그러고서도 다른 자리에 가서는 그 기호를 사용하는 다른 연인들을 손가락질할 것이다. '아이, 유치해. 닭살 돋아.' 그러나 사실, 우리 모두는 치킨 파크(Chicken Park)의 주민들이다. 중요한 것은 그가 그녀와 체계를 이루었다는 것이다. 그러니 길을 가다가 일렬로, 다르게 말해서 체계적으로 구워지고 있는 통닭구이를 보면, 잠시 자기 사랑에 대해 숙고해 주길 바란다.

*

'세상에 백락(천리마를 알아보는 안목을 가진 명인)이 있은 연후에 천리마가 있는 것이다. 천리마는 항상 있지만 백락은 항상 있는 것이 아니다.' (한유) 비단 인재(人才)에 관한 이야기만은 아니다. 사랑에 빠진 자들은 모두 백락이다. 내가 그이를 발견했어, 그이처럼 착하고 멋지고 능력 있고 상대를 배려할 줄 아는 사람은 없어. 그런 이가 왜 없겠는가. 그건 그이의 속성이 아니라 사랑의 속성이다. 천리마가 늘 있지만 백락이 항상 있는 것이 아니듯, 사랑할 만한 사람은 늘 있지만 그 사람을 사랑하는 사람은 항상 있는 것이 아니다.

1997년 『문예중앙』으로 등단
주소: (우)132-777 서울시 도봉구 쌍문4동 한양아파트 6동 1002호
전화: (02)907-4087 016-241-4083 이메일: hyoukwoong@hanmail.net

시에 관한 단상

김석준

1

시는 괴물이다. 시는 진리이고 초월이고, 우주이다. 시는 얼굴은 있지만, 현실적으로 존재하는 얼굴은 없다. 그래서 시인은 시 앞에 절망한다. 가장 성공한 시들도 가장 아름다운 얼굴을 하지만, 아름다운 얼굴로 치장한 시도 따지고 보면, 시의 일면만을 전유했기에 잊혀지는 시가 된다. 진정한 시는 자신의 본색을 드러내지 않는다. 그러므로 시는 야누스적인 얼굴을 가진 괴물이다.

2

시는 사랑이다. 아니 더 정확하게 말해서 시는 영혼을 살찌우지만 육체를 파괴하는 두 얼굴의 사랑으로 무장하고 있다. 몸이 행복하면 시는 오지 않는다. 마음이 행복해도 시는 오지 않는다. 그렇다면 시는 어떻게 오는가? 시는 영혼과 육체가 스스로를 사랑하지 않을 때, 저주받은 운명을 스스로 받아들일 때, 시는 가장 찬란하게 영혼과 육체를 살찌운다.
그러므로 시의 얼굴은 아이러니적이다.

3

서정주는 시다. 그러나 서정주의 삶은 시적이지 않다. 서정주는 그러므로 세상에서 가장 시를 못 쓰는 사람이다. 그러나 그럼에도 불구하고 서정주의 시는 아름답다. 시의 얼굴이 아이러니이듯, 가장 행복하지만,

가장 교활한 삶을 살다간, 서정주의 삶도 하나의 아이러니이기에 서정
주의 삶은 시적이다. 서정주의 삶은 가장 성공한 그렇지만 가장 불행한
시다. 가장 잘 씌어진 시다. 서정주의 삶.

4
뮤즈여! 시가 많이 씌어지지만, 시답지 않은 시만 생산되는 시대에,
뮤즈, 당신은 침묵하고 있는가. 시의 정령은 인간을 외면하고 있는가?
시답지 않은 시가 시랍시고 활보하는 시대에 시여 당신의 진정한 얼굴
은 어디 있는가! 정녕 그대는 가장 나중에 오는 선지자인가?

5
운명 같은 시를 만나고 싶다. 시가 운명이었으면, 시적인 삶으로 삶
의 여백을 채울 수 있다면, 그 삶은 가장 저주받은 삶이지만, 저주받은
운명은 죽음으로 시를 쓰고, 죽음으로 삶의 의미를 인도한다. 옥타비오
파스가 『활과 리라』에서 시에 관한 독설을 퍼부었지만, 그는 시의 본질
을 모른다. 왜냐하면 시는 언제나 가능태로만 있을 뿐, 자신의 온전한
모습을 인간에게 보여주지 않는다. 인간의 역사가 시의 역사였듯이, 시
는 인간의 역사를 길항시키는 하나의 기재로 남을 뿐이다. 다시 말해서
시는 삶의 형식이 존재하는 한, 생명과 생명 사이에서, 생명과 무생물
사이에서 존재 자체의 의미를 밝히는 등불로 남는다.

6
시여, 그대는 어디에 있는가. 그대가 무엇이관데, 사람들을 그렇게
설레게 하는가. 시여, 그대는 세상에 없는가. 시를 알아보는 백락이 없
는 것인가. 아마 시는 있으나, 문학 권력만이 존재할 뿐이지. 좋은 것을

나쁘게 말하고, 나쁜 것을 좋다고 말하는 시대의 위선 앞에 시의 신 뮤즈도 질렸나보다. 시의 영혼이 삶과 우주를 이끌어 가지만 시는 가장 작은 목소리로 세계를 응시하면서 지지 않는 찬란한 별처럼 저 드넓은 우주를 유영하겠지.

시여, 행여 슬퍼하지 말게나, 시여, 행여 주눅 들지 말게나, 시를 논하는 위선자들에게 시여, 지지 않는 별처럼 찬연히 빛나서 허례와 가식과 위선의 그늘을 떨게 하여라.

7

보들레르, 말라르메, 랭보와 같은 위대한 서양 시인은 있어도, 위대한 한국 시인은 없다. 세계를 통어할 수 있는 위대한 세계사적 시인은 한국에 존재하지 않는가. 있다. 존재한다. 그러나 우리 시에 대한 자긍심이 없기에 한국에는 시가 없다. 에즈라 파운드가 시는 민족의 안테나라고 했을 때, 분명 시는 민족의 거울이자, 영혼이요, 삶과 죽음을 길항하는 하나의 중요한 본질적 국면이라는 것을 천명한 것이다.

한국의 문학 연구자여! 비평가여! (나 자신을 포함해서) 우리의 정신과 문화가 서양 것으로 도배되는 현실 속에서 정녕 그대는 온전한 정신을 가진 지식인인가. 말 잘하는 모리배는 있어도 진정한 철학자, 학문하는 사람은 없다. 욕망만 있을 뿐, 진정성은 결여되고 있다.

1999년 『시와시학』(시), 2001년 『시안』(평론)으로 등단
주소: (우)140-022 서울시 용산구 용산동 23-16 3통 1반
전화: (02)793-2745 이메일: ksjun38@hanmail.net

이 형에게

배영애

이 형!

내가 여행을 간 사이 전화를 주셨다고, 얼마나 당신의 글을 사랑하면 그렇게 빨리 고쳐진 당신의 글, 아니 나의 소감을 묻는지, 알겠소마는 내 글재주는 당신이 생각하는 만큼 신통치 못하다오. 그리고 당신의 살아온 열정적인 삶을 보면서 그리 쉽게 글을 고칠 수가 없었소. 다시 한번 말하지만 당신이 어린 날 동동구리무 장사까지 안 해 본 일이 없다고 했을 때 나는 거의 믿지 않았고 유머로만 알았지요. 그러나 나의 영원한 피앙새와 동학년임에도 나이가 두 살이나 많은 이유를 당신의 시를 읽고 알게 되었고 농담 같은 당신의 진담이 웃음 밑에 가라앉은 두꺼운 서러움과 삶의 용기에서 오는 것이었음을 알았을 때, 정말이지 당신은 멋진 항해사이고 시를 사랑하는 시와 더불어 살 수 있는 끈끈한 생명력을 지닌 청년기의 화산 같은 사람임을 알았소.

철없이 두 남자를 팔에 끼고 해운대 바다를 걸으며 깔깔거리던 어린 날의 샌드위치 연애 시절.

하얀 제복의 해양대학생, 그리고 후줄근한 체크 와이셔츠를 걷어 입은 70년대의 대학생 키가 큰 두 남자 사이에서 마냥 웃어 되던 내 젊은 날이 새삼 그리워지는군요.

전깃불도 없는 깡촌 합천 봉산중학교에 부임하여 부엉이와 호랑이 불빛을 보며 산골의 밤을 지내며 낭만이라 여겼던 그곳까지 문안을 해

주던 친절한 친구 이 형, 그 때문에 나는 내 동료 교사인 혜숙이를 당신의 아내가 되도록 적극 노력했지요. 약혼한 나보다 먼저 결혼을 한 그대들, 얼마나 야단법석이었는지, 그리고 떳떳하게 용기 있게 사랑을 표현하던 이형은 당시 해외파였기에 가능했을 거요. 그 모습이 부럽기도 하였소.

이제와 생각해보면 모두가 소중한 우리들의 삶의 한 부분인 것을, 수몰지구가 되어 다시 볼 수 없는 그 학교 교정과 아름다운 산골 인심을, 나를 '배 청산' 이라고 놀리던 그 당시를 우리는 항시 기억해야 할 것 같소.
이 형!
한 가지 당부가 있소.
이 형의 원고 속에는 슬픔이 그대로 녹아 있소. 이제는 이 슬픔을 아들과 딸의 삶 속에 용해하여 한 줄기 무지개빛 같은 것으로, 아니면 유리알처럼 맑은 것으로 표현하면 어떨까요. 삶의 회환은 누구에게나 있는 것이지만 유독 이형은 혹독하게 치러 낸 어린 날의 삶을 지워 버릴 수야 없겠지만 시란, 예술이란 승화의 현장이란 생각이 나의 생각이요. 시를 통해서 아련한 추억도 떠올리지만 지나친 고뇌 표출보다는 한번쯤 감정을 정화하여 보는 이로 하여금 너무 무거움을 느끼지 않도록 함이 어떨까하오? 이 형의 시 가운데 〈간이역〉과 〈 영어 사전〉이 맘에 듭니다.

"민주주의 빙자한/ 이름 다른 개미들이/ 흰 옷 입은 땅에 검은 병정처럼/ 차례로 지키고 섰다."라는 표현이나, 〈간이 역〉에서 "구름도 바람도 허허로이 머물다/ 완행열차 타고/기약 없이 떠나는/ 노을 지는 산동네에/ 노인 들이 머무는/ 종착역이 된 간이역" 등은 당신의 주관적 감정이 절제되어 있어 다른 작품과는 차이가 나는군요. 그리고 당신의 삶의 가장 깊은 곡의 슬픔이 젖어 있는 '보리 고개 너머'는 정말이지 당신의 산 역사와 같은 진한 눈물이 베에 있어 다시 한번 당신의 꿋꿋한 젊은 날에 박수를 보내오.

"내가 이것을 낳자마자 죽어라고/ 얼음장 같이 찬 윗목에 두었더니/ 이것이 죽지 않고 파당 파당거리는 것을 우짜겠던고/ 나중에 알고 본께네/ 내가 탯줄을 안 끊어서 파당파당 거렸던 기지……/ 그래서 지가 살았지요……"

여기에는 당신과 어머님의 가난한 역사 현실이 그대로 노출되어 있으나 생명의 존귀함을 보게 되어 더욱 눈시울이 뜨거워지는군요.

이 형! 다시 한 번 당신의 가족의 건강과 안녕을 누구보다도 '배 청산'은 기뻐하며. 외롭고 고독한 항해 중에 문학과 동지 되어 지내고 있음도 축하하오. 이만큼의 글도 쉬운 것이 아니라오. 한 줄의 시를 위하여 몇 시간의 무노농이 있어야 한다는 깃을 누구보다도 나는 잘 알고 있기 때문에 당신의 이 작품이 쉽지 않은 결과물임을 칭찬하고 싶소. 다소 건방지다고 할지 모르겠으나 어차피 우리는 죽마고우인지라 격식은 비켜 가기로 하고, 다음달쯤 다시 인천항에 오면 전화 주시면 당신의 벗이자 나의 사랑하는 임자와 함께 나가리다. 그리고 그 때 글로 못한 애기 다시 한번 하면서 웃어 봅시다.

1998년 『문예한국』으로 등단
주소: (우)137-130 서울시 서초구 양재동 374-3 봉우시티빌딩
전화: (02)529-8051 011-334-8051 이메일: bwcity@unitel.co.kr

봉선화 전설

송기홍

우리 아파트 화단에 싱글생글 봉선화 선연한 이파리가 햇살을 받고 있다. 누가, 무슨 생각으로 저 풀꽃의 씨를 뿌려 내 발걸음을 멈추게 하는지? 가만히 다가가 이파리 하나를 쓰다듬어 주었다. 파르르 떨리는 작은 마음 하나가 내 얼굴을 붉게 물들여 주는 듯했다. 곧 색색의 꽃을 피워 오가는 사람들에게 환한 마음의 등불이라도 켜 주려는 걸까? 하지만 여름내 피고 지고 할 저 꽃이 나에겐 꼭 밝고 아름다움의 그 무엇이 아님을 어쩌랴.

15년 전 나는 광주 인근의 작은 시골 고등학교에 첫 부임을 하여 2학년 담임을 하게 되었다. 남녀 합반이었던 그 아이들의 얼굴이 생생하게 떠오른다. 그 아이들 중 한 여자아이를 나는 평생 잊을 수 없을 것이다. 장래 희망 직업란에 '시인'이라고 쓴 아이, 양쪽으로 갈래 지어 단정하게 묶은 머리, 눈이 작고 웃을 때 양 볼의 보조개가 인상적이었던, 무엇보다 윗입술에 까만 점이 하나 이쁘던 아이, 그 아이가 하루는 조퇴를 하러 왔다. 이유를 묻자, 여자 나이 18세…… 하며 말꼬리를 흐리는 것이었다. 얼른 눈치를 채고 보내 준 기억이 난다. 공부도 썩 잘하여 시험 때마다 1등을 놓치지 않았던 그 아이가 지금은 어디에서 어떻게 지내고 있는지, 봉선화 필 무렵이면 그 아이에 대한 기억의 꽃잎들이 피어나는 듯 가슴 한 쪽이 아려 온다.

그때 나는 학교 앞에 작은 방을 하나 얻어 혼자 살고 있었다. 부근에서 자취를 하고 있던 그 아이는 밤에도 가끔 나를 찾아와 이런저런 이야기를 나누다 돌아가곤 했다. '남자들이 술에 취하듯 밤에 취해서 선생님 댁까지 오게 되었다.'고 애써 자기 속마음을 털어놓을 땐 무슨 말을 어떻게 해주어야 할지 아직 햇병아리 교사이던 나는 적절한 생각을 떠올리지 못했다. 하지만 그 아이의 얼굴은 늘 밝았다. 어쩌다 진지한 표정으로 말을 할 때도 나는 거기에서 어떤 장난기 같은 것을 느끼곤 했다. 아무튼 그 아이는 나를 담임교사로서는 물론, 이성으로서 좋은 감정을 갖고 있으며 늘 내 곁에 있고 싶어하는 것으로 생각되었다.

해가 바뀌어 3학년이 되어서도 그 아이는 내가 맡은 반에 편성되었다. 여전히 내 책상을 몰래 와서 정리하고, 화병에 꽃을 갈아 꽂아 놓고……. 그러던 어느 여름날 밤늦게 집으로 가니 문틈에 편지 한 통이 꽂혀 있었다. 그 편지의 추신에 '봉선화의 전설을 아십니까?'라고 씌어져 있었다. 나는 봉선화가 어떤 전설을 가지고 있는지 알지 못했다. 그리고 그 아이에게 직접 물어본다거나, 모른다고 말해 줄 수도 없는 정황이었다. 그러기에는 그 편지의 내용이 너무도 곡진한 한 영혼의 간절한 마음을 담고 있었다. 그렇게 시간이 흐른 며칠 후 그 아이가 보내온 쪽지를 통하여 나는 봉선화의 전설을 알게 되었다.

옛날 중국의 어느 마을에 주씨 부부가 살았는데 늦도록 슬하에 자식이 없었다. 그러다 50이 넘은 나이에 딸을 하나 낳았는데 이름을 봉선이라고 하였다. 봉선이는 어려서부터 가야금을 곧잘 켜곤 했다. 봉선이 나이 16세가 되었을 때 나라에서는 왕자비를 뽑는다는 방을 곳곳에 붙였다. 왕자가 소리를 좋아하기 때문에 전국에서 아름다운 소리를 들려줄 수 있는 예쁜 처녀를 구한다고 했다. 이에 봉선이도 왕자비를 뽑는 날 대궐에 가서 아름다운 가야금 소리를 왕자에게 들려주었는데, 불행히도 노래를 잘하는 다른 처녀가 왕자비로 뽑히게 되었다.

봉선이는 집에 돌아와서는 곧장 시름시름 앓게 되었다. 그날 멀리서 본 왕자에게 첫눈에 반하여 그만 왕자를 그리워하는 병이 들고 말았다. 그러던 어느 날 왕자의 행차가 봉선이의 마을을 지난다는 소문이 있었다. 봉선이는 그 행차의 시각에 맞추어 동구 밖으로 나가 온 마음을 다하여 가야금을 켰다. 다행히 지나가던 왕자가 그 가야금 소리를 듣고 신하들에게 까닭을 물은즉, 신하들이 봉선이 이야기를 들려주게 되었다. 그런데도 왕자는 아무 말없이 지나가 버렸다.

왕자의 행차가 지나간 뒤에도 봉선이는 더욱 처절하게 가야금을 켜다가 그만 손톱 끝에 피를 흘리며 죽어 갔다. 거기에 그대로 장사를 지내 주자 다음날 아침 그 무덤에서 붉은 꽃이 피어났는데, 그 꽃의 이름을 봉선이의 이름을 따서 봉선화라고 하였다. 그로부터 그 꽃이나 잎을 손톱에 물들이는 풍습이 생겨났는데 그 손톱의 꽃물이 첫눈이 올 때까지 지워지지 않으면 간절한 사랑이 이루어진다고 한다.

마음속에 누구 한 사람을 받아들여 그 사랑이 혼자만의 가슴앓이로 오랫동안 자신을 괴롭힌다면 그건 보이지 않는 감옥에 갇혀 사는 것이나 마찬가지일 것이다. 영리한 그 아이는 그때 나에게도 그 감옥 하나가 있었다는 걸 알아 버렸을까? 내가, 나를 어찌할 수 없었던 신열의 시간들……. 고백하자면 그 아이의 뜻을 받아들일까도 생각해 보았지만, 그때 내가 갇힌 감옥의 문이 너무 단단하게 닫혀 있었기 때문에, 그 아이가 받아야 할 또 하나의 상처 때문에 나는 봉선이의 사연을 듣고도 그냥 지나쳐 버린 바보 왕자일 수밖에 없었다.

그렇게 시간이 흐르고 그 해 12월 어느 날 나는 또 한 통의 편지를 펼치게 되었다. 지원한 대학의 시험을 마치고 버스를 타고 가는데, 그때

첫눈이 내렸다고 했다.
손톱 끝에 아스라이 남아 있는 봉선화 꽃물…….

2001년 『시안』으로 등단
주소: (우)506-307 광주시 광산구 신가동 산 41-3 세종고등학교
전화: 019-618-7194   이메일: pskh4444@hanmail.net

멀리서 동오리를 향해

이수영

　북한산 너머가 많이 어둡다 했더니 단 몇 초가 지나지 않아 경회루는 폭설에 갇히고 말았습니다. 어떤 이는 눈소나기라 하고 또 다른 이는 눈나비떼라고 하더군요.

　사람들은 일부러 찾아온 듯하였습니다. 눈 쌓인 하얀 길을 발자국도 새롭게 열어 가며 서로 감싸 안고, 우산을 받쳐 든 남자의 모습이 퍽 아름다워 보입니다. 아마도 그들은 일을 끝내고 점심을 함께 했을 테지요. 눈송이가 날리기 시작하자 약속이나 한 듯이 고궁으로 향했을 겁니다.

　성난 것 같기도 하고 미친 것 같기도 한 눈바람을 타고 아기 주먹만한 함박눈이 내 이마 위에서 체온과 충돌합니다. 눈은 내 안에다 길을 내고 물의 시원을 좇아 달려가자고 소리칩니다. 인간이란 존재의식을 뛰어넘어 물과 같이 여행한다면 어떤 황홀경이 기다리고 있을까요. 물론 내 몸의 구석마다 문이란 문 다 열리겠고 체세포의 분열 또한 왕성해지겠죠.

　토요일 한때를 나는 궁궐의 뜰에서 보내고 있습니다. 눈길을 따라 박물관에 가 닿았습니다. 전시관은 딴 세상 같더군요. 안전지대에 고여 있는 공기가 무척 아늑하게 느껴지기도 했습니다. 참 따뜻합니다.

　미륵반가사유상, 손마디가 너무도 고와서 슬픈 얼굴을 한 한 남성 앞에 섰습니다. 그의 손끝이 가리키는 것, 행복과 불행, 슬픔과 기쁨, 풍요와 가난, 만남과 헤어짐 등 사바세계의 명암들을 떠올려 봅니다. 문득 누군가가 그리워집니다. 이 시각에 바로 내 옆자리에 불러 앉혀 놓고 싶은 그런 그리움이 간절하다 못해 사무치기까지 합니다. 둘러보니 아무도 없군요. 갑자기 세상이 무서워집니다. 쓸쓸해집니다.

인사동에서라면 나는 주저 없이 전화번호를 눌렀을 겁니다. 신호음이 몇 번 울리고 나면 나는 단박에 반가운 목소릴 들을 수 있지요. 가까이 있을 때도 있고 혹은 먼 데라고 알려주기도 합니다. 그러면 서운하더라도 나는 참아야 합니다. 정다운 음성을 들은 것만 해도 부자가 된 느낌이니까요. 살가운 면이라고는 없는 내가 뜸하고 있다가 오랜만에 전화를 하게 되면 웬일이냐 전활 다 하고 철났네, 하십니다. 그럴 땐 부끄럽지만 어떡해요 생긴 대로 살아야죠.

어쩌다 술이라도 한 잔 한 뒤에 집으로 돌아가실 때면 정말이지 걱정이 됩니다. 나는 두어 번 문자 메시지를 넣습니다. 나중엔 귀찮으셔서 이렇게 소곤거리십니다. 안 좋아요. 그리고 창 밖에 뭐가 보입니까 깜깜한 밤중에. 내 걱정 마시고 그대나 안녕히 가세요.

사람이 구체적인 내음으로 다가올 때가 있습니다. 신선한 식물성의 과일 향이나 흙이 묻어 있는 뿌리들의 건강한 냄새로 아니면 동물성의 무거운 것으로?

내가 보기에 시를 쓰는 모씨가 모과 향이라면 소설을 쓰는 모씨에게선 도라지 냄새가 납니다. 부성의 끈끈한 정이 녹아 있는 깊은 어떤 맛, 그 내음 때문인지는 몰라도 당신 곁에 있다 보면 누구든 그 향기에 동화되어 감을 부인하지 못합니다.

언젠가 여러 사람들 틈에 어색하게도 내가 끼어 있었죠. 자연스럽게 말을 걸어오는 이가 있어 다행이다 싶었는데 그때 말씀하셨죠.

수영이 건드리지 마. 내 딸이야.

사람들은 웬 딸? 하는 눈짓으로 감히 뭐라 하기를 삼갔죠. 나는 미안함과 고마움을 동시에 가지면서 아이고 산통 다 깨시네 했습니다.

생각나시는지요. 고기리에서 이른 가을 햇살이 풀어진 오후를 까모밀레 차를 마시며 「외로움은 시체」라는 소설의 이야기를 들려주신 일. 나는 속으로 가만히 울었습니다. 정신과 육체가 완전히 맨 밑바닥까지 내려갔을 무렵인지라 그 울림은 더욱 컸던 게지요. 그곳의 저수지도 가뭄에 허연 배를 드러낸 채였어요. 그 저수지처럼 아무것도 걸칠 수 없었던 나의 황량함을, 더러는 숨통을 열어 주셨던 것 생각도 안 나실 거예요.

이현우 씨에 대하여 추억하실 때 당신도 속으로 우시는 것을 난 잘 압니다. 지금이라도 그를 찾아 나서고 싶단 말씀을 하실 때면 저는 그만 잊어버리라고 말합니다. 어찌 그리 인정머리가 없는가 섭섭하실 테지만 말리지 않으면 정말로 그 불쌍한 친구를 찾아 나설 것만 같아요. 황 시인께도 지극 정성이셨죠.

사람을 귀하게 여기는 당신, 부성의 각별한 정으로 사랑을 받아 본 사람이 어디 몇 사람뿐이겠습니까. 오늘 나는 당신과 함께 이 시대를 호흡할 수 있어 엄청 행복합니다. 고맙습니다.

어느 날 저녁 시간을 기억합니다. 詩菊軒 마당에서 어둠에 잠겨 가는 사물들을 바라보며 하신 말씀. 내가 죽으면 저 한켠에다 묻어 주게.

낮에 쏟아졌던 눈송이들은 어디로 갔을까요. 내 목숨 안에 빙산 하나를 만들어 놓은 건 아닐까요. 그 큰 산의 모서리가 조금씩 녹아내려 나를 적시고 흘러 흘러서 멀리 가겠지요. 매정하기는 원, 당신은 어쩌면 나에게 그런 부탁을 하시는 겁니까.

1993년 『문예사조』로 등단. 시집 『깊은 잠에 빠진 밤의 열쇠』 등
주소: (우)135-090 서울시 강남구 삼성동 100-4
전화: 514-2380 이메일: elviraa@unitel.co.kr

아주 평범하게 살다간 한 사람에 대한 기억

이은림

다니는 직장에서 주민등록등본을 요구해 왔다. 며칠을 미루다가 오늘에야 부랴부랴 발급 받았다. 지하철에 오르고 나서 아무 생각 없이 등본을 펼쳐 보는데 나도 모르게 그만 눈물을 떨구고 말았다. 내 이름과 함께 선명히 찍혀 있는, 지워진 줄 알았던 이름 석 자를 본 것이다. 등본 상단에 "이 · 영 · 택의 孫"이라고 분명히 적혀 있었다. 직장 입구까지 들어가면서도 나는 연신 콧물을 훌쩍거렸다. 오래된 일인 것 같지만, 이제 겨우 4개월. 아직도 나는 당신을 보내지 못하고 있었다.

너무나 사소하고 지독히도 개인적인 이야기일 것이다. 그러나 자칫하면 놓아 버릴 것 같은 몇 토막의 기억을 바로 지금, 여기에 풀어놓아야겠다. 아주 평범하게 살다간 한 사람에 대하여. 나를 비롯한 몇몇만이 아는 사람, 바로 내 할아버지(1916~2002)에 관한 기억들을 말이다.

나는 장남인 아버지의 첫 딸이었다. 당연히 아들을 기대하셨던 할아버지였지만, 첫 손인 나에 대한 사랑은 지극하셨다. 다정다감한 성격은 아니었지만 바쁜 엄마를 대신해 나를 업어 주시기도 하고, 초등학교 입학 전까지 한글이며 구구단도 당신이 도맡아 가르쳐 주셨다. 덕분에 받아쓰기는 거의 백점을 받았고, 매번 감투를 썼다. 4학년 때 학급 반장으로 뽑혔을 때는 나를 들쳐 업고 덩실덩실 춤을 추기도 하셨다. 할아버지에게 업혀 본 마지막 기억이다.

수첩 한 구석에도 적어 두었지만 할아버지에게는 본받을 점이 참 많았다. 의지력, 결단력, 부지런함, 근면, 한결같음, 절약 정신, 책임감,

규칙적인 생활, 여유로움……, 천성 탓에 한시도 가만히 계시지 못하셨다. 낡은 작업복의 할아버지의 뒷모습을 보노라면, 노동의 신성함이라는 말을 쉽게 이해할 수 있었다.

할머니께서 喪中에 들려주신 이야기 한 토막. 징용으로 일본에 건너가셨을 때, 할아버지께서 공장 일로 번 돈을 노름판에서 모조리 잃은 적이 있었다고 한다(거의 논 열 마지기 값이었단다). 신혼 때였는데, 할머니는 너무 어이가 없고 기가 막힌 나머지 옆에서 계속 지청구를 하셨다고. 할아버지는 하루 종일 말없이 누워만 계시더니 그 후부터 평생 노름판 근처에는 얼씬도 않으셨단다. 그리고 할아버지의 결단력은 다시 한번 발휘된다. "이 할애비 이제부터 담배 끊는다." 하시더니 무려 40여 년 동안 피워 온 담배를 거짓말처럼 딱 끊어 버리시는 것이 아닌가.

한번은 이른 아침부터 나를 깨우셨다. 무슨 일인가 했더니 내 방 책꽂이의 『미당 서정주 전집』을 가리키며 "저 양반 텔레비에 나왔다. 봐라." 하시는 거다. 손녀딸이 시 쓰는 솜씨가 있다는 걸 누구보다 자랑스러워하셨고, 시인의 꿈을 존중해 주셨다.

'든 자리는 몰라도 난 자리는 안다'고 했던가. 당신의 빈자리가 너무 크다. 아니, 갈수록 커지고 있다. 보고 싶어도 더 이상 볼 수 없다는 현실이 너무 야속하다. 얼마 전, 영화 「집으로…」를 볼 때도 내내 할아버지를 떠올리며 울었다.

그리운 할아버지. 다시 뵐 수 있다면 누구보다 당신을 존경한다고 말씀드릴 텐데. 튼튼한 새 자전거 한 대와 성능 좋은 보청기도 꼭 해 드리고 싶은데, 이제는 그저 가슴 아픈 기억으로 남아 계시는 나의 할아버지, 꼭 한번만 더 뵐 수 있다면.

1997년 『영남일보』, 2001년 『작가세계』로 등단
주소: (우)130-826 서울시 동대문구 이문1동 298-18번지
전화: 016-564-3896 이메일: sosuno326@freechal.com

賻儀

정주연

40대 한 소설가가 이유 없는 병에 시달리다가 주변에 알리지 말라는 말을 남기고 죽었다는 기사를 읽는다. 나는 내가 생전의 그를 만난 적이 있었는지 잘 모른다. 이 문장의 어법엔 무리가 있을 것이다. 그러나 구름이 풀어지며 내린 비가 어느 강의 여울목에서 만나 한 줄기 강물로 흘러가는 것처럼 내가 어디선가 그의 옷깃을 스쳤는지는 옷의 접힌 솔기 밖에는 모를 일이다.

그가 죽음을 예견하고 이승의 마지막 순간을 괴로워하고 있을 무렵, 나는 광안리에서 다대포에 이르는 부산의 해안을 바람처럼 떠돌고 있었다. 어딜 가나 낯익은 곳이어서 오랫동안 가지 않았던 곳이었는데 알 수 없는 일이었다. 하동을 지나 광양까지 갔던 나는 강진으로 가지 않고 부산으로 되돌아 왔던 것이다. 그 부산의 해안을, 나는 해운대만을 비껴 떠돌았다.

그리고 나는 신문에서 채영주의 이름과 함께 해운대를 만난다. 그때 내가 해운대를 비워 두었던 것은 아마도 오늘 쓰는 부의의 한 줄을 위한 것이었는지도 모른다고 생각한다. 해운대와 해운대 앞바다를 출렁이는 채영주의 넋을 떠올려 본다. 죽음 앞에서 미칠 것 같던 광기에 시달렸을 그대여……. 흘러가라.

간이역 한 쪽에 처박힌 늦은 봄밤의 내 그림자처럼 채우지 못한 시간에 맺히지 말고, 서면에서 다대포에 이르는 빈 해안을 타박타박 걷던 발걸음 끝에 술잔을 담았으니 그대 이 술로 눈물을 닦아라. 하데스에서 떠

올라 오던 에우리디체처럼 죽음을 마주 본 자는 시퍼렇게 언 손을 잡고 갈 수밖에 없으니, 저기

  흔적 남기지 않는 가마우지 몇 마리
  해안을 간다
  노을은 낙관으로 남긴 채
  바닷가에 그대 홀연히 사라지니
  수평선만 남았다

바다 한가운데를 춤게 떠돌 그대의 이름을, 물 뚝뚝 떨어지는 그대 이름 석 자를 나는 두 손으로 건져 든다. 아직 그대의 이름을 들여다보지 못했으나 '카페 파라다이스'의 불이 꺼지지는 않을 것이다. 귓가를 맴도는 바닷새의 짠 울음소리가 유월 내내 쉬지 않는다. 야간열차 맞은 편을 달려가던 사내의 기억나지 않던 얼굴이 모니터 바탕 화면의 파도에 밀려온다. 안개 때문에 나가지 못한 배들이 드문드문 피리어드처럼 떠 있던 날이었다.

    주)『카페 파라다이스』는 얼마 전 세상을 떠난 소설가 채영주의 작품이다.

2000년 『시안』으로 등단
주소: (우)122-050 서울 은평구 갈현동 동익파크 2동 908호
전화: (02)6384-2246   016-315-3810 이메일: poeminblue@naver.com

첫사랑, 그 마음으로

글쓴이 / 詩眼詩會
펴낸이 / 孫貞順
펴낸곳 / 모아드림

1판1쇄 / 2002년 9월 30일
서울 서대문구 북아현3동 180-22
전화 / 365-8111~2
팩시밀리 / 365-8110
E-mail / morebook@koera.com
http://www.morebook.co.kr
등록번호 / 제2-2264호(1996.10.24)

ⓒ 詩眼詩會
ISBN 89-5664-011-4

값 8,000원

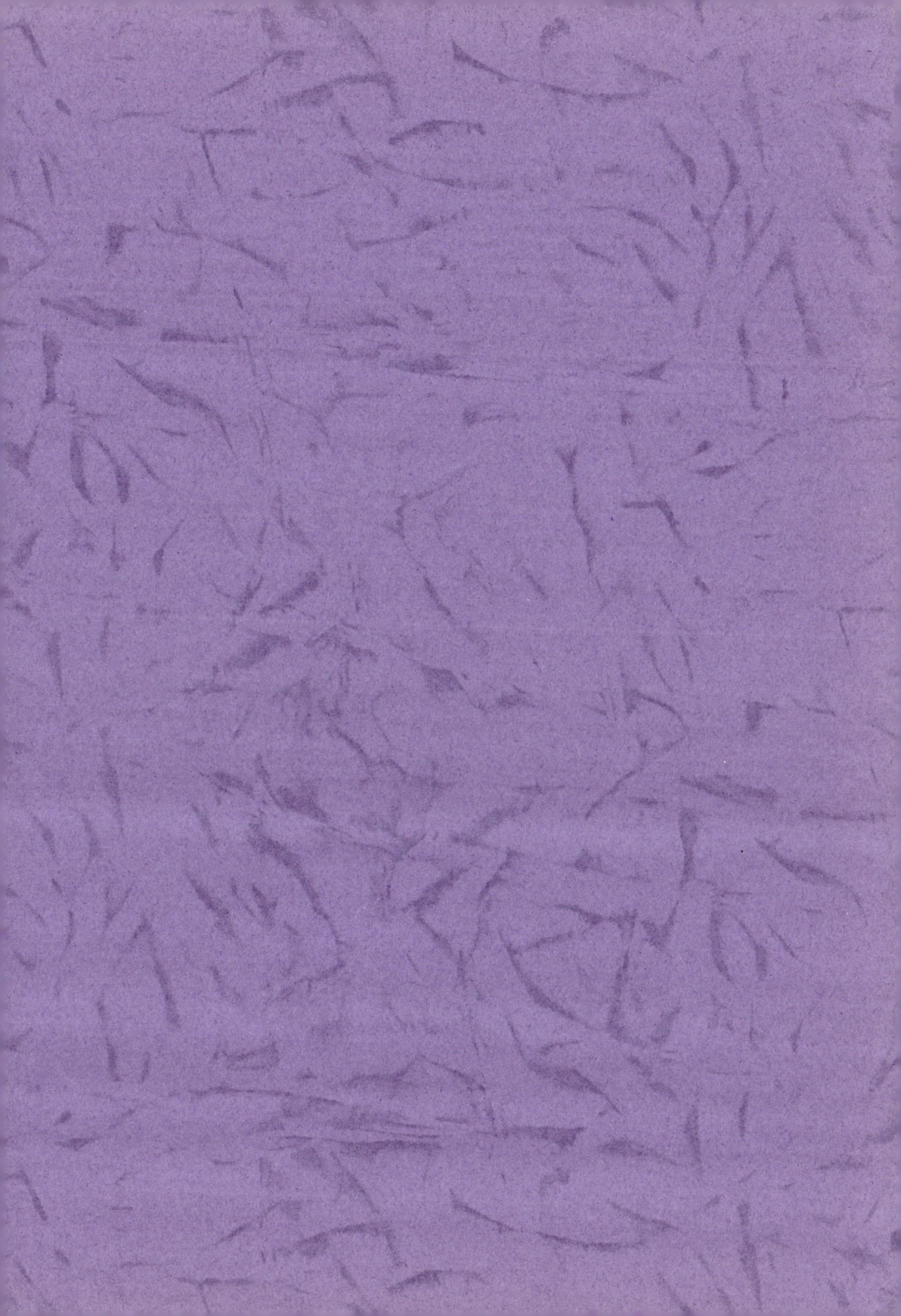

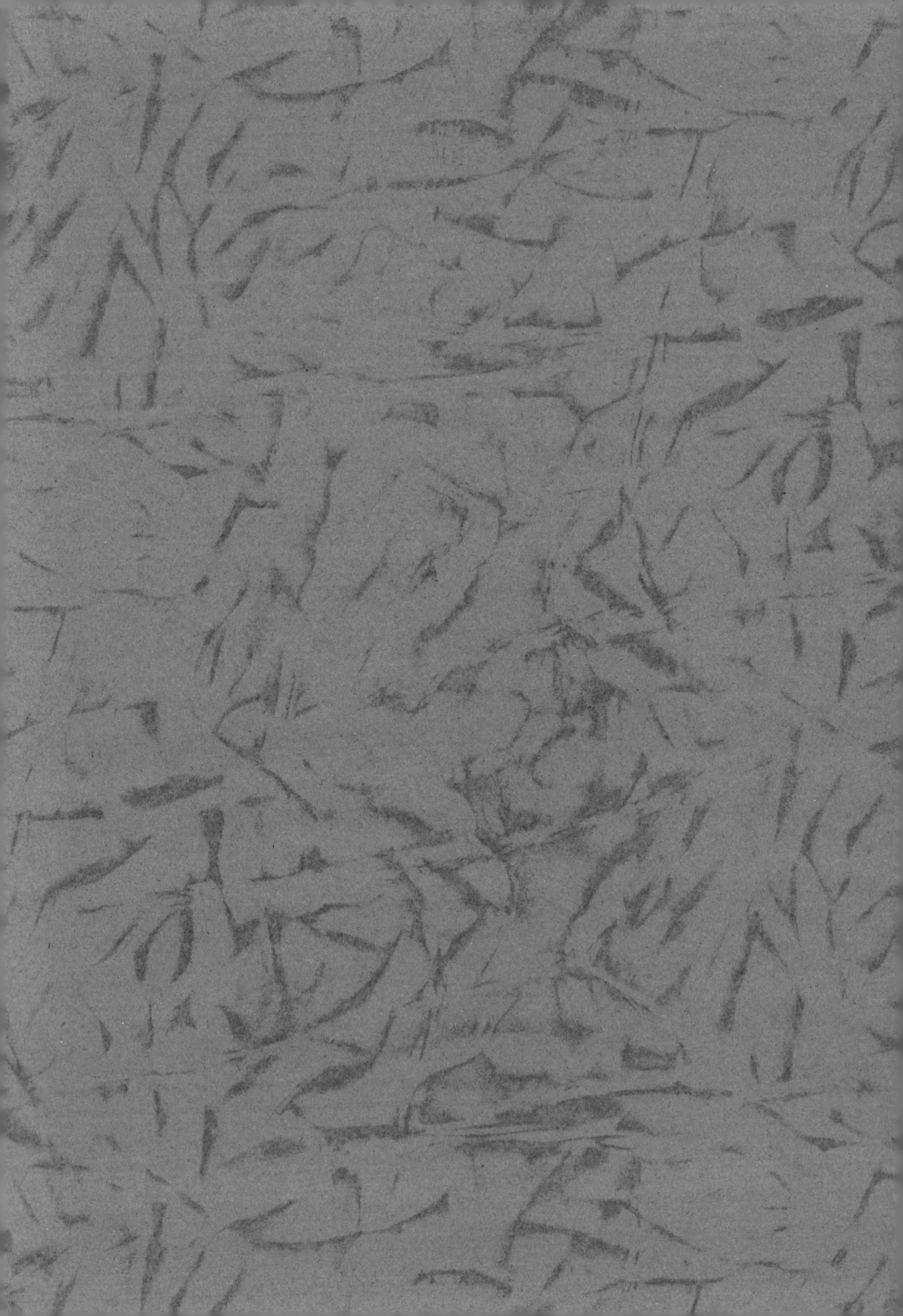